名家写名家

惺惺相惜同仁谊

肖佳 黄善灵 梁刚建 主编
李聪 编撰

中国广播电视出版社
CHINA RADIO & TELEVISION PUBLISHING HOUSE

图书在版编目（CIP）数据

惺惺相惜同仁谊 ／ 肖佳，黄善灵，李聪编撰． -- 北京 ：中国广播电视出版社，2013.2
（名家写名家 ／ 梁刚建主编）
ISBN 978-7-5043-6810-2

Ⅰ．①惺… Ⅱ．①肖… ②黄… ③李… Ⅲ．①散文集－中国－现代 Ⅳ．①I266

中国版本图书馆CIP数据核字(2013)第004758号

惺惺相惜同仁谊

梁刚建 主编 肖 佳 黄善灵 李 聪 编撰

责任编辑 易 兰
装帧设计 嘉信一丁

出版发行 **中国广播电视出版社**
电 话 010-86093580 010-86093583
社 址 北京市西城区真武庙二条9号
邮 编 100045
网 址 www.crtp.com.cn
电子信箱 crtp8@sina.com

经 销 全国各地新华书店
印 刷 涿州市京南印刷厂

开 本 710毫米×1000毫米 1／16
字 数 225（千）字
印 张 13.75
版 次 2013年2月第1版 2013年2月第1次印刷

书 号 ISBN 978-7-5043-6810-2
定 价 29.80元

目录

导　言

你在桥上看风景，看风景的人在桥下看你

文／曹鹏

本丛书中选收的回忆文章，都是名家们饱含感情写师友的精心之作，脍炙人口，可谓篇篇珠玑，编选者的工作只是用一条线把它们串在了一起而已。

这条线，除个别例外，有点像修辞里的顶针格，名家忆名家，后一个名家写前一个名家，更后的名家又写后一个名家。这种情景，可以借用卞之琳的名句"你在桥上看风景，看风景的人在桥下看你"来描绘。

一

回顾历史，从新文化运动到20世纪30年代乃至40年代，中国的文坛繁荣兴盛，名家名作硕果累累。民国的文人活得意气风发，虽然有战争，有动荡，有迫害，有贫穷，但在精神上是自由而健康的。这种文化上的生机勃勃在本书所收文章里反映得很清楚。

才学是文人彼此成为朋友的基础，这也就是所谓的共同语言，但与此同时，文人都有个性，甚至是极张扬或咄咄逼人的个性，这又是很多文人结怨成为对头的原因。

以鲁迅与郁达夫为例，他们的性格与为人处世的作风皆有天壤之别，可是两人交情甚好，鲁迅去世后，郁达夫写悼念文章也直言不讳两人性格的反差，鲁迅在世时也曾公开讲到这点。鲁迅在文章里写道："对于达夫先生的嘱咐，我是常常'漫应之曰：那是可以的'的。直白的说罢，我一向很回避创造社里的人物。这也不只因为历来特别的攻击我，甚而至于施行人身攻击的缘故，大半倒在他们的一副'创造'脸。虽然他们之中，后来有的化为隐士，有的化为富翁，有的化为实践的革命者，有的也化为奸细，而在'创造'这一面大纛

之下的时候，却总是神气十足，好像连出汗打嚏，也全是'创造'似的。我和达夫先生见面得最早，脸上也看不出那么一种创造气，所以相遇之际，就随便谈谈；对于文学的意见，我们恐怕是不能一致的罢，然而所谈的大抵是空话。但这样的就熟识了，我有时要求他写一篇文章，他一定如约寄来，则他希望我做一点东西，我当然应该漫应曰可以。但应而至于'漫'，我已经懒散得多了。"（鲁迅《伪自由书·前记》）

用现在的眼光看，民国文坛的斗争激烈，鲁迅更是以战士的姿态，攻击过一大批论敌，可是，当时光的尘埃落定之后，后人看得越来越清楚，即使是鲁迅骂得最不堪的章士钊、梁实秋、陈西滢、顾颉刚，也都是青史留名的杰出学者，学术成就与贡献有的甚至不在鲁迅之下，这倒有些像武侠评书里英雄所标榜的"刀下不斩无名之鬼"！不学无术的草包与混混，在民国文坛是没有立足之地的，不光没机会成为鲁迅这样的人物的朋友或学生，甚至没机会成为敌人或对手。

曹丕有句名言"文人相轻自古而然"，同是文人，相轻虽不可取，但也还可以理解；可怕的是那些自己并非文人的对文人"轻"起来，也就是武大郎开店"狗眼看人低"高人莫来的嫉贤妒能，才是妨害文化学术的邪恶力量。不幸的是，现实中这种情况并不罕见。

<h2 style="text-align:center">二</h2>

鲁迅对青年的感情，如同萧红用女性特有的直觉指出的，是一种"母性"，也就是发自内心的爱护与关心，在力所能及时给予机会与帮助，从精神到物质，自发的不求回报的付出。这也是多子女家庭里长子的角色所决定的性格特点。虽然鲁迅经常委婉地抱怨有青年学生不仅不感恩报恩，甚至会反目成仇或算计师长，如高长虹、李小峰，但是他对待青年还是一片热心。

鲁迅在民国文坛是叱咤风云的领袖、旗手，他在身后更享有极高的地位，甚至被神化了，这一方面是因为他的作品有思想性与艺术性，另一方面，也是因为他在青年中的声望与人气。1936年10月19日他逝世后，《大公报》发表一篇相对客观的小评论，言语中对鲁迅的成就有所褒贬，编辑萧乾为此不惜与大公报负责人撕破脸抗争，由此可见鲁迅的形象何等神圣不容侵犯。鲁迅的葬礼之隆重，在民国文坛是一件轰动全国的大事，在当时重丧的社会背景下，葬礼大都要靠家庭张罗，大操大办往往要付出倾家荡产的代价，如"旧王孙"溥儒葬母那样，而鲁迅遗属孤儿寡妇根本没有经济上与精力上的条件大办丧事，事实上，鲁迅能备享哀荣，除了他的朋友们出面，更多的靠的就是学生一辈的青年。

鲁迅对文学工作者的影响是至深至大的，孙犁就是一个例子，他对鲁迅心悦诚服，几乎亦步亦趋，他在成名后甚至按鲁迅日记所附购书账，逐一照单全收地订购图书。孙犁学习鲁迅的作风，培植了一批青年作家，形成了以孙犁为首的荷花淀派。

孙犁提携过的文学青年，最著名的要数莫言了。在莫言还在当兵刚尝试业余创作时的1984年4月，孙犁为《天津日报》写了一篇《读小说札记》，其中有这样一段话：“去年的一期《莲池》，登了莫言的一篇小说，题为《民间音乐》。我读过后，觉得写得不错。”当年孙犁在中国文坛有一言兴邦的影响，所以，莫言自己说：“几个月后，我拿着孙犁先生的文章和《民间音乐》敲开了解放军艺术学院的大门，从此走上了文学之路。”

2012年10月，莫言获得了诺贝尔文学奖的消息发布，姑且不论此奖的价值与份量如何，作为中国大陆作家第一个得奖者，莫言得到了空前的成功。这在1984年孙犁写那篇文章时，肯定是没预料到的，他的一句话，成就了一个诺贝尔文学奖获得者。当时评不评发表在地级市文学刊物上的一个青年作者的作品，在孙犁是可有可无之事，可以说，孙犁评莫言，只是兴之所致的偶然，不过，偶然多了，就有必然，所以，对于青年与学生，能多给一些提携与帮助，在长者、尊者、为人师者，是责任与义务，广种薄收，甚至广种未收，也比不种要好得多。

成功者耕耘也许不需要回报，但是收获时人们会更尊敬播种者。

三

同是帮助晚辈后生，效果都是“一经品题身价百倍”或“鲤鱼跃龙门”的大恩，帮助者的态度不同，对被帮助者来说感情也就不同。乔治·奥威尔在《我为什么要写作》一书有句意味深长的话：“慷慨大度与抠门小气一样令人不好受，感激涕零和忘恩负义一样令人憎恶。”写尽了师生或朋友或亲戚之间，在精神上、心理上的微妙复杂关系。这也许可以解释郁达夫与沈从文的关系。

郁达夫写下了著名的《给一位文学青年的公开状》，不久，他把沈从文介绍给当时著名的《晨报副刊》的主编。一个月后，沈从文的处女作《一封未曾付邮的信》在《晨报副刊》上发表。后来，他又介绍沈从文与徐志摩相识，沈从文因此得到徐志摩的赏识和提携。

在《给一位文学青年的公开状》里，与其说是对文学新人沈从文的肯定与鼓励支持，不如说是浇冷水，文章显露的是郁达夫特有的不加掩饰的优越感与悲天悯人情怀，在这里沈从文只不过一个大文豪借以发愤世嫉俗的议论的可怜道具。对于自尊心极强的人来说，有时帮助过自己的人也许正是最蔑视自己的人，这样的关系真是无可奈何。1936年，《从文小说习作选》出版时，沈从文在代序里写下了一段文字："这样一本厚厚的书能够和你们见面，需要出版者的勇气，同时还有几个人，特别值得记忆，我也想向你们提提：徐志摩先生，胡适之先生，林宰平先生，郁达夫先生……这十年来没有他们对我的种种帮助和鼓励，这本集子里的作品不会产生，不会存在。"这种表述方法耐人寻味。现今社会，人名排列成为一门学问，特别是在报纸与广播电视新闻上，顺序谁先谁后，讲究大得很，别武断地把这贬斥为形式主义官本位作风，要知道，中国的国情确实有通过先后顺序字里行间皮里阳秋的传统。特别是在文人写文人时，字句的掂量推敲会格外用心。

沈从文是一个高产的作家，他的小说与散文发表数量巨大，可是，就我有限的阅读范围所及，他没有留下关于郁达夫的回忆或纪念、追悼文章。相比之下，他写过悼念徐志摩的文章。沈从文写过一篇评论文章，把郁达夫与张资平合论——沈从文是精研《史记》的，对太史公的笔法颇多体悟，这篇虽非老子与韩非合传体例，但鉴于当时张资平在文坛的口碑以及后来的形象，把郁达夫与张资平并列论述，已经是春秋笔法，明显不全是敬意。

沈从文对郁达夫的侄女郁风谈起郁达夫，因为是对恩人的晚辈，言辞中肯定会表达知遇感恩之情，这也是一个有教养的长者应有的礼数。也许我是强作解人，我认为，对于作家与学者，还是文章与著作中的评价更能表明真实感情与态度。在书面上不置一辞，或写一篇可以作字里行间解读的文章，同样是一种评价。

四

巴金与沈从文是挚友，他们都既是文学报刊编辑又是小说散文作家，可谓志同道合。因此，巴金笔下的沈从文，就与郁达夫笔下的鲁迅异曲同工。在交情友谊之外，巴金对沈从文的推崇是不遗余力的，同时，也对沈从文在新中国成立后的被边缘化与受到的不公正待遇，予以声援。

从五十年代开始，文人学者在各种运动中受打击迫害，成为司空见惯寻常事，在人人自危的环境中，很少有谁敢于仗义直言。巴金晚年致力于反思自己与"文革"对中国文化的破坏性影响，因此，他悼念沈从文的文章，表达的不仅是个人感情，还有着左拉"我控诉"的义愤。他对沈从文逝世后国内报道既晚又简短表示谴责，实际上，之所以出现这种情况，还真不是有什么指示或精神在发挥作用，而只是在当时的社会状态下，演艺明星与富豪老板才是热点，新闻业实际上已经失去对文化学术人物的关注兴趣。这也算是"文革"后遗症吧。

五

在作者与回忆文章的主人公是朋友或夫妻时，视角不会是仰视，而是平视——反而更接近真实面貌。同样回忆鲁迅，萧红是高山仰止体，虽然很生动、亲切，但更多程度上可能是年轻女作家带着有色眼镜满怀敬慕的感情看到的鲁迅，不由自主的美化了。而郁达夫笔下的鲁迅，更可信，也更平凡与生活化。郁达夫当时在中国文坛上的地位不在鲁迅之下，所以，在沉痛悼念时，也只是把鲁迅作为一个平等的人来描写，事实上，隐然其间的甚至会有一些优越感，如郁达夫写他为鲁迅的版权纠纷而专程跑去上海交涉，显然是帮鲁迅而不是受鲁迅帮。当然，这有违"施人慎勿念，受恩慎勿忘"的古训。不过，郁达夫是性情中人，才华横溢，清狂自大，本来也不是传统意义上的规规矩矩谦谦君子。

端木蕻良写鲁迅是无限景仰，而写萧红却是平等的态度，有很明显的悼亡体色彩，他晚年还写了几篇诗词悼念萧红，这背后有舆论压力太大的因素，他与萧红的结合，以及萧红的不幸早逝，物议颇多。

汪曾祺写沈从文的回忆文章有很多篇，而汪曾祺的全集也只不厚的八册，说明其写作产量并不高，可见师生二人的恩情之深，遗憾的是沈从文未能活到获诺贝尔文学奖，否则，汪曾祺写沈从文的文章肯定还要多得多。就我个人而言，认为沈从文获诺贝尔文学奖更为实至名归，于国于民也更有益。

汪曾祺与端木蕻良是单位同事兼好友，惺惺相惜，话说得很有分寸，而又极到位，他说端木蕻良写画家王梦白的文章好，可是我翻了几本端木蕻良的散文选，居然无一收有此篇。汪曾祺的眼光，在文学与绘画这个题材上，那是没什么可说的。也只有在悼念端木蕻良的文章里，汪曾祺一反自嘲的低调风格，借老舍的话，抬了自己一回，老舍说："我在（北京）市文联，只'怕'两个人，一个是端木，一个是汪曾祺！"他用直接引语引用老舍的话说到这儿，下面还有一句："端木书读得比我多，学问比我大。"这显然是怕的理由，但老舍先生怕汪曾祺的又是什么呢，汪曾祺先生涵养超众，没明说！

六

要了解一个历史人物，读同时代人回忆他的文章比读他的正式传记要轻松有趣得多，而且，回忆文章往往文字更生动、更真实，这是因为，传记无论是自己写还是别人写，都不免一本正经、结构完整、穿靴戴帽，而回忆文章则没有这样的负担，可以有话则长、无话则短，只写作者最感兴趣的内容。

出于阴差阳错的机缘，我这几年为出版社编选了三种汪曾祺的集子，先后写了五六篇关于汪曾祺的文章，盘点一番，汪曾祺竟然是我为之写过文章最多的前辈作家，而有必要如实禀报读者的是，我接触阅读汪曾祺已经很晚，同时汪曾祺也并不是我对其作品用功最多的前辈作家，所以从不敢以汪曾祺研究专家自居，我也没有机会与汪老先生谋面。故而，我虽然曾一再用"青山多妩媚"来形容自己对汪曾祺的敬仰爱慕或欣赏，但自己明白差不多相当于雾里看花，实在是不敢说已经清楚了。我只不过是把自己的一些观感与印象写出来而已。

作为编选者，我自己对这套书里所收诸篇都是非常爱读的，能有机会将这些文章结集出版，视为莫大的乐事，为了体例上的完整，将我所写的关于汪曾祺的浅陋文字附在我编的这一册的后面，这样，书里每位人物就都有了被评说的文字，至于狗尾续貂之讥，则非所计也。

2012年12月1日写于北京闲闲堂

第一篇

鲁迅与梁实秋
——棋逢对手的辩友

鲁迅（1881～1936年），原名周树人。浙江绍兴人，字豫才。以笔名鲁迅闻名于世。1904年初，入仙台医科专门学医，后来开始创作，希望以此改变国民精神。鲁迅先生一生写作笔耕不缀，作品包括杂文、短篇小说、评论、散文、翻译作品。1918年到1926年间，陆续创作出版了小说集《呐喊》、《彷徨》，杂文集《坟》、《热风》、《华盖集》、《而已集》、《二心集》，散文诗集《野草》，回忆性散文集《朝花夕拾》（又名《旧事重提》）等专集。其中，1921年12月发表中篇小说《阿Q正传》。从1927年到1936年，创作了历史小说集《故事新编》中的大部分作品和大量的杂文，收辑在《南腔北调集》、《伪自由书》、《准风月谈》、《花边文学》、《且介亭杂文》、《且介亭杂文二编》、《且介亭杂文末编》、《集外集》和《集外集拾遗》等专集中。鲁迅的作品，对于"五四运动"以后的中国文学产生了深刻的影响。毛泽东主席评价他是伟大的文学家、思想家、革命家。

鲁迅

　　梁实秋（1903～1987年），中国现代文学史上著名的理论批评家、作家、英国文学史家、文学家、翻译家。出生于北京，1915年秋考入清华学校。1920年9月于《清华周刊》增刊第6期发表第一篇翻译小说《药商的妻》。1921年5月28日于《晨报》第7版发表第一篇散文诗《荷水池畔》。1923年8月毕业后赴美国科罗拉多州科罗拉多学院留学。1924年到上海编缉《时事新报》副刊《青光》，同时与张禹九合编《苦茶》杂志。不久任暨南大学教授。1926年回国任教于南京东南大学。1934年应聘任北京大学研

梁实秋

教授兼外文系主任。1935年秋创办《自由评论》，先后主编过《世界日报》副刊《学文》和《北平晨报》副刊《文艺》。1949年到台湾，任台湾师范学院（后改师范大学）英语系教授，后兼系主任，再后又兼文学院长。1987年11月3日病逝于台北。梁实秋是国内第一个研究莎士比亚的权威，一生留下了两千多万字的著作，其散文集创造了中国现代散文著作出版的最高纪录。代表作《雅舍小品》、《英国文学史》、《莎士比亚全集》等。文艺批评专著有《浪漫的与古典的》和《文学的纪律》等。

　　鲁梁的论战着实是二三十年代中国文坛的一件"热闹事"。一位文坛泰斗，气势正盛；一个后起之秀，锋芒毕露，但无疑都有过人的傲才。据梁实秋的女儿梁文蔷在回忆父亲梁实秋的时候曾这样说："父亲生前不大提他与鲁迅的是是非非，那时我们在台湾，鲁迅的书与毛泽东的书一样，都属禁书，所以年轻时我并不知道他们有什么'过节'。直到后来到了美国我才陆陆续续读到他们当年的文章。"有一次我问父亲："你当年和鲁迅都吵些什么？"父亲回答得很平静，他说，他们之间并没有什么仇恨，只不过两个人对一个问题的看法不同，其实他还是很欣赏鲁迅的文学的。

　　外行人看热闹，内行人看门道。其实大众眼里，"针锋相对"的鲁迅与梁实秋，虽然在文章上斗得难分难解，而实际在内心恐怕彼此都有互相欣赏的意思。正如酒逢知己千杯少是人生一大乐事，而棋逢对手相过招恐怕也很过瘾。只是有才之人往往恃才傲物，当年陷入论战之中的他们恐怕很难低头承认对对手的这种欣赏之意。此事已尘封历史之后，再次回首起来，也许他们在生命的最后一刻也许都不会忘记也不会后悔遇见了彼此这样精彩的辩友。

论战之初

　　1926年梁实秋回国，看了卢梭的一篇关于子女教育的文章，觉得不能认同，1926年12月15日便发表了一篇题为《卢梭论子女教育》的文章在北京《晨报副镌》上。一年后，梁实秋又将此文发在1927年11月的《复旦旬刊》创刊号上，当时鲁迅已定居上海，读到了这篇文章，看到梁实秋对卢梭提出了这番不同见解，就反驳他在报纸上写了一篇支持卢梭意见的文章《卢梭与胃口》，发表在《语丝》周刊上。于是文坛上著名的"热闹事"开始了，两位年龄悬殊的辩友从此结下了不解之缘。

卢梭论子女教育

文／梁实秋

商务印书馆出版的卢梭杰作《爱弥尔》的中文译本序言里有下列一段话：

本书的第五编即女子教育，他的主张非但不彻底，而且不承认女子的人格，和前四编的尊重人类相矛盾，此实感染于千余年来底潜势，虽遇天才，也不免受些影响呢。所以在今日看来，他对于人类正当的主张，可说只树得一半。

我的意思稍微有点不同。我觉得本书第五编即女子教育，他的主张非但极彻底，而且是尊重女子的人格，和前四编的尊重人类前后一贯。此实足矫正近年来男女平等的学说，非遇天才曷克臻此。所以在今日看来，他在教育学说上所造的孽，可说只造得一半。

卢梭论教育，无一是处，惟其论女子教育，的确精当。卢梭论女子教育是根据于男女的性质与体格的差别而来。他说：男子和女子，因为他们的性质和体格不同，所以他们的教育也不能相同。谁能承认男子和女人没有分别？如其教育是因人而设的，那么女子自然应有女子的教育。

近代生物学和心理学研究的结果，证明不但男子和女人是有差别的，就是男子和男子，女人和女人，又有差别。简而言之，天下就没有两个人是无差别的，什么样的人应该施以什么样的教育。我觉得"人"字根本的该从字典里永远注销，或由政府下令永禁行，使因为"人"字的意义太糊涂了。聪明绝顶的人，我们叫他做人；蠢笨如牛的人，也一样的叫做人；弱不禁风的女子，叫做人；粗横强大的男人，也叫做人。人里面的三流九等，无一非人。近代的德谟克拉西的思想平等的观念，其起源即由于不承认人类的差别。近代所谓的男女平等运，其起源即由于不承认男女的差别。人格是一个抽象名词，是一个人的身心各方面的特点的总和。人的身心各方面的特点既有差别，实即人格上亦有差别。所谓侮辱人格者，即是不承认一个人特有的人格。

卢梭承认女子有女子的人格，所以卢梭正是尊重女子的人格。抹杀女子所特有之特性者，才是侮辱女子人格。男女平等的观念之影响于近代女子教育趋势者，至大且深。现代女子教育最显著的趋势，就是把女子训练得愈像男子愈好。

这样的教育是否徒劳而无功，很是一疑问。卢梭说：女人像一个女人，是好的；像一个男人，就不好。所以女人如养成她做女人的特性，那是正当的事情，但若要夺男子的威权，那么无论在什么地方，都将落后于男子……（中译本第二三五页）现代时髦女子，可以抽雪茄，可以比赛足球，可以做参议员，可以做省长，可以做任何男子可以做的事，即使女子做这些事可以比男子还做得好，但是她已失去了她的女子特性。正当的女子教育应该是使女子成为完全的女子。

教育的范围很广，不仅指学校里的生活，更不仅书本上的训练。举凡一切身心各方面的发展，都在教育的范围以内。卢梭所最仰慕的女子教育是希腊的女子教育，希腊女子在结婚前注意身体的优美的发展，不和男儿同队伍而常现于公众的面前，差不多没有一个祝日、牺牲日、巡行日等，没有少女队或市长的少女队加入的时候，这般女人戴花冠，唱圣诗，合成舞蹈的合唱，而携带篮瓶献物等出外游行，见者惝恍。

但希腊的女人到结婚之后，便从公众生活隐退，而围于自己家庭四壁之中，埋于家事，为夫做事，这个是适于自然和理论女子底职分。卢梭认定理家为女子分内的事，这在现今妇女运动家看来，直是谬误的思想。卢梭说：在法兰西，少女蛰居于家内，而妻反出行于世间。在古时正相反对，女子任意的游行，也有出行于公会的；结婚的妇女隐居于家内。此种古风比现代的为合理，且适合于维持社会道德。结婚前的少女可有一种娇爱术，她们的大部的时业在于娱乐，但做了妻，必须为家庭的周旋，没有求夫的必要，所以当着实的去做事（第二五七页）。为预备做妻起见，女子在婚前也不可不有相当的准备。卢梭主张女子教育应该注重女子服从心之养成，及柔和的性格。男孩可使他尽量的吃饱，而女孩这样是不行的。卢梭以为女孩处处都该受些束缚节制。

最后，卢梭认定女子到了适当的年龄是要结婚的，这是自然的法则，不可避免的。所以卢梭在《爱弥尔》的篇末一再的叮咛苏菲亚以配偶的选择，令女子有适当选择配偶的眼光与能力，乃是女子教育的很重要的一部分。现在的女子教育的趋势似乎有些注重女子经济独立的预备，驯致现代独身的女子一天比一天多，这实在是一件极不自然的事，也可说是现代女子教育的一项缺憾。

卢梭的根本哲学是"自然主义"，他论《爱弥尔》的教育一尚自然，论苏菲亚的教育固仍以"自然"为指归。卢梭主张平等，但是卢梭并不否认"自然的不平等"。此种思想已于其《民约论》及《不平等起源论》中见之。我们若从自然主义方面观察，则卢梭之论女子教育固与其向来主张一贯，毫无矛盾。

今人喜欢卢梭的平等论，但大半的人并不如卢梭讲得那么彻底，凡卢梭学说之合吾人胃口者则容纳之，且从而宣扬之；其真有精采如论女子一章，反被世人轻视。卢梭讲平等论的时候，只要心目中不忘了"自然的不平等"，他的平等论便是最有价值的。"自然的不平等"是件事实，卢梭之论女子教育，就是没有撇开事实的理论。承认男女的差别，便是承认自然的一部分。卢梭的女子教育论是卢梭的自然主义中最健全的一部，也是卢梭平等论中最难得的一个例外。从平等论方面观察，他的论女子教育，容或与他平素主张少有出入，从自然主义方面观察，则是顺理成章，毫无矛盾。

1926年12月15日发表在北京《晨报副镌》

❧ 卢梭与胃口 ❧

文／鲁迅

做过《民约论》的卢梭，自从他还未死掉的时候起，便受人们的责备和迫害，直到现在，责备终于没有完。连在和"民约"没有什么关系的中华民国，也难免这一幕了。

例如商务印书馆出版的《爱弥尔》中文译本的序文上，就说"……本书的第五编即女子教育，他的主张非但不彻底，而且不承认女子的人格，与前四编的尊重人类相矛盾。……所以在今日看来，他对于人类正当的主张，可说只树得一半……。"

然而复旦大学出版的《复旦旬刊》创刊号上梁实秋教授的意思，却"稍微有点不同"了。其实岂但"稍微"而已耶，乃是"卢梭论教育，无一是处，唯其论女子教育，的确精当。"

因为那是"根据于男女的性质与体格的差别而来"的。而近代生物学和心理学研究的结果，又证明着天下没有两个人是无差别。怎样的人就该施以怎样的教育。

所以，梁先生说——

我觉得'人'字根本的该从字典里永远注销，或由政府下令永禁行使。因为'人'字的意义太糊涂了。聪明绝顶的人，我们叫他做人，蠢笨如牛的人，也一样的叫做人，弱不禁风的女子，叫做人，粗横强大的男人，也叫做人，人里面的三流九等，无一非人。近代的德谟克拉西的思想，平等的观念，其起源即由于不承认人类的差别。近代所谓的男女平等运动，其起源即由于不承认男女的差别。人格是一个抽象名词，是一个人的身心各方面的特点的总和。人的身心各方面的特点既有差别，实即人格上亦有差别。所谓侮辱人格的，即是不承认一个人特有的人格，卢梭承认女子有女子的人格，所以卢梭正是尊重女子的人格。抹杀女子所特有之特性者，才是侮辱女子人格。

于是势必至于得到这样的结论——

……正当的女子教育应该是使女子成为完全的女子。

那么，所谓正当的教育者，也应该是使"弱不禁风"者，成为完全的"弱不禁风"，"蠢笨如牛"者，成为完全的"蠢笨如牛"，这才免于侮辱各人——此字在未经从字典里永远注销，政府下令永禁行使之前，暂且使用——的人格了。卢梭《爱弥尔》前四编的主张不这样，其"无一是处"，于是可以算无疑。

但这所谓"无一是处"者，也只是对于"聪明绝顶的人"而言；在"蠢笨如牛的人"，却是"正当"的教育。因为看了这样的议论，可以使他更渐近于完全"蠢笨如牛"。这也就是尊重他的人格。

然而这种议论还是不会完结的。为什么呢？一者，因为即使知道说"自然的不平等"，而不容易明白真"自然"和"因积渐的人为而似自然"之分。二者，因为凡有学说，往往"合吾人之胃口者则容纳之，且从而宣扬之"也。

上海一隅，前二年大谈亚诺德，今年大谈白璧德，恐怕也就是胃口之故罢。

许多问题大抵发生于"胃口"，胃口的差别，也正如"人"字一样的——其实这两字也应该呈请政府"下令永禁行使"。我且抄一段同是美国的Upton Sinclair的，以尊重另一种人格罢——

"无论在那一个卢梭的批评家，都有首先应该解决的唯一的问题。为什么你和他吵闹的？要为他的到达点的那自由，平等，调协开路么？还是因为畏惧卢梭所发向世界上的新思想和新感情的激流呢？使对于他取了为父之劳的个人主义运动的全体怀疑，将我们带到子女服从父母，奴隶服从主人，妻子服从丈夫，臣民服从教皇和皇帝，大学生毫不发生疑问，而佩服教授的讲义的善良的古代去，乃是你的目的么？"

"阿嬷夫人曰：'最后的一句，好像是对于白璧德教授的一箭似的。'""'奇怪呀，'她的丈夫说。'斯人也而有斯姓也……那一定是上帝的审判了。'"不知道和原意可有错误，因为我是从日本文重译的。书的原名是《Mammonart》，在California的Pasadena作者自己出版，胃口相近的人们自己弄来看去罢。Mammon是希腊神话里的财神，art谁都知道是艺术。可以译作"财神艺术"罢。日本的译名是"拜金艺术"，也行。因为这一个字是作者生造的，政府既没有下令颁行，字典里也大概未曾注入，所以姑且在这里加一点解释。

1928年1月7日《语丝》周刊第四卷第四期

事情或许到此应该为止，但是鲁迅仍然不放过梁实秋，接着又写了一篇文章《文学和出汗》，对人性进行了拷问，其实就是暗含对梁实秋的拷问。

文学和出汗

文／鲁迅

上海的教授对人讲文学，以为文学当描写永远不变的人性，否则便不久长。例如英国，莎士比亚和别的一两个人所写的是永久不变的人性，所以至今流传，其余的不这样，就都消灭了云。

这真是所谓"你不说我倒还明白，你越说我越胡涂"了。英国有许多先前的文章不流传，我想，这是总会有的，但竟没有想到它们的消灭，乃因为不写永久不变的人性。现在既然知道了这一层，却更不解它们既已消灭，现在的教授何从看见，却居然断定它们所写的都不是永久不变的人性了。

只要流传的便是好文学，只要消灭的便是坏文学；抢得天下的便是王，抢不到天下的便是贼。莫非中国式的历史论，也将沟通了中国人的文学论欤？

而且，人性是永久不变的么？

类人猿，类猿人，原人，古人，今人，未来的人，……如果生物真会进化，人性就不能永久不变。不说类猿人，就是原人的脾气，我们大约就很难猜得着的，则我们的脾气，恐怕未来的人也未必会明白。要写永久不变的人性，实在难哪。

譬如出汗罢，我想，似乎于古有之，于今也有，将来一定暂时也还有，该可以算得较为"永久不变的人性"了。然而"弱不禁风"的小姐出的是香汗，"蠢笨如牛"的工人出的是臭汗。不知道倘要做长留世上的文字，要充长留世上的文学家，是描写香汗好呢，还是描写臭汗好？这问题倘不先行解决，则在将来文学史上的位置，委实是"岌岌乎殆哉"。

听说，例如英国，那小说，先前是大抵写给太太小姐们看的，其中自然是香汗多；到十九世纪后半，受了俄国文学的影响，就很有些臭汗气了。那一种的命长，现在似乎还在不可知之数。

在中国，从道士听论道，从批评家听谈文，都令人毛孔痉挛，汗不敢出。然而这也许倒是中国的"永久不变的人性"罢。

1928年1月14日《语丝》周刊第四卷第五期

论战升级

鲁迅的《卢梭和胃口》、《文学和出汗》发表后，梁实秋并没立刻做出回应，直到1928年3月25日，梁实秋在《时事新报·书报春秋》上发表的《关于卢梭——答郁达夫先生》中，第一次对鲁迅做出了还击。

❦关于卢梭——答郁达夫先生❧

文／梁实秋

郁先生的卢骚传，是怎样写成的呢？郁先生如今自己解释说："做这传的原因，是因为听朋友说，有一位教授在讲台上说卢骚'一无足取'。当时听了，我觉得批评卢骚，而以这四字了之，心里实在有点不服，所以回来就检了几本关于卢骚的书，写成了那一篇传赞，"原来如此。郁先生现在承认"在这传里失于检点……冒昧轻率……也很自后悔"所以对于郁先生个人，我没有什么多话可说，并且很佩服他的"态度的光明"。但是郁先生文中所提起的几点，我觉得还有讨论的余地。

"有一位教授在讲台上说卢骚'一无足取'"。这是郁先生"听见朋友说"的。这位教授是谁，我不知道，郁先生也未说明。很有人疑心这位教授就是我，因为我的名字底下不幸也有人曾缀上"教授"二字，例如鲁迅先生在第四卷第四期的《语丝》。我现在要明白的声明：我没有说过卢骚一无足取的话。要攻击我的人请于我曾说过的话的范围以内来寻攻击的材料，幸毋栽赃！

论辩也有论辩的Decoruim，引语的符""不是可以随便用的。

郁先生说："批评卢骚的思想而攻击到他的行为道德，因为卢骚的道德不好——梁先生所竭力攻击的是卢骚的缺德的事情——所以就判断他的思想是'无一是处'，我就觉得是太偏于一方了。"这一段话我认为遗憾，郁先生似乎是有一点失察。第一，我从不曾判断卢骚的思想是无一是处，上文已经声明；第二，我对于卢骚的思想如有任何判断，也并不是因为卢骚的道德不好的缘故。"因为……所以就……"，这样的语法是在指示一个逻辑的关联，不可乱用。思想与道德当然是两件事，因为一个人的道德不好遂联带着攻击到他的私行，这是头脑不清楚的表现，我的常识不准我如此。所以我攻击郁先生的文章的时候，我决不想牵涉到郁先生的道德。然而个人的道德，不是一件能够拒绝批评的事，即以卢骚而论，我一方面反对他的学说批评他的思想，我另一方面也反对他的行为攻击他的道德。不过攻击思想与攻击道德二者之间并无郁先生所误认的逻辑的关联罢了。

攻击个人道德，常常是不值得的事。我所以要对于卢骚的道德，加以批评，有两个原因：第一，因为郁先生在他的文里极力的恭维卢骚的道德，我觉得这不但是不公平，并且要给读者一个不正确的印象；第二，卢骚个人不道德的行为，已然成为一般浪漫文人的行为之标类的代表，对于卢骚的道德的攻击，可以说即是给一般浪漫的人的行为的攻击。在我们中国，"文人无行"已成为一句成语，假道学的口吻固然令人讨厌，真荒唐的行为岂是应得鼓励的？

郁先生文中引了一大段辛克来尔的《拜金艺术》的译文，以为攻击白璧德教授的论据。鲁迅先生在《语丝》上也曾采取同样的方法。借另外一个人的言论攻击你所要攻击的人，这方法不一定是好方法，却是稳当的方法，因为借刀杀人可以把自己刷洗得干干净净。但是没有这样便宜事。我现在要问辛克来尔Upton Sinclair 是什么样的一个人，他的"学者的根基"是怎么样？我所知道的辛克来尔他是一个偏激的社会主义者。专引辛克来尔的话来驳白璧德，这个方法的幼稚就如同专引鲁迅先生的话来攻击鲁迅先生所攻击的人一般。辛克来尔之书，并无多大之价值，即以郁先生所译的那段而论，里面哪里有严重的讨论和稳健的学说，除了肤浅的观察和挖苦的句子以外？据鲁迅先生说似乎此书已有日文译本，我真不能不叹服日本人译书之勤与其译书之无标准。

郁先生说："至于正人君子和荡子浪人的叫骂，东洋流和英美流的争辩，我在此地暂且不提，为的是说出来怕惹人笑。"我倒不怕惹人笑。"正人君子""英美流"是郁先生首先在卢骚传里提出的；"荡子浪人""东洋流"是我写出来的下联。所谓"叫骂""争辩"，实在并无其事，不过我觉得如今是非颠倒的时代，"正人君子"似乎是一个坏名词了，英美流也似乎是不恭敬的称谓。我以为这是不该有的。……

看老先生怎么应对吧，4月10日，鲁迅写了一篇文章，叫做《头》。

头

文／鲁迅

三月二十五日的《申报》上有一篇梁实秋教授的《关于卢骚》，以为引辛克来儿的话来攻击白璧德，是"借刀杀人"，"不一定是好方法"。至于他之攻击卢骚，理由之二，则在"卢骚个人不道德的行为，已然成为一般浪漫文人行为之标类的代表，对于卢骚的道德的攻击，可以说即是给一般浪漫的人的行为的攻击。……"

那么，这虽然并非"借刀杀人"，却成了"借头示众"了。假使他没有成为"一般浪漫文人行为之标类的代表"，就不至于路远迢迢，将他的头挂给中国人看。一般浪漫文人，总算害了遥拜的祖师，给了他一个死后也不安静。他现在所受的罚，是因为影响罪，不是本罪了，可叹也夫！

以上的话不大"谨饬"，因为梁教授不过要笔伐，并未说须挂卢骚的头，说到挂头，是我看了今天《申报》上载湖南共产党郭亮"伏诛"后，将他的头挂来挂去，"遍历长岳"，偶然拉扯上去的。可惜湖南当局，竟没有写了列宁（或者溯而上之，到马克斯；或者更溯而上之，到黑格尔等等）的道德上的罪状，一同张贴，以正其影响之罪也。湖南似乎太缺少批评家。

记得《三国志演义》记袁术（？）死后，后人有诗叹道：

"长揖横刀出，将军盖代雄，头颅行万里，失计杀田丰。"当三个有闲之暇，也活剥一首来吊卢骚：

"脱帽怀铅出，先生盖代穷。头颅行万里，失计造儿童。"

四月十日

发表于1928年4月23日出版的《语丝》第四卷第十七期

面对鲁迅不太客气的文风，梁实秋在深感震惊之余，不能不接受这一严重的挑战。应该说，对文坛前辈鲁迅，他过去一直是很敬重的。而现在，他不得不拿起笔来应战了，尽管他十二分的不情愿。

多年以来，鲁迅在文坛上以一支笔横扫千军，所向披靡，一直慨叹碰不上一个像样的对手而感到孤寂无聊。现在，凭藉直感，他明白终于碰上了一个理想的辩手，先生的情绪立即亢奋起来。他在不太长的时间内，写出了一大批火药味更浓的文章，像集束手榴弹般朝对方掷了过去。

但总的说来，论战还是文艺家在文艺范畴之内进行的。但是，由于这场论争是在范围更广阔、也更复杂的无产阶级革命文学运动背景下展开的，随着论争的深入，范围在逐步扩大，论战也逐步升级渐入高潮。

论战高潮

1929年9月，梁实秋在《新月》杂志上发表了《文学是有阶级性的吗？》和《论鲁迅先生的硬译》两篇文章，梁实秋在用这些文字来反驳鲁迅关于文学具有阶级性的思想。

文学是有阶级性的吗（节选）

文／梁实秋

（一）

卢梭说："资产是文明的基础"。但是卢梭也是最先攻击资产制度的一个人，因为他以为文明是罪恶的根源。所以攻击资产制度，即是反抗文明。有了资产然后才有文明，有了文明然后资产才能稳固。不肯公然反抗文明的人，绝没有理由攻击资产制度。

资产制度有时可以造成不公平的现象，我们承认。资产的造成本来是由于个人的聪明才力，所以资产本来是人的身心劳动的报酬；但是资产成为制度以后，往往富者愈富，贫者愈贫，富者不一定就是聪明才力过人者，贫者也不一定是聪明才力不如人者，这种人为的不公平的现象是有的。可是我们对于这种现象要冷静的观察。人的聪明才力既不能平等，人的生活当然是不能平等的，平等是个很美的幻梦，但是不能实现的。经济是决定生活的最要紧的原素之一，但是人类的生活并不是到处都受经济的支配，资本家不一定就是幸福的，无产者也常常自有他的乐趣。经济的差别虽然是显著的，但不是永久的，没有聪明才力的人虽然能侥幸得到资产，但是他的资产终于是要消散的，真有聪明才力的人虽然暂时忍受贫苦，但是不会长久埋没的，终久必定可以赢得相当资产。所以我们充分的承认资产制度的弊病，但是要拥护文明，便要拥护资产。

一个无产者假如他是有出息的，只消辛辛苦苦诚诚实实的工作一生，多少必定可以得到相当的资产。这才是正当的生活争斗的手段。但是无产者联合起来之后，他们是一个阶级了，他们要有组织了，他们是一个集团了，于是他们便不循常轨的一跃而夺取政权，一跃而为统治阶级。他们是要报复！他们唯一的报复的工具就是靠了人多势众！"多数""群众""集团"这些就是无产阶级的暴动的武器。

无产阶级的暴动的主因是经济的。旧日统治阶级的窳败，政府的无能，真的领袖的缺乏，也是促成无产阶级的起来的原因。这种革命的现象不能是永久的，经过自然进化之后，优胜劣败的定律又要证明了，还是聪明才力过人的人占优越的位置，无产者仍是无产者。文明依然是要进化的。无产阶级大概也知道这一点，也知道单靠了目前经济的满足并不能永久的担保这个阶级的胜利。反文明的势力早晚还是要被文明的势力所征服的。

所以无产阶级近来于高呼"打倒资本家"之外又有了新的工作，他们要建立所谓"无产阶级的文化"或"普罗列塔利亚的文化"，这里面包括文学艺术。"普罗列塔利亚"这个名词并不新，是Proletariat的译音，不认识这个外国字的人听了这个中文的译音，难免不觉得新颖。新的当然就是好的，于是大家都谈起"普罗列塔利亚的文学"，其实翻翻字典，这个字的涵义并不见得体面，据韦白斯特大字典，Proletary的意思就是：A citizen of the lowest class who serves the state not with property, but only by having children.一个属于"普罗列塔利亚"的人就是"国家里最下阶级的国民，他是没有资产的，他向国家服务只是靠了生孩子。"普罗列塔利亚是国家里只会生孩子的阶级！我看还是称做"无产阶级的文学"来得明白，比较的不像一个符咒。

无产阶级的运动是由政治的经济的更进而为文化的运动了，这是值得注意的一件事。我看近来在文学方面的宣传文字，似乎是有组织的有联络的，一方面宣传无产阶级的文学的理论，一方面攻击他们所认为是"资产阶级的文学"。无产阶级有他们的"科学的政治学"，"辩证法的唯物论"，"马克思的经济学"，现在又多出了一个"科学的艺术学"，一个"普罗列塔利亚的文学"！

我现在要彻底的问：文学是有阶级性的吗？

（二）

无产阶级文学理论方面的书翻成中文的我已经看见约十种了，专门宣传这种东西的杂志，我也看了两三种。我是想尽我的力量去懂他们的意思，但是不幸的很，没有一本这类的书能被我看得懂。……这一类宣传的书，如卢那卡尔斯基，蒲力汗诺夫，波格达诺夫之类，最使我感到困难的是文字。其文法之艰涩，句法之繁复，简直读起来比读天书还难。宣传无产文学理论的书而竟这样的令人难懂，恐怕连宣传品的资格都还欠缺，现在还没有一个中国人，用中国人所能看得懂的文字，写一篇文章告诉我们无产文学的理论究竟是怎样一回事。我现在批评所谓无产文学理论，也只能根据我所能了解的一点点的材料而已。

假定真有所谓"无产阶级的文学"这样一种东西，我们觉得这样的文学一定要有三个条件：

1.这种文学的题材应该以无产阶级的生活为主体，表现无产阶级的情感思想，描写无产阶级的生活的实况，赞颂无产阶级的伟大。

2.这种文学的作者一定是属于无产阶级或是极端同情于无产阶级的人。

3.这种文学不是为少数人（有资产的少数人，受过高等教育的少数人）看的，而是为大多数的劳工劳农及所谓无产阶级的人看的。

……上列三点必须同时具备才能成为无产文学，缺一而不可的。但是我们立刻就可发现这种理论的错误。错误在那里？错误在把阶级的束缚加在文学上面。错误在把文学当做阶级争斗的工具而否认其本身的价值。

一个资本家和一个劳动者，他们的不同的地方是有的，遗传不同，教育不同，经济的环境不同，因之生活状态也不同，但是他们还有同的地方。他们的人性并没有两样，他们都感到生老病死的无常，他们都有爱的要求，他们都有怜悯与恐怖的情绪，他们都有伦常的观念，他们都企求身心的愉快。文学就是表现这最基本的人性的艺术。无产阶级的生活的苦痛固然值得描写，但是这苦痛如其真是深刻的必定不是属于一阶级的。人生现象有许多方面都是超于阶级的。例如，恋爱的表现，可有阶级的分别吗？例如，歌咏山水花草的美丽，可有阶级的分别吗？没有的。如其"烟囱呀！""汽笛呀！""机轮呀！""列宁呀！"便是无产文学，那么无产文学就用不着什么理论，由它自生自灭罢。

皇室贵族雇用一班无聊文人来做讴功颂德的诗文，我们觉得讨厌，因为这种文学是虚伪的假造的；但是在无产阶级威胁之下便做对于无产阶级讴功颂德的文学，还不是一样的虚伪讨厌？

无产文学理论家时常告诉我们，文艺是他们的斗争的"武器"。例如，集团的观念是无产阶级革命家所最宝贵的一件东西，无产阶级的暴动最注重的就是组织，没有组织就没有力量，所以号称无产文学者也就竭力宣传这一点，竭力抑止个人的情绪的表现，竭力的鼓吹整个的阶级的意识。以文学的形式来做宣传的工具当然是再妙没有，但是我们能承认这是文学吗？

（三）

从文艺史上观察，我们就知道一种文艺的产生不是由于几个理论家的摇旗呐喊便可成功，必定要有有力量的文学作品来证明其自身的价值。无产文学的声浪很高，艰涩难懂的理论书也出了不少，但是我们要求给我们几部无产文学的作品读读。我们不要看广告，我们要看货色。我们但愿货色比广告所说的还好些。

（四）

……无产文学家要攻击所谓资产阶级的文学。什么是资产阶级的文学，我实在是不知道；大概除了无产文学运动那一部分的文学以外，古今中外的文学都可以算做资产阶级文学罢。我们承认这个名词，我们也不懂资产阶级的文学为什么就要受攻击？是为里面没有马克思主义，唯物史观，阶级斗争？文学为什么一定要有这些东西呢？

假如无产阶级可以有"无产文学"，我也不懂资产阶级为什么便不可有"资产文学"？资产阶级不消灭，资产阶级的文学也永远不会被击倒的，文明一日不毁坏，资产也一日不会废除的。

无产文学家攻击资产文学的力量实在也是薄弱得很，因为他们只会用几个标语式口号式的名词来咒人，例如"小资产阶级""有闲阶级""绅士阶级""正人君子""名流教授""布尔乔亚"等等，他们从不确定，分析，辨别这些名词的涵意，只以为这些名词有避邪的魔力，加在谁的头上谁就遭了打击。这实在是无聊的举动。

我的意思是：文学就没有阶级的区别，"资产阶级文学""无产阶级文学"都是实际革命家造出来的口号标语，文学并没有这种的区别，近年来所谓的无产阶级文学的运动，据我考查，在理论上尚不能成立，在实际上也并未成功。

对比一年前鲁迅那篇《文学的阶级性》来看，梁实秋的《文学是有阶级性的吗》似乎并不着重针对鲁迅，而是针对创造社。但梁实秋同期发表的《论鲁迅先生的"硬译"》，则是无疑挑战鲁迅的翻译风格了。

论鲁迅先生的硬译

文/梁实秋

西滢先生说："死译的病虽然不亚于曲译，可是流弊比较的少，因为死译最多不过令人看不懂，曲译却愈看得懂愈糟"。这话不错。不过"令人看不懂"这毛病就不算小了。我私人的意思总以为译书第一个条件就是要令人看得懂，译出来而令人看不懂，那不是白费读者的时力么？曲译诚然要不得，因为对于原文太不忠实，把精华译成了糟粕，但是一部书断断不会从头至尾的完全曲译，一页上就是发现几处曲译的地方，究竟还有没有曲译的地方；并且部分的曲译即使是错误，究竟也还给你一个错误，这个错误也许真是害人无穷的，而你读的时候竟还落个爽快。死译就不同了：死译一定是从头至尾的死译，读了等于不读，枉费精力。况且犯曲译的毛病的同时决不会犯死译毛病，而死译者却有时正不妨同时是曲译。所以我以为，曲译固是我们深恶痛绝的，然而死译之风也断不可长。

什么叫死译？西滢先生说："他们非但字比句次，而且一字不可增，一字不可先，一字不可后，名曰翻译，而'译犹不译'，这种方法，即提倡直译的周作人先生都谥之为'死译'。""死译"这个名词大概是周作人先生的创造了。

死译的例子多得很，我现在单举出鲁迅先生的翻译来作个例子，因为我们人人知道鲁迅先生的小说和杂感的文笔是何等的简炼流利，没有人能说鲁迅先生的文笔不济，但是他的翻译却离"死译"不远了，鲁迅先生前些年翻译的文字，例如厨川白村的《苦闷的象征》，还不是令人看不懂的东西，但是最近翻译的书似乎改变风格了。今年六月十五大江书铺出版的《卢那卡尔斯基：艺术论》，今年十月水沫书店出版的《卢那卡尔斯基：文艺与批评》，这两部书都是鲁迅先生的近译，我现在随便检几句极端难懂的句子写在下面，让大家知道文笔矫健如鲁迅先生者却不能免于"死译"：

这意义，不仅在说，凡观念形态，是从现实社会受了那唯一可能的材料，而这现实社会的实际形态，则支配着即被组织在它里面的思想，或观念者的直观而已，在这观念者不能离去一定的社会底兴味这一层意义上，观念形态也便是现实社会的所产。（《艺术论》页七）

问题是关于思想的组织化之际，则直接和观念形态，以及产生观念形态生活上的事实，或把持着这些观念形态的社会底集团相连系的事，是颇为容易的和这相反，问题倘触到成着艺术的最为特色底特质的那感情的组织化，那就极其困难了。（页十二）

内容上虽然不相近，而形式底地完成着的作品，从受动底见地看来，对于劳动者和农民，是只能给与半肉感底性质的漠然的满足的，但在对于艺术底化身的深奥，有着兴味劳动者和农民，则虽是观念底地，是应该敌视的作品，他们只要解剖底地加以分解，透彻了那构成的本质，便可以成为非常的大的教训。（《文艺与批评》页一九八）

够了，上面几句话虽然是从译文中间抽出来的，也许因为没有上下文的缘故，意思不能十分明了。但是专就文字而论，有谁能看得懂这样希奇古怪的句法呢？我读这两本书的时候真感觉文字的艰深。读这样的书，就如同看地图一般，要伸着手指来寻找句法的线索位置。

鲁迅先生自己不是不知道他的译笔是"别扭"的。他在《文艺与批评》的《译者后记》里说："从译本看来，卢那卡尔斯基的论说就已经很够明白，痛快了。但因为译者的能力不够，和中国文本来的缺点，译完一看，晦涩，甚而至于难解之处也真多；倘将仂句折下来呢，又失了原来的精悍的语气。在我，是除了还是这样的硬译之外，只有'束手'这一条路——就是所谓'没有出路'——了，所余的惟一的希望，只在读者还肯硬着头皮看下去而已。"我们硬着头皮看下去了，但是无所得。"硬译"和"死译"有什么分别呢？

鲁迅先生说"中国文本来的缺点"是使他的译文"艰涩"的两个原故之一，照这样说，中国文若不改良，翻译的书总不能免去五十分的"晦涩"了。中国文和外国文是不同的，有些种句法是中文里没有的，翻译之难即难在这个地方。假如两种文中的文法句法词法完全一样，那么翻译还成为一件工作吗？我们不能因为中国文有"本来的缺点"便使读者"硬着头皮看下去"。我们不妨把句法变换一下，以使读者能懂为第一要义，因为"硬着头皮"不是一件愉快的事，并且"硬译"也不见得能保存"原来的精悍的语气"。假如"硬译"而还能保存"原来的精悍的语气"，那真是一件奇迹，还能说中国文是有"缺点"吗？

连续两篇文章没有得到鲁迅的回应，梁实秋或许有些对着空气打拳的感觉，大约由于不甘心，10月10日他又发表一篇《"不满于现状"，便怎样呢？》。

"不满于现状"，便怎样呢？

文／梁实秋

"不满于现状"，这算得什么希罕事，尤其是现在的中国，恐怕除了已经获到权势名利的，"脸皮欠薄，心地欠厚"的少数人以外，没人能"满于现状"罢？即以我们每天要看的新闻纸而论，我就以为除了"元旦授勋""国府纪念报告"以外，很难找到令人"满于现状"的材料。在如今的中国，而能"满于现状"，这个人一定没有感觉，没有知识，没有良心。

不满于现状的人多得很，但是大多数都是哑子吃黄连，有苦说不出（也许是不敢说出），只有极少数的人能够表示不满，或敢于表示不满，对于这些表示"不满于现状"的人，我们当然敬佩的很。

"不满于现状"的表示，也有不同的程度：有的只能在茶余酒后高谈阔论，有的还可以笔之于书，有的则可以见诸实行。能谈能写的人不一定就能实行，能实行的人也不一定能谈得好写得好。只要表示"不满于现状"，总还算是有向上进步的意思。"不满于现状"者，即是觉察出现状有毛病也。有了毛病还不能觉察，这固然蠢；有了毛病还要隐密，这固然险；但是有了毛病，发表之后，声张之后，不求医治之方，这还是一样的蠢，一样的险！所以现在有智慧的人（尤其是凤来有"前驱者""权威""先进"的徽号的人），他们的责任不仅仅是冷讥热嘲地发表一点"不满于现状"的杂感而已，他们应该更进一步的诚诚恳恳地去求一个积极医治"现状"的药方。

开药方当然不易，各人有各人的师承源流，各人有各人的习惯训练，病象容易看，病源便各有各的看法，下药也就有各种不同的方案：三民主义是一副药，共产主义也是一副药，国家主义也是一副药，无政府主义也是一副药，好政府主义也是一副药，当然哪副药对症，哪副药稳妥，这又是一件事。真关心现状的人，没有不想法寻找一副最好的药劝病人服下的。

但是人的脾气真不得一样。有一种人，只是一味的"不满于现状"，今天说这里有毛病，明天说那里有毛病，有数不清的毛病，于是也有无穷尽的杂感，等到有些个人开了药方，他格外的不满：这一副药太冷，那一副药太热，这一副药太猛，那一副药太慢。把所有的药方里的药都褒贬得一文不值，都挖苦得不留余地，好像唯恐一旦现状令他满意起来，他就没有杂感可做的样子，这又是什么心理呢？

"不满于现状"，便怎样呢？我们要的是积极的一个诊断，使得现状渐趋（或突变）于良善。现状如此之令人不满，有心的人恐怕不忍得再专事嘲骂只图一时口快笔快了罢？你不满于别人的主张，你自己的主张呢？自己也许没有能力指示改善现状的途径，但是总该按捺住一时的暴躁，静心的等候着罢？

这一次鲁迅真的开始认真回应了，鲁迅连续作了两篇驳文，一篇是4月17日写的《好政府主义》，针对梁实秋早先的那篇《"不满于现状"，便怎样呢？》。另一篇则是标志着两人论战进入高潮的，鼎鼎大名的《〈"丧家的""资本家的乏走狗"〉》。

好政府主义

文/鲁迅

梁实秋先生这回在《新月》的"零星"上，也赞成"不满于现状"了，但他以为"现在有智识的人（尤其是凤来有'前驱者''权威''先进'的徽号的人），他们的责任不仅仅是冷讥热嘲地发表一点'不满于现状'的杂感而已，他们应该更进一步的诚诚恳恳地去求一个积极医治'现状'的药方"。

梁实秋与原配夫人程季淑

为什么呢？因为有病就须下药，"三民主义是一副药，——梁先生说，——共产主义也是一副药，国家主义也是一副药，无政府主义也是一副药，好政府主义也是一副药"，现在你"把所有的药方都襃贬得一文不值，都挖苦得不留余地，……这可是什么心理呢？"

这种心理，实在是应该责难的。但在实际上，我却还未曾见过这样的杂感，譬如说，同一作者，而以为三民主义者是违背了英美的自由，共产主义者又收受了俄国的卢布，国家主义太狭，无政府主义又太空……。所以梁先生的"零星"，是将他所见的杂感的罪状夸大了。

其实是，指摘一种主义的理由的缺点，或因此而生的弊病，虽是并非某一主义者，原也无所不可的。有如被压榨得痛了，就要叫喊，原不必在想出更好的主义之前，就定要咬住牙关。但自然，能有更好的主张，便更成一个样子。

不过我以为梁先生所谦逊地放在末尾的"好政府主义"，却还得更谦逊地放在例外的，因为自三民主义以至无政府主义，无论它性质的寒温如何，所开的究竟还是药名，如石膏，肉桂之类，——至于服后的利弊，那是另一个问题。独有"好政府主义"这"一副药"，他在药方上所开的却不是药名，而是"好药料"三个大字，以及一些唠唠叨叨的名医架子的"主张"。不错，谁也不能说医病应该用坏药料，但这张药方，是不必医生才配摇头，谁也会将他"襃贬得一文不值"（"襃"是"称赞"之意，用在这里，不但"不通"，也证明了不识"襃"字，但这是梁先生的原文，所以姑仍其旧）的。

——倘这医生羞恼成怒，喝道"你嘲笑我的好药料主义，就开出你的药方来！"那就更是大可笑的"现状"之一，即使并不根据什么主义，也会生出杂感来的。杂感之无穷无尽，正因为这样的"现状"太多的缘故。

"丧家的" "资本家的乏走狗"

文／鲁迅

梁实秋先生为了《拓荒者》上称他为"资本家的走狗"，就做了一篇自云

"我不生气"的文章。先据《拓荒者》第二期第六七二页上的定义，"觉得我自己便有点像是无产阶级里的一个"之后，再下"走狗"的定义，为"大凡做走狗的都是想讨主子的欢心因而得到一点恩惠"，于是又因而发生疑问道——

> 《拓荒者》说我是资本家的走狗，是那一个资本家，还是所有的资本家?我还不知道我的主子是谁，我若知道，我一定要带着几分杂志去到主子面前表功，或者还许得到几个金镑或卢布的赏赉呢。……我只知道不断的劳动下去，便可以赚到钱来维持生计，至于如何可以做走狗，如何可以到资本家的帐房去领金镑，如何可以到××党去领卢布，这一套本领，我可怎么能知道呢?……

这正是"资本家的走狗"的活写真。凡走狗，虽或为一个资本家所豢养，其实是属于所有的资本家的，所以它遇见所有的阔人都驯良，遇见所有的穷人都狂吠。不知道谁是它的主子，正是它遇见所有阔人都驯良的原因，也就是属于所有的资本家的证据。即使无人豢养，饿的精瘦，变成野狗了，但还是遇见所有的阔人都驯良，遇见所有的穷人都狂吠的，不过这时它就愈不明白谁是主子了。

梁先生既然自叙他怎样辛苦，好像"无产阶级"（即梁先生先前之所谓"劣败者"），又不知道"主子是谁"，那是属于后一类的了，为确当计，还得添几个字，称为"丧家的""资本家的走狗"。

然而这名目还有些缺点。梁先生究竟是有智识的教授，所以和平常的不同。他终于不讲"文学是有阶级性的吗?"了，在《答鲁迅先生》那一篇里，很巧妙地插进电杆上写"武装保护苏联"，敲碎报馆玻璃那些句子去，在上文所引的一段里又写出"到××党去领卢布"字样来，那故意暗藏的两个×，是令人立刻可以悟出的"共产"这两字，指示着凡主张"文学有阶级性"，得罪了梁先生的人，都是在做"拥护苏联"，或"去领卢布"的勾当，和段祺瑞的卫兵枪杀学生，《晨报》却道学生为了几个卢布送命。自由大同盟上有我的名字，《革命日报》的通信上便说为"金光灿烂的卢布所买收"，都是同一手段。在梁先生，也许以为给主子嗅出匪类（"学匪"），也就是一种"批评"，然而这职业，比起"刽子手"来，也就更加下贱了。

我还记得，"国共合作"时代，通信和演说，称赞苏联，是极时髦的，现在可不同了，报章所载，则电杆上写字和"××党"捕房正在捉得非常起劲，那么，为将自己的论敌指为"拥护苏联"或"××党"，自然也就觉得合时，或者还许会得到主子的"一点恩惠"了。但倘说梁先生意在要得"恩惠"或"金镑"，是冤枉的，决没有这回事，不过想借此助一臂之力，以济其"文艺批评"之穷罢了。所以从"文艺批评"方面看来，就还得在"走狗"之上，加上一个形容字："乏"。

1930年4月19日

看到鲁迅的回应之后，因着编辑《新月》的便利，梁实秋一口气发表了数篇反击文章。

❀ 答鲁迅先生 ❀

文／梁实秋

我在本刊第六七合刊号上写了两篇文章，一篇是《文学是有阶级性的吗？》一篇是《论鲁迅先生的硬译》。这两篇文章的本身，都是各自独立，毫无关联的。前一篇的主旨，是说明文学并无阶级的区别，既不曾诬蔑"无产阶级文学"，也不曾拥护"有产阶级文学"，因为我的结论是根本不承认文学里有阶级性。后一篇的大意，是指出鲁迅先生的几种翻译作品之令人难懂，并且举了几处译文难懂的实例，文章发表之后，自己预料恐怕要闯祸，第一恐怕触犯了无产阶级文学家的"联合战线"。鲁迅先生是否在这个"战线"里面，我不知道。第二恐怕触犯了鲁迅先生的权威，因为"硬译"云云由自己口里讲便很像是客气的话，由别人来议论便很容易觉得不舒服了。结果呢，祸是闯了，并且是两罪俱发，而首先宣布这两桩祸的人，都是鲁迅先生。萌牙月刊的"三月纪念号"里的一篇《硬译与文学阶级性》，便是鲁迅先生表现他的权威的所在。

凡是欢喜批评别人的人，总欢喜着别人对于他的批评，至少我个人是这样。鲁迅先生的文章，无论内容怎么样，趣味总是有的，文笔总是可取的，这是他的长处，也正是他的短处。是长处，因为有趣，好玩；是短处，因为态度不严正，内容不充实，我读了他这篇文章之后，我就不知道他的主旨所在，只觉得他的枝枝节节的咬文嚼字的说俏皮话。如其他是要为他的"硬译"辩护，就不妨把他的

梁实秋与韩菁清结婚照

译文的妙处一二三四的讲出来给我们见识见识，（为方便起见，我举出的那几段不通的译文就很可以做个榜样，请鲁迅先生解释解释看）；如其他是要为"无产阶级文学"辩护，就不妨一二三四的讲给我们听，为什么"无产阶级文学"这个名词可以成立。但是鲁迅先生不这样做，是不能还是不愿，我们不晓得，他只是说几句嘲弄的话了事。我现在把他的大文里的"废话"检举几段在下面，使大家知道鲁迅先生的散文艺术之精华部分：

（一）鲁迅先生要驳我的文章，却先表示不屑看新月月刊的架子，例如他开首便说：

"听说新月月刊团体里的人们在说，现在销路好起来了。这大概是真的，以我似的交际极少的人，也在两个年轻朋友的手里见过第二卷第六七号的合本，顺便一翻，是争言论自由的文字和小说居多。近尾巴处，则有梁实秋先生的一篇……"

这一段文字初看似乎平淡，细看则鲁迅先生的文笔着实可喜。你看，"年轻朋友"等等这一句话便表示鲁迅先生似乎夙来不大常看新月，不过偶尔在朋友"手里"碰到新月，并且这两个朋友还是"年轻"的，年轻人不知深浅有钱乱花，于是"手里"竟有新月。鲁迅先生碰到新月之后，并不留神，不过懒洋洋的"顺手一翻"，"翻"过之后，便写了那篇反驳的文章。鲁迅先生的态度多么闲暇自在！

（二）鲁迅先生要驳我的文章，却先要坐实我的背后有一个团体。"硬译"的名词本是鲁迅先生自己发明的，可是我一提出来说，这位夙来写文章给人以不舒服的先生自己便觉得不舒服了。梁实秋也有翻译的作品呀，鲁迅先生何不应用"以牙还牙"的办法，也来找几段"死译""误译""硬译"的例子来"示众"？但是鲁迅先生不这样干，他因为我的文章里有几处用着"我们"，于是他有文章作了，他说：

"我也就是新月社的'他们'之一……我的译作，本不在博读者的'爽快'，却往往给以不舒服，甚至于使人气闷、憎恶、愤恨。读了会'落个爽快'的东西，自有新月社的人们的译著在：徐志摩先生的诗，沈从文、凌叔华先生的小说，陈西滢即陈源先生的闲话，梁实秋先生的批评，潘光旦先生的优生学，还有白璧德先生的人文主义……"

这一来，"新月社的人们"全扯进来了，要辩白罢，人太多，一个一个的辩白那太费事，只得不辩，于是鲁迅先生大胜利！其实鲁迅先生这篇文章虽然好像是"单独执笔"，虽然未用"我们"，而《编辑后记》里却说：

"梁实秋……思想虽荒谬虽奇特，在现在却有很大的社会意义。所以我们由鲁迅先生的手加以详细的反驳了。"

在这个地方我，可以引用鲁迅先生使人"不舒服"的一句名言了：——

"自然，作者虽然单独执笔，气类则绝不只一人，用'我们'来说话，是不错的，也令人看起来较有力量，又不至于一人双肩负责。"这回，"不舒服"的该是鲁迅先生。

（三）鲁迅先生要驳我的文章，却先要指责我的文章之加圈圈。说来可笑，文章加圈点不过是令读者注意的一种标记罢了，譬如英文作品往往有些字是用大写字母排的，或用意大利体的字母排的，无非是惹人注目的一种方法，并没有什么犯罪的地方。而鲁迅先生一则曰："细心的在字旁加上圆圈"，再则曰："加上套圈"，三则曰："字旁也有圈圈"，四则曰："大可以加上夹圈"。好像我加了圆圈，便要罪加一等似的！其实鲁迅先生自己呢，他硬译的卢那卡尔斯基的《文艺与批评》第二百四十八页上"评价""规范""内容"等字旁也是加圆点的！我加的是圈，鲁迅先生加的是点，如是而已。

以上我略举几个例，证明鲁迅先生的文章里面废话甚多，然而据我看，他的文章的精华也正在那几处地方。洋洋二十五页的高文，页页是好玩的，但是鲁迅先生的真意所在，我看不出来。

谁的文章长不一定就是谁的理由充分。这一期新月没有二十五页的篇幅给我写使人不舒服的文章。我现在只简单的重复申明我的论旨，并且附带着提出质问鲁迅先生的几点：

（一）鲁迅先生的翻译，据他自己说，是"晦涩，甚而至于难解之处也真多"，我便举出了三段实例来证明鲁迅先生自己的话，请鲁迅先生明白宣布，我举的例对不对？如其我举的不对，请他自己举出几个那"真多"的"难解之处"，也让别人瞻仰瞻仰翻译之难。我对于这个问题的意见是这样的，鲁迅先生近来的译品简真是晦涩，简直是难解之处也真多，我随时可以举出例证来。

（二）鲁迅先生的翻译之所以"晦涩，甚而至于难解之处也真多"的原故，据我想，不外乎鲁迅先生自己的糊涂与懒惰，即他自己所谓的"能力不够"是也。而鲁迅先生只承认这是两个原故之一，还有一个原故是"中国文本来的缺点"。究竟什么是"中国文本来的缺点"呢？请教请教。

（三）鲁迅先生是不是以为文学是有阶级性的？如其是的，鲁迅先生自己究竟是站在那一边，还是蝙蝠式的两边都站？鲁迅先生以为"新月社的人们"是在那一边？理由安在？我觉得鲁迅先生向来做反面文章，东批评，西嘲笑。而他从来不明明白白的公布他自己的积极的主张和态度。人家说他是有闲阶级小资产阶级落伍者，于是硬译一本卢那卡尔斯基，你们看看我在"作战"呢，我也在"联合战线"里面呢！人家说他是"转变方向"，于是立刻嘲笑"成仿吾元帅……爬出日本的温泉，住进巴黎的旅馆"，于是立刻拒绝《拓荒者》《现代小说》的"谧法"，你们看看，我才不投降呢！但是这样的左右支撑，究能延长几久呢？我的主张是干脆的，我不承认文学有阶级性，阔人穷人写的作品我都看的。这回承鲁迅先生介绍《被解放的唐吉诃德》《溃灭》《水门汀》，我立刻就去读，还许要批评。但是愿意知道鲁迅先生正面的积极的文学主张的人，大概是很多的，不知鲁迅先生愿意做这样的事不？

最后，还有一件事。新月月刊上近来发表些篇争自由的文章，这是我们几个人各自的良心主张，能否博得读者同情，我们原不预为计较的。鲁迅先生的喜欢嘲笑人的态度，这一生大概是不能改掉的了，当然我也不希望他改掉，鲁迅先生而不嘲笑人，这个世界上该要如何的冷静呢！所以鲁迅先生屡次讥笑新月争自由的文章，我们都不觉得奇怪，在鲁迅先生这是当然有此一着的。令人惊讶的是，一九三年二月十四日下午七时，"著作界名人鲁迅、郁达夫、田汉、郑伯奇及商界、新闻界、律师界、教育界同人五十余人发起自由运动大同盟，……讨论四小时之久，议决事项甚多"云云。鲁迅先生发起自由运动大同盟，这在将来的历史上一定是一件大事，不加圈也要加点的。现将宣言全文录在下面：

（略）

我预料将来来到鲁迅先生等发起的自由运动大同盟的旗帜之下的人，一定是很多的，我应该预祝这个同盟大成功！但是"新月社的人们"发表几篇争自由的文章颇引起一些人的评论，以为我们是不够彻底，还是小资产阶级的要求欧美式的自由的勾当，比不得马克思列宁等等的遗教来得爽快。有人讥诮我们要求的不过是思想，自由有人讥诮我们只是在纸上写文章而并不真革命。这些讥诮，我们都受了。讲我自己罢，革命我是不敢乱来的，在电灯杆子上写"武装保护苏联"我是不干的，到报馆门前敲碎一两块值五六百元的大块玻璃我也是不干的，现时我只能看看书写写文章。我们争自由，只是在纸上争自由。好了，现在另有所谓"自由运动大同盟"了，"议决事项甚多"，甚多者，即不只发宣言一桩事之谓也。他们"奋斗"起来恐怕必定可观，鲁迅先生恐怕不会专在纸上写文章来革命。虽然宣言里开宗明义要争的还是思想自由，所谓"伟大的时代"恐怕也许是真要来罢？

资本家的走狗

文／梁实秋

写完前一段短文，看见了《拓荒者》第二期第六七一页起有一篇文章，题目是《阶级社会的艺术》，也是回答我的《文学是有阶级性的吗？》那篇文章的。拓荒者的态度比较鲜明，一看就晓得那一套新名词又运用出来了，——马克思，列宁，唯物史观，阶级斗争……等等等。但是文章写得笨，远不如鲁迅先生的文章的有趣。

这篇文章使我感得兴味的只有一点，就是，这篇文章的作者给了我一个称号——"资本家的走狗"。这个各称虽然不雅，然而在无产阶级文学家的口里这已经算是很客气的称号了。我不生气，因为我明了他们的情形，他们不这样的给我称号，他们将要如何的交代他们的工作呢？

"资本家的走狗"。那意思很明显，他们已经知道我不是资本家了，不过是走狗而已。我既不是资本家，我可算是那一个阶级的呢？不是资产阶级，便是无产阶级了。究竟什么是资产阶级，什么是无产阶级呢？查字典是不行的，韦伯斯特大字典是偏向资产阶级的字典，靠不住。最靠得住的恐怕还是我们的那部《拓荒者》。第六七二页上有一个定义（我暂时还不知道那里发售无产阶级大字典，所以暂以这个定义为准）：

"无产者——普罗列塔利亚是什么呢？它是除开出卖其劳动以外，完全没有方法维持其生计的，又因此又不倚赖任何种类资本的利润之社会阶级。"

这个定义是比韦伯斯特大字典的定义体面多了，中听多了！我觉得我自己便有点像是无产阶级里的一个了，因为我自己便是非出卖劳动便无法维持生计。我可不晓得"劳动"是否包括教书的事业，我的职业是教书，劳心，同时也劳力，每天要跑几十里路，每天站立在讲台上三四小时，每天要把嘴唇讲干，每天要写字使得手酸，——这大概也算是劳动的一种了罢？我不是不想要资产，但是事实上的确没有资产，一无房，二无地，那么，照理说我当然是无产阶级的一分子了，我自己是这样自居的。为什么无产阶级文学家又说我是"资本家的走狗"呢？假如因为我否认文学的阶级性，无产阶级文学家便说我是资本家走狗，那么，资本家又何尝不可以以同样的理由说我是无产阶级的走狗呢？也许无产阶级不再需要走狗了，那么，只好算是资本家的走狗了。

大凡做走狗的都是想讨主子的欢心因而得到一点点恩惠。《拓荒者》说我是资本家的走狗，是那一个资本家，还是所有的资本家？我还不知道我的主子是谁，我若知道，我一定要带着几份杂志去到主子面前表功，或者还许得到几个金镑或卢布的赏赉呢。钱我是想要的，因为没有钱便无法维持生计。可是钱怎样的去得到呢？我只知道不断的劳动下去，便可以赚到钱来维持生计，至于如何可以做走狗，如何可以到资本家的账房去领金镑，如何可以到××党去领卢布，这一套的本领，我可怎么能知道呢？也许事实上我已经做了走狗，已经有可以领金镑或卢布的资格了，但是我实在不知道到那里去领去。关于这一点，真希望有经验的人能启发我的愚蒙。

无产阶级文学

文／梁实秋

我说过："我们不要看广告，我们要看货色。"我的意思是，马克思唯物史观列宁阶级斗争等等的名词，我们已听过了不少，请拿出一点点"无产阶级文学"的作品给我们看看。否则专登广告，不贩真货，令人只听楼板响不见人下来，那岂不太滑稽了么？

我这个要求遇到了两个答复，一个是"由鲁迅先生的手"答复的，一个是《拓荒者》。

鲁迅先生说："梁先生要看货色。这不错的，是最切实的办法。"办法他是认为"不错的"了，不过我举了两首郭沫若先生的译诗来做标样，鲁迅先生便又认为"是不对的"了。对不对，错不错，这问题当然应该由鲁迅先生来钦定。他钦定了三部作品，即卢那卡尔斯基的《被解放的唐吉诃德》等三部，是"在中国这十一年中就并无可以和这些相比的作品"（连"比"都不可以！）。其实文章做到这里就够了，但是鲁迅先生底下还有。他说："……新兴阶级于文学的本领当然幼稚而单纯，向他们要求好的作品，是布尔乔亚（！）的恶意。这话为农工而说，是极不错的（'不错'上面还加了一个

'极'的！）。这样的无理要求，却如使他们冻饿了好久倒怪他们为什么没有富翁那么肥胖一样。"前后对照来看，鲁迅先生本来认为是"不错的""最切实的办法"，现在又忽然变做了"无理要求"了。一个人的脾气是这样的容易变换！我并不要求冻饿好久的人能像富翁那么胖，但是天下尽有一般人，口里尽管嚷："我是胖子呀，我是胖子呀！"那么我就请他于嚷嚷之余露出他身上的肥肉来给我们看看，这不能算是"无理要求"，这不能算是"恶意"罢？鲁迅先生举卢那卡尔斯基的作品为"无产阶级文学"的代表时，那态度真有点像"战士"的勇敢，底下躲躲闪闪的态度便是其软如棉，太快的缩了。

《拓荒者》的态度不同。他们说："梁实秋说'我不要广告，我们要看货色'。好个老市侩！然而，我们并没有意思做生意"，这态度真鲜明极了，生意是不做的，广告是要做的，说句"老市侩"的话，这就是买空卖空之谓也。可是生意虽然不做，在第一期的《拓荒者》他们也搜索出来七八篇"作品"，并且还加了批评。内中有一段是批评某君的一篇《阿三》的，评语是这样，"《阿三》作为小品算是成功的，很巧妙地说明阿三怎样明白了布尔雪维克是什么"。……原来"成功的""无产阶级文学"是这样的。

《现代小说》三卷三期里有一篇《创作小说》，题目就是《梁实秋》。据我看，小说里的情节本来无须完全根据事实，尽可虚构，只要近乎人情就算了。不过这篇小说的标题既是真姓真名，而内容也仿佛作出好像是真事一般。我似乎不可不解释一下了。这篇小说若当作小说看，好坏我不愿意批评。若当做实事看，我便要宣告这篇小说完全是造谣诬蔑，没有一个字是真的。若说那位作者故意毁人名誉，那也未必，他自己便未必是个爱惜名誉的人。为什么要写这样的小说呢？有道理的。申报大概是资产阶级的报纸，无产文学家照例是不该信任的，但是申报登载了一段关于我的完全无稽的新闻，这位无产文学家马上抓了来作为可靠的资料，加以润饰陪衬，俨然成为"创作小说"矣！这篇小说的主旨呢，是在说明我是一个"小布尔乔亚泛"，触犯了"布尔乔亚泛"，于是"摇尾乞怜"，没有"普罗列塔利亚"那样的光荣。可惜事实完全是捏造的，否则这篇东西大有一读的价值。（写这篇小说的作

鲁迅与其子周海婴

家已于一九三〇年二月十四日下午七时随同鲁迅先生发起了"自由运动大同盟"，今后普罗列塔利亚的争自由的运动当如何进行，.于触犯"布尔乔亚泛的虎须"之后，是否真的"摇尾乞怜"，只好等着看。也许人家始终就不触犯"布尔乔亚泛"，顶多触犯"小布尔乔亚泛"罢了。）这篇小说，据《拓荒者》的批评家看，是"对于改良主义者的嘲笑的声浪"，嘲笑固然有趣，可以嘲笑的资料要稍微费点神去找，不可以见神见鬼的嘲笑自己脑海里的幻象罢！

鲁迅与牛

文／梁实秋

我在《新月》第二卷第九期写了一篇短文《答鲁迅先生》，我的大意不外两点：

（一）我觉得鲁迅先生近来的翻译"晦涩，甚而至于难解之处也真多"，所以真不愧为"硬译"，我已经举过三个例，随时还可多举几个例。

（二）鲁迅先生善写有"趣味"的"嘲笑"人的"杂感"，但是我不曾知道他的积极的对于文艺与思想的态度是什么，主张是什么，所以我愿他说几句正面的话。

这文章发表之后，就有朋友写信劝我不必再在这种没有价值的争论上枉费精神。而我以为，只要不闹到意气用事，辩难的文字也不是完全没有意思的。打笔墨官司是容易事，实在就是较文雅的吵嘴，那里配谈到什么"讽刺文学"。在文学上没有见过世面的人，也许见到谁写了几段下贱的刻薄话，便大惊小怪的嚷："这是讽刺文学呀！"这真是不知"天多高地多厚"了。我现在回答鲁迅先生几句话，万万不敢渎亵"讽刺文学"的招牌。

鲁迅先生对于我上面说的两点正文，截至现在为止，并没有回答。而许多许多枝节问题又生出来了。这正是鲁迅先生的故态，他就没有耐性能使他彻底的在某范围之内讨论一个问题，你指谪他这一点，他向你露露牙齿笑两声，然后他再蹦蹦跳跳的东一爪西一嘴的乱扑，他也并不想咬下你一块肉，只想撕破你的衣服，招你恶心。这种Guerilla Warfare并不使人怕，只使人厌烦。这样辩论下去，永远不会有什么结论的，因为鲁迅先生要争的似乎不是什么是非，他要的是"使人不舒服"而已，与其逼鲁迅先生说正经话，还不如索兴给他一个放刁的机会，让他充分的表现他的特长罢。

鲁迅先生这个人，究竟是怎样的一个人呢?别人的话靠不住，让他自己来供：

　　　　我没有什么话要说，也没有什么文章要做，但有一种自害的脾气，是有时不免呐喊几声，想给人们去添点热闹。譬如一匹疲牛罢，明知不堪大用的了，但废物何妨利用呢，所以张家要我耕一弓地，可以的；李家要我挨一转磨，也可以的；赵家要我在他店前站一刻，在我背上贴出广告道：敝店备有肥牛，出售上等消毒滋养牛乳。我虽然深知道自己是怎样瘦，又是公的，并没有乳；然而想到他们为张罗生意起见，情有可原，只要出售的不是毒药，也就不说什么了。但倘若用得我太苦，是不行的，我还要自己觅草吃，要喘气的工夫；要专指我为某家的牛，将我关在他的牛牢内，也不行的，我有时也许还要给别家挨几转磨。如果连肉都要出卖，那自然更不行，理由自明，无须细说……。（见鲁迅作《阿Q正传的成因》）

　　这真是鲁迅先生的活写真。仔细看过这段描写的自白，也许有人以为我以前太多事，人家已经说得这样明白清楚，何必还问什么对于文艺思想的积极的意见?鲁迅先生一生做人处世的道理都在这一匹疲牛的譬喻里很巧妙的叙述了。一匹牛，在张家可以耕田，在李家可以转磨，在赵家店前可以做广告；一个人，在军阀政府里可以做佥事，在思想界可以做权威，在文学界里可以做左翼作家。这譬喻来得切确。不过人应该比牛稍微灵些，牛吃李家的草的时候早忘了张家，吃赵家的草的时候又忘了李家，畜生如此，也自难怪；而人的记忆力应该稍强些罢，在吃草喘气的时候，也该自己想想，你自己已经吃了几家的草，当过几回"乏""牛"！

　　鲁迅先生做牛是有条件的，第一个条件是不能用得太苦，第二个条件是不要专指为某家的牛，第三个条件是不卖肉。第一个条件容易办到，用牛耕田转磨的主子可以体恤到这一点，多给几捆草，少写几千字，算不得什么，不过在牛一方面，这一点也是应该言明在先的罢了。第二个条件稍难，你流着汗给张家耕田，旁人自然就说你是张家的牛，你吃李家草，旁人自然就说你是李家的畜生，除非人家认识你，或是有人在你毛上打过一个烙印，印着"我是一匹丧家的乏牛，谁给草吃我就给谁做工，救救罢，可怜的乏牛！"第三个条件又容易了——说到这里想起一桩事。

一九三〇年四月八日上午十时，上海发生了一件大事，"全上海的革命团体，在自由运动大同盟的号召之下，准备对于南京的四三惨案有所表示"。自由运动大同盟即是鲁迅先生领衔发起的。"有所表示"者，即"三四百个"人要冲进北京大戏院开会未果，被巡捕打死一个，而"留下一滩鲜血"是也。这事发生之后，颇有人为鲁迅先生担心，因为不晓得流了"一滩鲜血"的究竟是那一位，尤其是，在某处听说"凡是左翼联盟的作家都要参加工农革命底实际行动"这句话的人，更不能不为鲁迅先生担心。假如鲁迅先生真个为了没能冲进北京大戏院而流一滩鲜血，喜欢"讽刺文学"的人，当然没人能不认为这是很大的牺牲；而在"普罗"一方面看，这又是很光荣的一件事了。幸亏事实不久大明，死的不是"参加工农革命底实际行动"的"左翼作家"，是一位"勇敢的工人"。（《萌芽月刊》第五号第三一〇页称这位死者为"赎罪的羔羊"！）鲁迅先生的"不卖肉主义"是老早言明在先的。

鲁迅先生究竟现在是吃那一家的草，属于那一个党，我并不知道，也并不想知道。我在第九期新月与鲁迅先生无关的一篇文字里写了"××党"的字样，我用××代替另外两个字，这并不是我的"巧妙"，鲁迅先生发表文章的那几种杂志不是常常有××党的字样么?大家似乎都避讳这两个字。例如《文艺讲座》第二九七页上还有"康命尼斯特"这样的一个名词，这岂不来得更巧妙。然而鲁迅先生以为我故意影射他是××党，所以"职业比刽子手还更下贱"了。其实鲁迅先生何必要我"影射"。有草可吃的地方本来不过就是那几家，张家，李家，赵家，要吃草还怕人看见，太"乏"了。《萌芽月刊》第五号第一二六页有这样的一段：

> 鲁迅先生……将旧礼教否定了……将国家主义骂了，也将无政府主义，好政府主义，狂飙主义，改良主义……等劳什子都骂过了，然而偏偏只遗下了一种主义和一种政党没有嘲笑过一个字，不但没有嘲笑，分明的还在从旁支持着它。

这"一种主义"大概不是三民主义罢？这"一种政党"大概不是国民党罢？

论战尾声

这场历时8年的辩论，在鲁迅逝世之后落下了帷幕，没有输赢与高下之分，倒是给无数读者留下了深刻的印象，充分展现了两位文豪的才华与智慧。晚年的梁实秋在回忆当年这位辩友的时候，也给予了中肯的评价，言语间充满了敬佩与怀念之情。

关于鲁迅

文 / 梁实秋

近来有许多年青的朋友们要我写一点关于鲁迅的文字。为什么他们要我写呢？我揣想他们的动机大概不外几点：一、现在在台湾，鲁迅的作品是被列为禁书，一般人看不到，越看不到越好奇，于是想知道一点这个人的事情。二、一大部分青年们在大陆时总听说过鲁迅这个人的名字，或读过他的一些作品，无意中不免多多少少受到共产党及其同路人关于他的宣传，因此对于这个人多少也许怀有一点幻想。三、我从前曾和鲁迅发生过一阵笔战，于是有人愿意我以当事人的身分再出来说几句话。

其实，我是不愿意谈论他的。前几天陈西滢先生自海外归来，有一次有人在席上问他："你觉得鲁迅如何？"他笑而不答。我从旁插嘴，"关于鲁迅，最好不要问我们两个。"西滢先生和鲁迅冲突于前（不是为了文艺理论），我和鲁迅辩难于后，我们对鲁迅都是处于相反的地位。我们说的话，可能不公道，再说，鲁迅已经死了好久，我再批评他，他也不会回答我。他的作品在此已成禁书，何必再于此时此地"打落水狗"？所以从他死后，我很少谈论到他，只有一次破例，抗战时在中央周刊写过一篇"鲁迅和我"。也许现在的青年有些还没有见过那篇文字，我如今被催逼不过，再破例一次，重复一遍我在那文里说过的话。

我首先声明，我个人并不赞成把他的作品列为禁书。我生平最服膺伏尔德的一句话："我不赞成你说的话，但我拼死命拥护你说你的话的自由。"我对鲁迅亦复如是。我写过不少批评鲁迅的文字，好事者还曾经搜集双方的言论编辑为一册，我觉得那是个好办法，让大家看谁说的话有理。我曾经在一个大学里兼任过一个时期的图书馆长，书架上列有若干从前遗留下的低级的黄色书刊，我觉得这是有损大学的尊严，于是令人取去注销，大约有数十册的样子，鲁迅的若干作品并不在内。但是这件事立刻有人传到上海，以讹传讹，硬说是我把鲁迅及其他左倾作品一律焚毁了，鲁迅自己也很高兴的利用这一虚伪情报，派作我的罪状之一！其实完全没有这样的一回事。宣传自宣传，事实自事实。

鲁迅本来不是共产党徒，也不是同路人，而且最初颇为反对当时的左倾分子，因此与创造社的一班人龃龉。他原是一个典型的旧式公务员，在北洋军阀政府中的教育部当一名佥事，在北洋军阀政府多次人事递换的潮流中没有被淘汰，一来因为职位低，二来因为从不强出头，顶多是写一点小说资料的文章，或从日文间接翻译一点欧洲作品。参加新青年杂志写一点杂感或短篇小说之后，才渐为人所注意，终于卷入当时北京学界的风潮，而被章行严排斥出教育部。此后即厕身于学界，在北京，在厦门，在广州，所至与人冲突，没有一个地方能使他久于其位，最后停留在上海，鬻文为生，以至于死。

鲁迅一生坎坷，到处"碰壁"，所以很自然的有一股怨恨之气，横亘胸中，一吐为快。怨恨的对象是谁呢？礼教，制度，传统，政府，全成了他泄忿的对象。他是绍兴人，也许先天的有一点"刀笔吏"的素质，为文极尖酸刻薄之能事，他的国文的根底在当时一般白话文学作家里当然是出类拔萃的，所以他的作品（尤其是所谓杂感）在当时的确是难能可贵。他的文字，简练而刻毒，作为零星的讽刺来看，是有其价值的。他的主要作品，即是他的一本又一本的杂感集。但是要作为一个文学家，单有一腹牢骚，一腔怨气是不够的，他必须要有一套积极的思想，对人对事都要有一套积极的看法，纵然不必即构成什么体系，至少也要有一个正面的主张。鲁迅不足以语此。他有的只是一个消极的态度，勉强归纳起来，即是一个"不满于现状"的态度。这个态度并不算错。北洋军阀执政若干年，谁又能对现状满意？问题是在，光是不满意又当如何？我们的国家民族，政治文化，真是百孔千疮，怎么办呢？慢慢的寻求一点一滴的改良，不失为一个办法。鲁迅如果不赞成这个办法，也可以，如果以为这办法是消极的妥协的没出息的，也可以，但是你总得提出一个办法，不能单是谩骂，谩骂腐败的对象，谩骂别人的改良的主张，谩骂一切，而自己不提出正面的主张。而鲁迅的最严重的短处，即在于是。我曾经写过一篇文字，逼他摊牌，那篇文章的标题即是"不满于现状"。我记得我说："你骂倒一切人，你反对一切主张，你把一切主义都褒贬的一文不值，你到底打算怎样呢？请你说出你的正面主张。"我这一逼，大概是搔着他的痒处了。他的回答很妙，首先是袭用他的老战术，先节外生枝的奚落我一番，说我的文字不通，"褒"是"褒"，"贬"是"贬"，如果不作为贬用，贬字之上就不能加褒，（鲁迅大概是忘记了红楼梦里即曾把"褒贬"二字连用，作吹毛求疵解，北方土语至今仍是如此。）随後他声明，有一种主义他并没有骂过。我再追问他，那一种主义是什么主义？是不是共产主义？他不回答了。

　　不要以为鲁迅自始即是处心积虑的为共产党铺路。那不是事实，他和共产党本来没有关系，他是走投无路，最後逼上梁山。他从不批评共产主义，这也是不假的，他敞开着这样一个后门。所以后来共产党要利用他来领导左翼作家同盟时，一拍即合。事实上，鲁迅对于左倾分子的批评是很严厉的，等到后来得到共产党的青睐而成为左翼领导人的时候，才停止对他们的攻击。大约就在这个时候，他以生硬粗陋的笔调来翻译俄国共产党的"文艺政策"。这一本"文艺政策"的翻译，在鲁迅是一件重要事情，这很明显的表明他是倾向于共产党了。可是我至今还有一点疑心，这一本书是否鲁迅的亲笔翻译，因为实在译得太坏，鲁迅似不至此，很可能的这是共产党的文件硬要他具名而他又无法推卸。这一文件的寿命并不长，因为不久俄国的文艺界遭受大整肃，像卢那卡尔斯基，普列汉诺夫，玛耶卡夫斯基，全都遭受了最悲惨的命运，上海的"普罗文艺运动"亦即奉命偃旗息鼓，所谓"左翼作家同盟"亦即奉命匿迹销声，这一段戏剧式的转变之经过详见于伊斯特曼所著之"穿制服的艺术家"一书。经过这一段期间，鲁迅便深入共产党的阵营了。

　　在这个时候，我国东北发生了中东路抗俄事件。东北的军阀割据，当然是谁也不赞成的。可是当我们中国的官兵和苏俄帝国主义发生了冲突，而且我们的伤亡惨重，国人是不能不表关切的。这对于中国共产党及其同情者是一个考验。我很惊奇的在上海的马路旁电线干及各处的墙壁上发现了他们的标语"反对进攻苏联！"我很天真的提出了询问：是中国人进攻苏联，还是苏联侵入了中国？鲁迅及其一伙的回答是：中国军阀受帝国主义的唆使而进攻苏联。经过这一考验，鲁迅的立场是很明显的了。

　　鲁迅没有文艺理论，首先是以一团怨气为内容，继而是奉行苏俄的文艺政策，终乃完全听从苏俄及共产党的操纵。

　　鲁迅死前不久，写过一篇短文，题目好象就是"死"，他似乎感觉到不久于人世了，他在文里有一句话奉劝青年们，"人之将死，其言也善"，我们也不必以人废言，这句话便是："切莫作空头文学家。"何谓空头文学家？他的

鲁迅、萧伯纳、蔡元培在宋庆龄宅

意思是说，文学家要有文学作品，不是空嚷嚷的事。这句话说的很对。随便写过一点东西，便自以为跻身文坛，以文学家自居，这样的人实在太多了，怪不得鲁迅要讽刺他们。可是话说回来，鲁迅也讽刺了他自己。鲁迅死后，马上有人替他印全集，因为他们原是有组织的、有人、有钱、有机构，一切方便。猩红的封面的全集出版了，有多少册我记不得了，大概有十几册到二十册的光景。这不能算是空头文学家了。然而呢，按其内容则所有的翻译小说之类一齐包括在内，打破了古今中外的通例。鲁迅生前是否有此主张，我当然不知道，不过把成本大套的翻译作品也列入

全集，除了显着伟大之外，实在没有任何意义。幸亏鲁迅翻译了戈果里的"死魂灵"而未及其他，否则戈果里的全集势必也要附设在鲁迅全集里面了。

鲁迅的作品，我已说过，比较精彩的是他的杂感。但是其中有多少篇能成为具有永久价值的讽刺文学，也还是有问题的。所谓讽刺的文学，也要具备一些条件。第一，用意要深刻，文笔要老辣，在这一点上鲁迅是好的。第二，宅心要忠厚，作者虽然尽可愤世嫉俗，但是在心坎里还是一股爱，而不是恨，目的不是在逞一时之快，不在"灭此朝食"似的要打倒别人。在这一点上我很怀疑鲁迅是否有此胸襟。第三，讽刺的对象最好是一般的现象，或共同的缺点，至少不是个人的攻讦，这样才能维持一种客观的态度，而不流为泼妇骂街。鲁迅的杂感里，个人攻讦的成分太多，将来时移势转，人被潮流淘尽，这些杂感还有多少价值，颇是问题。第四，讽刺文虽然没有固定体裁，也要讲究章法，像其他的文章一样，有适当的长度，有起有讫，成为一整体。鲁迅的杂感多属断片性质，似乎是兴到即写，不拘章法，可充报纸杂志的篇幅，未必即能成为良好的文学作品。以上所讲也许是过分的苛责，因为鲁迅自己并未声明他的杂感必是传世之作，不过崇拜鲁迅者颇有人在，似乎不可不提醒他们。

在小说方面，鲁迅只写过若干篇短篇小说，没有长篇的作品，他的顶出名的"阿Q正传"，也算是短篇的。据我看，他的短篇小说最好的是"阿Q正传"，其余的在结构上都不像是短篇小说，好像是一些断片的零星速写，有几篇在文字上和情操上是优美的。单就一部作品而论，"阿Q正传"是很有价值

的，写辛亥前后的绍兴地方的一个典型的愚民，在心理的描绘上是很深刻而细腻。但是若说这篇小说是以我们中国的民族性为对象，若说阿Q即是典型的中国人的代表人物，我以为那是夸大其辞，鲁迅自己也未必有此用意。阿Q这个人物，有其时代性，有其地方性。一部作品，在艺术上成功，并不等于是说这个作家即能成为伟大作家。一个伟大作家的作品，必须要有其严肃性，必须要有适当的分量，像"阿Q正传"这样的作品似乎尚嫌不够把它的作者造成一个伟大作家。有一次肖伯纳来到上海，上海的所谓作家们便拥出我们的"伟大作家"鲁迅翁来和他会晤，还照了一张像在杂志上刊出来，一边站着的是一个身材高大须发银白的肖伯纳，一边站着的是身材弱小头发蓬□（原文缺字）的鲁迅，两相对照，实在不称，身量不称作品的数量分量也不称。

在文学的研究方面，鲁迅的唯一值得称道的是他的那本"中国小说史略"，在中国的小说方面他是下过一点研究的功夫的，这一本书恐怕至今还不失为在这方面的好书。我以为，至少这一本书应该提前解禁，准其流通。此外，我看不出他有什么别的贡献。有人说，他译过不少欧洲弱小民族的文学作品。我的知识太有限，我尚不敢批评那些所谓"弱小民族"的文学究竟如何。不过我想，鲁迅的翻译是从日文转译的，因此对于各民族的文学未必有适当的了解，并且鲁迅之翻译此类文学其动机可能是出于同情，对被压迫民族的同情，至于其本身的文学价值，他未必十分注意。

五四以来，新文艺的作者很多，而真有成就的并不多，像鲁迅这样的也还不多见。他可以有更可观的成就，可惜他一来死去太早，二来他没有健全的思想基础，以至于被共产党的潮流卷去，失去了文艺的立场。一个文学家自然不能整天的吟风弄月，自然要睁开眼睛看看他的周围，自然要发泄他的胸中的积愤与块垒，但是，有一点颇为重要，他须要"沉静的观察人生，并观察人生的整体。"（To see life steadlly and see it wholele）。这一句话是英国批评家阿诺得Matthew Arnold批评英国人巢塞Chaucer时所说的话。他说巢塞没有能做到这一点，他对人生的观察是零星的局部的肤浅的。我如果要批评鲁迅，我也要借用这一句名言。鲁迅的态度不够冷静，他感情用事的时候多，所以他立脚不稳，反对他的以及有计划的给他捧场的，都对他发生了不必要的影响。他有文学家应有的一支笔，但他没有文学家所应有的胸襟与心理准备。他写了不少的东西，态度只是一个偏激。

第二篇

梁实秋与冰心

——一生的知己

冰心（1900～1999年），原名谢婉莹，笔名冰心，取"一片冰心在玉壶"为意。原籍福建福州长乐横岭村人，著名诗人、作家、翻译家、儿童文学家。曾任中国民主促进会中央名誉主席，中国文联副主席，中国作家协会名誉主席、顾问，中国翻译工作者协会名誉理事等职位。1918年入协和女子大学预科，积极参加五四运动。1919年开始发表第一篇小说《两个家庭》，此后，相继发表了《斯人独惟悴》、《去国》等探索人生问题的"问题小说"。同时，受到泰戈尔《飞鸟集》的影

冰心

响，写作无标题的自由体小诗，后结集为《繁星》和《春水》出版，被人称为"春水体"。 1921年加入文学研究会，1923年毕业于燕京大学文科，赴美国威尔斯利女子大学学习英国文学。在旅途和留美期间，写有散文集《寄小读者》，显示出婉约典雅、轻灵隽丽、凝炼流畅的特点这种独特的风格曾被时人称为"冰心体"，产生了广泛的影响。 作品有散文集《归来以后》、《再寄小读者》、《我们把春天吵醒了》、《樱花赞》、《拾穗小札》、《晚晴集》、《三寄小读者》等，小说集《超人》、《去国》、《冬儿姑娘》，小说散文集《往事》、《南归》，散文集《关于女人》，以及《冰心全集》、《冰心文集》、《冰心著译选集》等。她的作品被译成多种外文出版。

冰心与同时代的很多男作家有君子之交的好友情分，由于众所周知的政治原因，在20世纪80年代以前，冰心的文章中绝少提到梁实秋。而在政治解冻的80年代之后，梁实秋在冰心的笔下屡屡出现，这时，我们才知道，原来这两位文坛名宿之间，也有着"不比寻常"的友谊。

梁实秋初识冰心在1923年7月，他在《创造》周报上发表了《〈繁星〉与〈春水〉》一文，对冰心的《繁星》与《春水》两部小诗集做了批评。那时两人尚无一面之缘，不想在出国留学的船上不期而遇，当时他对冰心的印象是"一个不容易亲近的人，冷冷的好像要拒人于千里之外"。到美国后，梁实秋与冰心的交往逐渐多了起来，友情渐渐深厚，梁实秋发现冰心"不是一个恃才傲物的人，不过对人有几分矜持，至于她的胸襟之高超，感觉之敏锐，性情之细腻，均非一般人所可企及"。从此，两人开始结下了长达半个多世纪的友谊。

这段友情，在两人之间的文章中可见一斑——一般的悼念文章都是为表达生者对已逝亲友的思念而作，绝无两者相互悼念的道理。但冰心和梁实秋之间，生前都曾发表过悼念对方的文章，这可谓千古一绝了。晚年冰心写作的《关于男人》里她说："我这一辈子接触过的可敬可爱的男人的数目，远在可敬可爱的女子之上。"在这本集子中，有两篇写到梁实秋。而当梁实秋的遗孀韩菁清女士到北京拜访冰心时，冰心在悲痛中说："实秋是我的一生知己。"

相识之初
——梁实秋对冰心的文艺批评

冰心与梁实秋发生联系，是在1923年1月冰心的新诗《繁星》、《春水》由商务印书馆和北新书局相继出版后，风靡文坛，受到很多文学青年的喜欢。可是梁实秋却不以为然。1923年7月梁实秋即将赴美留学的前夕，他在《创造》周报上发表了《〈繁星〉与〈春水〉》一文，对冰心的《繁星》与《春水》两部小诗集做了批评。当时两人素未谋面。

❧《繁星》与《春水》❧
文／梁实秋

冰心女士是一位天才的作家，但是她的天才似乎是限于小说一方面，她的小说时常像一块锦绣，上面缀满了斑斓的彩绘，我们读了可以得到一些零碎的深厚的印象；她的小说又像是一碗八宝粥，里面掺满了各样的干果，我们读了可以得到杂样的甜酸的滋味。质言之，她的小说充满了零星的诗意。然而她在诗的一方面，截至现在为止，没有成就过什么比较的成功的作品，并且没有显露过什么将要成功朕兆。她的诗，在量上讲不为不多，专集行世的已有《繁星》与《春水》。她所出两种，在质上讲比她自己的小说逊色多了，比起当代的诗家，也不免要退避三舍。以长于小说而短于诗的原故，大概是因为她——

（一）表现力强而想象力弱；

（二）散文优而韵文技术拙；

（三）理智富而感情分子薄。

因此冰心女士只是当代的小说作者之一，而在诗的花园里恐怕难于长成蕤葳的花丛，难于结出硕大的果实。假如文艺批评者的任务只是在启发作家的优长，那我便不该检出她这两部诗集来批评，因为《繁星》与《春水》实在不是她的著作中的佳作，虽然现在的一班时髦的作家与批评家都趋之若鹜，谈起冰心便不能忘情于《繁星》与《春水》。我以为真的批评的任务决不仅此，至少在消极方面还要（一）指示作家以对他或她最有希望的道路，（二）纠正时俗肤浅的鉴赏的风尚。故此我觉得我写这篇评论，是不会轶出正当批评的范围之外。

我读冰心诗，最大的失望便是她完全袭受了女流作家之短，而几无女流作家之长。古今中外的文学天才，通盘算起来，在质量两方面女作家都不能和男作家相提而并论的。据我们平常的推测，女子的情感较男子为丰美，女子的心境较男子为静幽，女子的言行较男子为韵雅，遂常以为女子似乎比较的易于在文艺、尤其是诗上发展。然而事实偏不如此，只有很少数的女作者特受诗神些微的眷顾。不过在那些寥若晨星的女作家的作品里，我们却可以得到一些新鲜的、与男作家的作品迥不相同的滋味。大概女作家的作品的长处是在她的情感丰茂，无论表现情感方式如何，或则轻灵，或则浓厚，而其特别丰美则一。她的短处是在她的气力缺乏，或由轻灵而流于纤巧，或由浓厚而流于萎靡，不能大气流行，卓然独立。不幸冰心女士——现今知名的惟一的女作家——竟保持其短而舍去其长。

我从《繁星》与《春水》里认识的冰心女士，是一位冰冷到零度以下的女作家。诗人永远是在诗里表现他或她自己的，善读诗的人是

冰心与丈夫吴文藻合影

时常在诗里面寻诗人的。我觉得我们从诗里面考察人，是最靠得住的，假如那是诗，因为诗人似乎是一定不在诗里撒谎的。我们若彻底的评诗，于讨论诗的技术之外，不能不追究到作诗的人。试看《繁星》的这几首——

我的朋友，
对不住你；
我所能付与的慰安
只是严冷的微笑。
（二九）

玫瑰花的刺，
是攀摘的人的嗔恨，
是她自己的慰乐。
（三二）

我的朋友，
你不要轻信我，
贻你以无限的烦恼，
我只是受思潮驱使的弱者呵！
（四0）

像这样的作品，充满了全集，有些首表面似是温柔，内中还是莲心似的苦。我读过了，得不到同情与慰安，只有冷森森的战栗。啊！诗人付与人们的慰安只是"严冷的微笑"！玫瑰花刺了人，还要引为"她自己的慰乐"！茫茫的众生，真要各个的说出，"你莫轻信我"！假如诗人，真如雪莱所谓是"全世界的规划者"；我们若觉得这人生是冷漠的，我们若须求同情和快慰，那么闯进冰心女士的园地，恐怕没有不废然而返的，因为在那里只能遇到一位冷若冰霜的教训者。这不仅是我一个人的意见，冰心自己在《春水》第八五首说——

我的朋友！

倘若你忆起这一湖春水，
要记住
他原不是温柔，
只是这般冰冷。

梁实秋与夫人程季淑晚年在台北寓所

"一湖春水""只是这般冰冷"，而作者在《春水》集末还留下几张空白的纸，预备读者写他们的"回响"。假如我还有勇气去玷污那几张白纸，我只能把前面引的冰心原作第八五首照抄在上面。或者有人要说，"《繁星》、《春水》乃是另一体裁，以概念为基础，故偏于理智的，而薄于情感的，实则哲理玄妙，也很可玩味的……"诚然，像《繁星》第七、一〇、一二、二二、四三、四八、六一、八八、一〇六、一四三等首，像《春水》第二〇、四五、六七、八七等等，未尝不是谈言微中，大可寻思玩味，在全集无数首里灿然可观，冷似沙里的银星，土里的宝藏。然而我总觉得没有情感的不是诗，不富情感的不是好诗，没有情感的不是人，不富情感的不是诗人，"概念诗是做不得的"。有泰戈尔的哲学，写出《飞鸟集》的诗集，诗的好坏还是在大大的可议之列；没有像泰戈尔的哲学，没有像《飞鸟集》的艺术，那就不必问了。

《繁星》、《春水》这种体裁，在诗国里面，终归不能登大雅之堂的。这样的许是最容易做的，把捉到一个似是而非的诗意，选几个美丽的字句调度一番，便成一首，旬积月聚的便成一集。现在这种体裁已成风尚，不能不就《繁星》、《春水》来谈一谈。

各种体裁的诗，除了短的抒情诗以外，结构总是很复杂的。单纯的诗意若不是在质里含着浓密的情绪，不能成为一首好诗，因为这种诗只能在读者心里留下一个淡淡的印象，甚或印象全无。所以爱伦坡（E.Allan Poe）说得很对：一首长点的诗总是多数单纯诗意联贯而成的。诗的艺术也就时常在这联贯的工作里寻到用武之地，诗人的魄力也就时常在这联贯的工作里寻到发展之所。我说像《繁星》、《春水》那样的诗最容易作，就是因为那些"零碎的篇儿"只是些"零碎的思想"经过长时间的收集而已。我们在那里寻不出线索，寻不出一致，只觉得是一些七零八落的单细胞组成的Amoeba。我说冰心袭承了女流作家的短处，也是因为她的诗的天才，似乎是难于摆脱Amoeba式的诗体而另谋更见天才的地方。

当然，为变异起见，"零碎的篇儿"也不是绝对不可作的，但是我们应该知道，这是一种最易偷懒的诗体，一种最不该流为风尚的诗体，现今号称作家者只知效颦，舍正道而弗由，真如Pope所谓：——

Oft, leaving what is natural and fit,
The current Folly proves the ready wit,
冰心自己不也说吗？
我的朋友！
不要随从我，
我的心灵之灯，
只照着自己的前途呵！
——《春水·一一四》

《繁星》、《春水》在艺术方面最差强人意的便是诗的字句的美丽。在这一点，这是近来无数仿效《繁星》、《春水》的人们所不能企及的。写到这里，我要附带着谈谈诗的词法（Diction）。我一向是反对以"丑的字句"入诗，我所谓字句的美丑是以诗人主观的判断而定，诗人自己应该养成正确的判断力，什么字眼是诗的，美的，便引进诗去，而屏绝非诗的，丑的。郑振铎君在《飞鸟集》例言里说——

有许多诗中特用的美丽文句，差不多是不能移动的，在一种文字里，这种字眼是'诗的'，是'美的'，如果把他移植到第二种文字中，不是找不到相当的好字，便是把原意丑化了，变成非'诗的'了。

郑君虽是在论译文的字句，而他实在是承认了诗的字句不该用"非诗的"、"丑的"。这个意见，是很合理的。字句的本身固然未必一定有美丑可言；不过有些字句入了诗便只见其丑。俞平伯君新近在《小说月报》里说：——

我真惊诧，到了现代，还是有人反对以丑恶的字面入诗；充他们底意，大约最好再做一部修正的《佩文韵府》……。

这是不通之论；我们既认定某某字面是丑恶的，如何能不反对以之入诗？其实各个作者脑筋里都该有一部《佩文韵府》《诗韵大全》；不然，他凭什么去选举他要用的字句？真理是主观的，所以美丑的鉴别有时也只好随人而异，不过明知某某字面为丑恶而仍要用，这种主张不是我们常人所能了解的了。我以上的话似乎是轶出题外，实是借此阐明诗的词法的原理。我最喜欢读《繁星》、《春水》的所在，便是她的字句选择的谨严美丽。谨严故能恰当，美丽故能动人。但是这里又有一个缺点，便是句法太近于散文的（Prosaic）。举个极端的例罢：

青年人呵！
你要和老年人比起来，
就知道你的烦闷，
是温柔的。

假如这四行紧着写做一行，便是很流畅的一句散文。诗分行写是有道理的，一行便是一节有神韵的文字，有起有讫，节奏入律。《繁星》、《春水》的句法近于散文的，故虽明显流畅，而实是不合诗的。至于词法，我认为差不多是尽善尽美，无可非议，在现今作家中是很难得的。

总结一句：冰心女士是一个散文作家，小说作家，不适宜于诗；《繁星》、《春水》的体裁不值得仿效而流为时尚。

选自《创造周报》半年汇刊1923年第1集第12号

友谊之花盛开

那篇文章发表后没几天，梁实秋就踏上了去美国的轮船。在这艘船上，经许地山的介绍，他认识了自己刚批评过的冰心。到美国后他们时常见面，增进了彼此的友谊。不久，在波士顿一带学习生活的中国留学生在当地的"美术剧院"演出了英文版《琵琶记》，剧本由顾一樵改写，梁实秋翻译，梁实秋在剧中饰蔡中郎，谢文秋饰赵五娘，顾一樵演宰相，冰心演宰相之女，演出轰动一时。

两人留学回国之后一度断了联系，直到抗战爆发之后才又重逢。

1940年，梁实秋过生日，冰心应邀参加"寿宴"。酒过三巡后，梁实秋忽然研墨展纸，索要冰心的字。那天冰心喝了一点酒，心境特别好，便提笔欣然写下：

一个人应当像一朵花，不论男人或女人，花有色、香、味，人有才、情、趣，三者缺一，便不能做人家的要好的朋友。我的朋友之中，男人中算实秋最像一朵花，虽然是一朵鸡冠花，培植尚未成功，实秋仍需努力！庚辰腊八书于雅舍为实秋寿冰心。

梁实秋拿到这幅字后极为珍爱，后来一直把它带在身边，直到他在台湾病逝。

海峡相隔的友情呼应

抗战胜利后，冰心随丈夫吴文藻去了日本，在高岛屋的寓所里，还特意挂了梁实秋送她的一幅字。一九五一年，冰心夫妇俩回到祖国，定居北京，而梁实秋于一九四九年六月去了台湾。由于海峡两岸局势紧张，两人因此中断了联系和音讯。"文革"时期，梁实秋在台湾听说"冰心和她的丈夫吴文藻双双服毒自杀了"，这一消息让他非常悲痛，他写了一篇《忆冰心》，用细腻平实的笔触，回忆了两人几十年的友情。

忆冰心

文/梁实秋

顾一樵先生来，告诉我冰心和老舍先后去世。我将信将疑。冰心今年六十九岁，已近古稀，在如今那样的环境里传出死讯，无可惊异。读清华学报新七卷第一期（一九六八年八月刊），施友忠先生有《中共文学中之讽刺作品》一文，里面提到冰心，但是没有说她已经去世。最近谢冰莹先生在《作品》第二期（一九六八年十一月）里有《哀冰心》一文，则明言"冰心和她的丈夫吴文藻双双服毒自杀了"。看样子，她是真死了。她在日本的时候写信给赵清阁女士说："早晚有一天我死了都没有人哭！"似是一语成谶！可是"双双服毒"，此情此景，能不令远方的人一洒同情之泪！

初识冰心的人都觉得她不是一个令人容易亲近的人，冷冷的好像要拒人于千里之外。她的《繁星》、《春水》发表在晨报副刊的时候，风靡一时，我的朋友中如时昭瀛先生便是最为倾倒的一个，他逐日剪报，后来精裱成一长卷，在美国和冰心相遇的时候恭恭敬敬的献给了她。我在创造周报第十二期（一九二三年七月二十九日）写过一篇《繁星与春水》，我的批评是很保守的，我觉得那些小诗里理智多于情感，作者不是一个热情奔放的诗人，只是泰戈尔小诗影响下的一个冷隽的说理者。就在这篇批评发表不久，于赴美途中的杰克逊总统号的甲板上不期而遇。经许地山先生介绍，寒暄一阵之后，我问她："您到美国修习什么？"她说："文学。"她问我："您修习什么？"我说："文学批评。"话就谈不下去了。

在海船上摇晃了十几天，许地山、顾一樵、冰心和我都不晕船，我们兴致勃勃的办了一份文学性质的壁报，张贴在客舱入口处，后来我们选了十四篇送给小说月报，发表在第十一期（一九二三年十一月十日），作为一个专辑，就用原来壁报的名称"海啸"。共中有冰心的诗三首：《乡愁》、《惆怅》、《纸船》。

一九二四年秋我到了哈佛，冰心在威尔斯莱女子学院，同属于波斯顿地区，相距约一个多小时火车的路程。遇有假期，我们几个朋友常去访问冰心，邀她泛舟于脑伦璧迦湖。冰心也常乘星期日之暇到波斯顿来做杏花楼的座上客。我逐渐觉得她不是恃才傲物的人，不过对人有几分矜持，至于她的胸襟之高超，感觉之敏锐，性情之细腻，均非一般人所可企及。

一九二五年三月二十八日波士顿一带的中国学生在"美术剧院"公演《琵琶记》，剧本是顾一樵改写的，由我译成英文，我饰蔡中郎，冰心饰宰相之女，谢文秋女士饰赵五娘。逢场作戏，不免谑浪，后谢文秋与同学朱世明先生订婚，冰心就调侃我说："朱门一入深似海，从此秋郎是路人。""秋郎"二字来历在此。

冰心喜欢海，她父亲是海军中人，她从小曾在烟台随侍过一段期间，所以和浩瀚的海洋结不解缘，不过在她的作品里嗅不出梅思斐尔的"海洋热"，她憧憬的不是骇浪涛天的海水，不是浪迹天涯的海员生涯，而是在海滨沙滩上拾贝壳，在静静的海上看冰轮作涌。我一九三零年到青岛，一住四年，几乎天天与海为邻，几次三番的写信给她，从没有忘记提到海，告诉她我怎样陪同太太带着孩子到海边捉螃蟹，掘沙土，捡水母，听灯塔呜呜叫，看海船冒烟在天边逝去，我的意思有逗她到青岛来。她也很想来过一个暑季，她来信说："我们打算住两个月，而且因为我不能起来的缘故，最好是海涛近接于几席之下。文藻想和你们逛山散步，泅水，我则可以倚枕倾聆你们的言论。……我近来好多了。医生许我坐火车，大概总是有进步。"但是她终于不果来，倒是文藻因赴邹平开会之便到舍下盘桓了三五天。

冰心健康情形一向不好，说话的声音不能大，甚至是有上气无下气的。她一到了美国不久就呕血，那著名的《寄小读者》大部分是在医院床上写的。以后她一直时发时愈，缠绵病榻。有人以为她患肺病，那是不确的。她给赵清阁的信上说："肺病决不可能。"给我的信早就说得更明白："为慎重起见，遵协和医嘱重行检验一次，X光线，取血，闹了一天，据说我的肺倒没毛病，是血管太脆。"她呕血是周期性的，有时事前可以预知。她多么想看青岛的海，但是不能来，只好叹息："我无有言说，天实为之！"她的病严重的影响了她的创作生涯，甚至比照管家庭更妨碍她的写作，实在是太可惋惜的事。抗战时她先是在昆明，我写信给她，为了一句戏言，她回信说："你问我除生病之外，所作何事。像我这样不事生产，当然使知友不满之意溢于言外，其实我到呈贡之后，只病过一次，日常生活都在跑山望水，柴米油盐，看孩子中度过。……"在抗战期中做一个尽职的主妇真是谈何容易，冰心以病躯肩此重任，是很难为她了。她后来迁至四川的歌乐山居住，我去看她，她一定要我试一试她们睡的那一张弹簧床，我躺上去一试，真软，像棉花团，文藻告诉我她们从北平出来什么也没带，就带了这一张庞大笨重的床，从北平搬到昆明，从昆明搬到歌乐山，没有这样的床她睡不着觉！

歌乐山在重庆附近算是风景很优美的一个地方。冰心的居处在一个小小的山头上，房子也可以说是洋房，不过墙是土砌的，窗户很小很少。里面黑黝黝的，而且很潮湿，倒是门外有几十棵不大不小的松树，秋声萧瑟，瘦影参差，还值得令人留恋。一般人以为冰心养尊处优，以我所知，她在抗战期间并不宽裕。歌乐山的寓处也是借住的。

抗战胜利后，文藻任职我国驻日军事代表团，这一段期间才是她一生享受最多的，日本的园林之胜是她所最为爱好的，日常的生活起居也由当地政府照料得无微不至。下面是她到东京后两年写给我的一封信。

实秋：

　　九月二十六日信收到。昭涵到东京，呆了五天，我托他把那部日本版杜诗带回给你，（我买来已有一年了！）到临走时他也忘了，再寻便人罢。你要吴清源和本因坊的棋谱，我已托人收集，当陆续奉寄。清阁在北平（此信给她看看），你们又可以热闹一下。我们这里倒是很热闹，甘地所最恨的鸡尾酒会，这里常有！也累，也最不累，因为你可以完全不用脑筋说话，但这里也常会从万人如海之中飘闪出一两个"惊才绝艳"，因为过往的太多了，各国的全有，淘金似的，会浮上点金沙。除此之外，大多数是职业外交人员，职业军人，浮嚣的新闻记者，言语无味，面目可憎。在东京两年，倒是一种经验，在生命中算是很有趣的一段。文藻照应忙，孩子们照应玩，身体倒都不错，我也好。宗生不常到你处罢?他说高三功课忙得很，明年他想考清华，谁知道明年又怎么样?北平人心如何?看报仿佛不太好。东京下了一场秋雨，冷得美国人都披上皮大衣，今天又放了晴，天空蓝得像北平，真是想家得很！你们吃炒栗子没有?

　　请嫂夫人安

冰心十、十二

　　一九四九年六月我来到台湾，接到冰心、文藻的信，信中说她们很高兴听到我来台的消息，但是一再叮咛要我立刻办理手续前往日本。风雨飘摇之际，这份友情当然可感，但是我没有去。此后就消息断绝。不知究竟是什么原因，他们回到了大陆。

冰心致梁实秋的信

文 / 冰心

（一）

实秋：

　　前得来书，一切满意，为慎重起见，遵医（协和）嘱重行检查一次，X光线，取血，闹了一天，据说我的肺倒没毛病，是血管太脆。现在仍须静养，年底才能渐渐照常，长途火车，绝对禁止，于是又是一次幻象之消灭！

我无有言说，天实为之！我只有感谢你为我们费心，同时也羡慕你能自由的享受海之伟大，这原来不是容易的事！

文藻请安

冰心拜上六月廿五

（二）

实秋：

你的信，是我们许多年来，从朋友方面所未得到的，真挚痛快的好信！看完了予我们以若干的欢喜。志摩死了，利用聪明，在一场不人道不光明的行为之下，仍得到社会一班人的欢迎的人，得到一个归宿了！我仍是这么一句话，上天生一个天才，真是万难，而聪明人自己的糟踏，看了使我心痛，志摩的诗，魄力甚好，而情调则处处趋向一个毁灭的结局。看他《自剖》里的散文，《飞》等等，仿佛就是他将死未绝时的情感，诗中尤其看得出，我不是信预兆，是说他十年来心理的蕴酿，与无形中心灵的绝望与寂寞，所形成的必然的结果！人死了什么话都太晚，他生前我对着他没有说过一句好话，最后一句话，他对我说的："我的心肝五脏都坏了，要到你那里圣洁的地方去忏悔！"我没说什么，我和他从来就不是朋友，如今倒怜惜他了，他真辜负了他的一股子劲！

谈到女人，究竟是"女人误他？""他误女人？"也很难说。志摩是蝴蝶，而不是蜜蜂，女人的好处就得不着，女人的坏处就使他牺牲了。——到这里，我打住不说了！

我近来常常恨我自己，我真应当常写作，假如你喜欢《我劝你》那种的诗，我还能写他一二十首。无端我近来又教了书，天天看不完的卷子，使我头痛心烦。是我自己不好，只因我有种种责任，不得不要有一定的进款来应用。过年我也许不干或少教点，

1938年夏，冰心怀抱小女儿吴青，全家在燕南园寓所前留影。

整个的来奔向我的使命和前途。

我们很愿意见见你，朋友们真太疏远了！年假能来么?我们约了努生，也约了昭涵，为国家你们也应当聚聚首的，我若百无一长，至少能为你们煮咖啡!

小孩子可爱得好，红红的颊，鬈曲的浓发，力气很大，现在就在我旁边玩，他长的像文藻，脾气像我，也急，却爱笑，一点也不怕生。

请太太安

冰心十一月二十五

（三）

实秋：

山上梨花都开过了，想雅舍门口那一大棵一定也是绿肥白瘦，光阴过的何等的快！你近来如何?听说曾进城一次，歌乐山竟不曾停车，似乎有点对不起朋友。刚给白薇写几个字，忽然想起赵清阁，不知她近体如何?春天是否痊愈了?请你代我走一趟，看看她，我自己近来好得很。文藻大约下月初才能从昆明回来，他生日是二月九号，你能来玩玩否? 余不一一。

即请大安问业雅好

冰心三月二十五

（四）

实秋：

文藻到贵阳去了，大约十日后方能回来，他将来函寄回，叫我作覆。大札较长，回诵之余，感慰无尽。你问我除生病之外，所作何事，像我这样不事生产，当然使知友不满之意，溢于言外。其实我到呈贡后，只病过一次，日常生活都在跑山望水，柴米油盐，看孩子中度过。自己也未尝不想写作，总因心神不定，前作《默庐试笔》断续写了三夜，成了六七千字，又放下了。当然并不敢妄自菲薄，如今环境又静美，正是应当振作时候，甚望你常常督促，省得我就此沉落下去。呈贡是极美，只是城太小，山下也住有许多外来的工作人员，谈起来有时很好，有时就很索然。在此居留，大有main street风味，渐渐的会感到孤寂。（当然昆明也没有什么意思，我每次进城，都亟欲回来！）我有时

梁实秋赠冰心《无门关》

想这不是居处关系，人到中年，都有些萧索。我的一联是"海内风尘诸弟隔，无涯涕泪一身遥"，庶几近之。你是个风流才子，"时势造成的教育专家"，同时又有"高尚娱乐"，"活鱼填鸭充饥"。所谓之"依人自笑冯老，作客谁怜范叔寒"两句（你对我已复述过两次）真是文不对题，该打！该打！只是思家之念，尚值得人同情耳。你跌伤已痊愈否？景超如此仗义疏财，可惜我不能身受其惠。我们这里，毫无高尚娱乐，而且虽有义可仗，也无财可疏，为可叹也。文藻信中又嘱我为一樵写一条横幅，请你代问他，可否代以"直条"。我本来不是写字的人，直条还可闭着眼草下去，写完"一瞑不视"（不是"掷笔而逝"！）横幅则不免手颤了，请即覆。山风渐动，阴雨时酸寒透骨，幸而此地阳光尚多，今天不好，总有明天可以盼望。你何时能来玩玩？译述脱稿时请能惠我一读。景超、业雅、一樵请代致意，此信可以传阅。静夜把笔，临颖不尽。

冰心拜启

十一月廿七

（五）

实秋：

　　我弟妇的信和你的同到。她也知道她找事的不易，她也知道大家的帮忙，叫我写信谢谢你！总算我做人没白做，家人也体恤，朋友也帮忙，除了"感激涕零"之外，无话可说！东京生活，不知宗生回去告诉你多少？有时很好玩，有时就寂寞得很。五妹身体痊愈，而且苗壮，她廿可上学，是圣心国际女校。小妹早就上学（九？一）。我心绪一定，倒想每日写点东西，要不就忘了。文藻忙得很，过去时时处处有回去可能，但是总没有走得成。这边本不是什么长事，至多也只到年底。你能吃能睡，茶饭不缺，这八个字就不容易！老太太、太太和小孩子们都好否？关于杜诗，我早就给你买了一部日本版的，放在那里，相当大，坐飞机的无人肯带，只好将来自己带了，书贾又给我送来一部中国版的（嘉广）和一部《全唐诗》，我也买了。现在日本书也贵。我常想念北平的秋天，多么高爽！这里三天台风了，震天撼地，到哪儿都是潮不唧的，讨厌得很。附上昭涵一函，早已回了，但有朋友近况，想你也要知道。

文藻问好

冰心
中秋前一日

一九七二年春，梁实秋收到伦敦凌叔华的来信，才知冰心依然健在！而后来，这篇文章也辗转到了冰心手里，她看了后十分感动，立刻写了一封信，托美国友人转给梁实秋。信中说：那是谣言，感谢友人的念旧，希望梁实秋能够回来看看。梁实秋感慨万千，欣慰之余，又提笔写了《后记》中的更正文字，并将文章收入散文集《看云集》中。

❧后记❧
文／梁实秋

（一）

绍唐吾兄：

在《传记文学》十三卷六期我写过一篇《忆冰心》，当时我根据几个报刊的报导，以为她已不在人世，情不自已，写了那篇哀悼的文字。今年春，凌叔华自伦敦来信，告诉我冰心依然健在。惊喜之余，深悔孟浪。顷得友人自香港剪寄今年五月二十四日香港《新晚报》，载有关冰心的报导，标题是《冰心老当益壮酝酿写新书》，我从文字中提炼出几点事实：

（一）冰心今年七十三岁，还是那么健康，刚强，洋溢着豪逸的神采。

（二）冰心后来从未教过书，只是搞些写作。

（三）冰心申请了好几次要到工农群众中去生活，终于去了，一住十多个月。

（四）目前她好像是"待在"所谓"中央民族学院"里，任务不详。

（五）她说："很希望写一些书，"最后一句话是"老牛破车，也还要走一段路的。"

此文附有照片一帧。人还是很精神的，只是二十多年不见，显着苍老多了。因为我写过《忆冰心》一文，也觉得我有义务作简单的报告，更正我轻信传闻的失误。

弟梁实秋拜启

1972年6月15日西雅图

（二）

绍唐吾兄：

六月十五日函计达。我最近看到香港《新闻天地》一二六七号载唐向森《洛杉矶航信》，记曾与何炳棣一行同返大陆的杨庆尘教授在美国西海岸的谈话，也谈到谢冰心夫妇，他说："他俩还活在人间，刚由湖北孝感的'五七干校'回到北京。他还谈到梁实秋先生误信他们不在人间的消息所写下悼念亡友的文章。冰心说，他们已看到了这篇文章。这两口子如今都是七十开外的人了。冰心现任职于'作家协会'，专门核阅作品，作成报告交予上级，以决定何者可以出版，何者不可发表之类。至于吴文藻派什么用场，未见道及。这二位都穿着皱巴巴的人民装，也还暖和。曾问二位夫妇这一把年纪去干校，尽干些什么劳动呢？冰心说，多半下田扎绑四季豆。他们在文化大革命时期，曾被斗争了三天。"这一段报导益发可以证实冰心夫妇依然健在的消息。我不明白，当初为什么有人捏造死讯，难道这造谣的人没有想到谣言早晚会不攻自破么？现在我知道冰心未死，我很高兴，冰心既然看到了我写的哀悼她的文章，她当然知道我也未死。这年头儿，彼此知道都还活着，实在不易。这篇航信又谈到老舍之死，据冰心的解释，老舍之死"要怪舍予太爱发脾气，一发脾气去跳河自杀死了……"。这句话说得很妙。人是不可发脾气的，脾气人人都有，但是不该发，一发则不免跳河自杀矣。

弟梁实秋顿首

1972年7月11日西雅图

冰心期待着梁实秋能回大陆来看看，结果等待而来的不是离开家园四十年的风雨故人，而是梁实秋于一九八七年十月三日在台湾病逝的噩耗。令人深感痛惜的是，梁实秋原拟第二年回大陆探亲访友。当冰心从梁实秋在北京的女儿梁文茜那里得知旧友逝世的消息后，十分痛心。这位当时已是八十七岁高龄的老人，在短短一个月时间里和泪写了两篇悼念文章：《悼念梁实秋先生》发表在《人民日报》上，《忆实秋》发表在上海《文汇报》上。

悼念梁实秋先生

文／冰心

今晨八时半，我正在早休，听说梁文茜有电话来，说他父亲梁实秋先生已于本月3日在台湾因心肌梗塞逝世了。还说他逝世时一点痛苦都没有，劝我不要难过。但我怎能不难过呢？我们之间的友谊，不比寻常呵！

梁实秋是吴文藻在清华学校的同班同学，我们是在1923年同船到美国去的，我认识他比认识文藻还早几天，因为清华的梁实秋、顾一樵等人，在海上办了一种文艺刊物，叫作《海啸》，约我和许地山等为它写稿。有一次在编辑会后，他忽然对我说："我在上海上船以前，同我的女朋友话别时，曾大哭了一场。"我为他的真挚和坦白感到了惊讶，不是"男儿有泪不轻弹"么？为什么对我这个陌生人轻易说出自己的"隐私"。

到了美国我入了威尔斯利女子大学。一年之后，实秋也转到哈佛大学。因为同在美国东方的波士顿，我们就常常见面，不但在每月一次的"湖社"的讨论会上，我们中国学生还在美国同学的邀请下，为他们演了《琵琶记》。他演蔡中郎，谢文秋演赵五娘，顾一樵演宰相。因为演宰相女儿的邱女士临时病了，拉我顶替了她。后来顾一樵给我看了一封许地山从英国写给他的信说"实秋真有福，先在舞台上做了娇婿"。这些青年留学生之间，彼此戏谑的话，我本是从来不说的，如今地山和实秋都已先后作古，我自己也老了，回忆起来，还觉得很幽默。

实秋很恋家，在美国只呆了两年就回国

梁实秋手书宋词

了。1926年我回国后，在北京，我们常常见面。那时他在编《自由评论》，我曾替他写过"一句话"的诗，也译过斯诺夫人海伦的长诗《古老的北京》。这些东西我都没有留稿，都是实秋好多年后寄给我的。

1929年夏我和文藻结婚后，住在燕京大学，他和闻一多到了我们的新居，嘲笑我们说："屋子内外一切布置都很好，就是缺少待客的烟和茶。"亏得他们提醒，因为我和文藻都不抽烟，而且喝的是白开水！

七七事变后，我们都到了大后方。40年代初期，我们又在重庆见面了。他到过我们住的歌乐山，坐在山上无墙的土房子廊上看嘉陵江，能够静静地坐到几个小时。我和文藻也常到他住处的北碚。我记得1940年我们初到重庆，就是他和吴景超（也是文藻的同班同学）的夫人业雅，首先来把我们接到北碚去欢聚的。

抗战胜利后不久，我们到了日本，实秋一家先回到北平，1949年又到了台湾，我们仍是常通消息。我记得我们在日本高岛屋的寓所里，还挂着实秋送给我们的一幅字，十年浩劫之中，自然也同许多朋友赠送的字画一同烟消火灭了！

1951年我们从日本回到了祖国，这时台湾就谣传说"冰心夫妇受到中共的迫害，双双自杀"。实秋听到这消息还写一篇《哀冰心》的文章。这文章传到我这里我十分感激，曾写一封信，托人从美国转给他，并恳切地请他回来看一看新中国的实在情况，因为他是北京人，文章里总是充满着眷恋古老北京的衣、食、住……一切。

多么不幸！就在昨天梁文茜对我说她父亲可能最近回来看看的时候，他就在前一天与世长辞了！

实秋，你还是幸福的，被人悼念，总比写悼念别人的文章的人，少流一些眼泪，不是么？

本篇最初发表于《人民日报》1987年11月10日

忆实秋

文 / 冰心

我和实秋阔别了几十年。我在祖国的北京，他在宝岛台湾，生活环境，都不相同。《文汇报》"笔会"约我写回忆文字，也只好写些往事了。

记得在我们同船赴美之前，他"在一九二三年七月写了一篇《繁星与春水》，登在《创作周报》第十二期上，作了相当严格的批评"。他那本在国内出版的《雅舍怀旧忆故知》中的《忆冰心》那篇里，也说繁星和春水的诗作者"是一个冷隽的说理"的人，又说"初识冰心的人，都觉得她不是一个容易令

冰心（左五）和巴金（左三）等拜访日本作家中岛健藏（左四）。

人亲近的人，冷冰冰的好像要拒人于千里之外"。以后我们渐渐地熟悉了。他说："我逐渐觉得她不是恃才傲物的人，不过有几分矜持。"底下说了几句夸我的话，这些话就不必抄了。

一九二六年我们先后回国，一九二七年二月他就同程季淑女士结婚了。这位程季淑就是他同我说的在他赴美上船以前，话别时大哭了一场的那位女朋友。真是"有情人终成眷属"。

婚后，他们就去了上海，实秋在光华、中国公学两处兼课。一九三一年夏，他又应青岛大学之约全家到了青岛。我一九二六年回国后，就在母校燕京大学任教。一九二九年文藻自美归来，我们在燕大的临湖轩举行了婚礼，以后就在校园内定居了下来。

我们同实秋一家见面的机会就少了，不过我们还常常通信。实秋说我爱海，曾邀我们去他家小住，我因病没有成行，文藻因赴山东邹平之便，去盘桓了几天。

我们过往比较频繁，是在四十年代初的大后方。我们住在重庆郊外的歌乐山，实秋因为季淑病居北平，就在北碚和吴景超、龚业雅夫妇同住一所建在半山上的小屋，因为要走上几十层的台阶，才得到屋里，为送信的邮差方便起见，梁实秋建议在山下，立一块牌子曰"雅舍"。实秋在雅舍里怀念季淑，独居无聊，便努力写作。在这时期，他的作品最多，都是在清华同学刘英士编的《时代评论》上发表的。

抗战胜利后，我们到了日本，一九五一年又回到了祖国。实秋是先回北平，以后又到台湾。在那里，他的创造欲仍是十分旺盛，写作外还译了莎士比

亚的全部著作，这是一项了不起的收获！

在台湾期间，他曾听到我们死去的消息，在《人物传记》上写了一篇《忆冰心》（这刊物我曾看到，但现在手边没有了）。我感激他的念旧，曾写信谢他。实秋身体一直很好，不像我那么多病。想不到今天竟由没有死去的冰心，来写忆梁实秋先生的文字。最使我难过的，就是他竟然会在决定回来看看的前一天突然去世，这真太使人遗憾了！

1987年11月13日

第三篇

鲁迅与郁达夫

——亦师亦友

郁达夫（1896~1945年），原名郁文，幼名荫生，字达夫，幼名阿凤，浙江富阳人，中国现代著名小说家、散文家、诗人。代表作《沉沦》、《故都的秋》、《春风沉醉的晚上》、《过去》、《迟桂花》等。1911年起开始创作旧体诗，并向报刊投稿。1914年7月入东京第一高等学校预科后开始尝试小说创作。1921年6月，与郭沫若、成仿吾、张资平、田汉、郑伯奇等人在东京酝酿成立了新文学团体创造社。10月15日，第一部短篇小说集《沉沦》问世，在当时产生很大影响。5月，主编的《创造季刊》创刊号出版。7月，小说《春风沉醉的晚上》发表。1928年加入太阳社，并在鲁迅支持下，主编《大众文艺》。1930年3月，中国左翼作家联盟成立，为发起人之一。1932年12月1日，小说《迟桂花》发表于《现代》2卷2期。后收入《忏余集》。1938年，赴武汉参加军委会政治部第三厅的抗日宣传工作，并在中华全国文艺界抗敌协会成立大会上当选为常务理事。1938年12月至新加坡，主编《星洲日报》等报刊副刊，写了大量政论、短评和诗词。1942年，日军进逼新加坡，与胡愈之、王任叔等人撤退至苏门答腊的巴爷公务，化名赵廉。1945年在苏门答腊失踪，胡文中推测郁达夫是为日本宪兵所杀害。

郁达夫

1927年初，郁达夫来到上海，不久通过周作人而认识了鲁迅，在1928年他与鲁迅合编《奔流》月刊，并主编《大众文艺》。鲁迅、郁达夫这一对文坛密友，在现代中国文坛被传为佳话。

鲁迅同郁达夫的关系，不同于一般的朋友，却近于亲人，但两人亲而不昵，为的是有一种敬在里面。郁达夫说鲁迅是伟大的，在文品和人品上都可算是"中国作家中的第一人"，对他崇敬之至；及至鲁迅去世后，又写了一大批追悼纪念的文章。而鲁迅对郁达夫的小说，也很是推崇，一位美国人要编译一部中国小说的集子，鲁迅便推荐了郁达夫的《迟桂花》。鲁迅与郁达夫在文学创作的路途上，互相理解，携手并进，共进退，都是颇具社会责任感的作家。

在生活上鲁迅对不够成熟稳重的郁达夫加以指导督正，俨然如同一位温和的老师。两个人的性格气质、创作风格乃至文学理念都有很大的差异，但为什么两人能够情谊深厚，他们都有自己的理由——鲁迅说郁达夫是创造社的元老而无"创造气"，看重的是他的真实与真诚，郁达夫则说是生活与志趣上的共同之处使他能与鲁迅缔交。这就是物以类聚，人以群分吧，鲁迅和郁达夫恰恰代表着中华民族从上古延续至今的文人的担当与气节，因为，他们始终能够站在正义的立场，用手中的笔不懈地战斗。

鲁迅与郁达夫的诗词应和

郁达夫与鲁迅的友谊是十分亲密的，早在1923年他们就相识了，直到1936年鲁迅逝世，他们之间长期保持着密切的关系，其间鲁迅与郁达夫之间的诗词往来很是频繁，两人之间的亲密不言而喻。

无题

文 / 鲁迅

洞庭木落楚天高，眉黛猩红涴战袍。
泽畔有人吟不得，秋波渺渺失离骚。

本篇在收入本书前未在报刊上发表过。据《鲁迅日记》一九三二年十二月三十一日，本诗是书赠郁达夫的。

答客诮

文 / 鲁迅

无情未必真豪杰，怜子如何不丈夫。

知否兴风狂啸者，回眸时看小於菟？

《答客诮》一诗，鲁迅生前没有公开发表过。1936年12月许寿裳在纪念文章《怀旧》中第一次发表。许寿裳说这首诗大概是为他的爱子"活泼会闹、客人指为溺爱而作"。这客人是谁？正是郁达夫。后来鲁迅将这首诗写成条幅赠郁达夫，更足以表明《答客诮》即答郁达夫之诮。

郁家三兄弟。二兄郁养吾（左）、长兄郁曼陀

阻郁达夫移家杭州

文／鲁迅

> 钱王登假仍如在，伍相随波不可寻。
> 平楚日和憎健翮，小山香满蔽高岑。
> 坟坛冷落将军岳，梅鹤凄凉处士林。
> 何似举家游旷远，风波浩荡足行吟。

1933年国民党特务在上海横行霸道，郁达夫想离开当时文化战线上"围剿"和"反围剿"斗争的中心上海，移家到杭州去，鲁迅写了这首诗来劝阻。

赠鲁迅

文／郁达夫

> 醉眼朦胧上酒楼，
> 《彷徨》《呐喊》两悠悠。
> 群氓竭尽蚍蜉力，
> 不废江河万古流。

1933年1月，针对有人（包括革命文艺阵营内部的人士）攻击、否定鲁迅的小说，郁达夫写了一首七绝《赠鲁迅先生》。

鲁迅谈郁达夫

《伪自由书》是鲁迅先生的第七部杂文集,共收杂文43篇,系1933年1月至5月间作。这些杂文中绝大多数都在上海《申报》的副刊《自由谈》上发表过,而鲁迅之所以给《自由谈》写稿也是应了郁达夫的邀约,在《伪自由书》的前记里面,鲁迅也略提到了他与郁达夫的友好往来。

伪自由书(前记)

文/鲁迅

对于达夫先生的嘱咐,我是常常"漫应之曰:那是可以的"。直白的说罢,我一向很回避创造社里的人物。这也不只因为历来特别的攻击我,甚而至于施行人身攻击的缘故,大半倒在他们的一副"创造"脸。虽然他们之中,后来有的化为隐士,有的化为富翁,有的化为实践的革命者,有的也化为奸细,而在"创造"这一面大纛之下的时候,却总是神气十足,好像连出汗打嚏,也全是"创造"似的。我和达夫先生见面得最早,脸上也看不出那么一种创造气,所以相遇之际,就随便谈谈;对于文学的意见,我们恐怕是不能一致的罢,然而所谈的大抵是空话。但这样的就熟识了,我有时要求他写一篇文章,他一定如约寄来,则他希望我做一点东西,我当然应该漫应曰可以。但应而至于"漫",我已经懒散得多了。

选自《伪自由书(前记)》

1932年上海"一·二八"事变后,郁达夫念及鲁迅身陷战区,急于想找到他。当探寻鲁迅不遇时,竟焦急得在报上登寻人启事,患难友情可见一斑。

寻找鲁迅的启事

文/郁达夫

前北京大学教授周豫才,原寓北四川路,自上月二十九日事变后,即与戚友相隔绝,闻有人曾见周君被日浪人凶殴。周君至戚冯式文,因不知周君是否已脱险境，深为悬念，昨晚特来本馆，请求代为登报，征询周君住址。冯君现寓赫德路嘉禾里一四四二号，如有知周君下落者，可即函知冯君。

鲁迅对郁达夫也是关怀备至，特别当郁达夫遭人误解时，鲁迅总忘不了说几句公道话。如1927年10月，鲁迅在《扣丝杂感》、《夜记》里维护郁达夫。

1926年春，创造社同仁郭沫若、郁达夫和成仿吾（从左至右）摄于广州

扣丝杂感

文 / 鲁迅

先前偶然看见一种报上骂郁达夫先生，说他《洪水》上的一篇文章，是不怀好意，恭维汉口。我就去买《洪水》来看，则无非说旧式的崇拜一个英雄，已和现代潮流不合，倒也看不出什么恶意来。这就证明着眼光的钝锐，我和现在的青年文学家已很不同了。所以《语丝》的莫明其妙的失踪，大约也许只是我们自己莫明其妙，而上面的检查员云云，倒是假设的恕词。

选自《而已集·扣丝杂感》

夜记

文 / 鲁迅

于是看目录。忽而看见一个题目道：《郁达夫先生休矣》，便又起了好奇心，于是立刻看文章。这还是切己的琐事总比世界的哀愁关心的老例，达夫先生是我所认识的，怎么要他"休矣"了呢？急于要知道。假使说的是张龙赵虎，或是我素昧平生的伟人，老实说罢，我决不会如此留心。

原来是达夫先生在《洪水》上有一篇《在方向转换的途中》，说这一次的革命是阶级斗争的理论的实现，而记者则以为是民族革命的理论的实现。大约还有英雄主义不适宜于今日等类的话罢，所以便被认为"中伤"和"挑拨离间"，非"休矣"不可了。

我在电灯下回想，达夫先生我见过好几面，谈过好几回，只觉他稳健和平，不至于得罪于人，更何况得罪于国。怎么一下子就这么流于"偏激"了？我倒要看看《洪水》。

选自《三闲集·怎么写——夜记之一》

鲁迅致郁达夫书信
文/鲁迅

（一）

达夫先生：

生活书店要出一种半月刊，大抵刊载小品，曾请客数次，当时定名《太白》，并推定编辑委员十一人，先生亦其一。时先生适在青岛，无法寄信，大家即托我见面时转达。今已秋凉，未能亲面，想必已径返杭州，故特驰书奉闻，诸希照察为幸。专此布达，即请道安。

迅顿首

九月十日

密斯王均此请安不另

（二）

达夫先生：

来信今天收到。稿尚未发，末一段添上去了。这回总算找到了"卑污的说教人"的出典，实在关细非轻。

原稿上streptococcus用音译，但此字除"连锁球菌"外，无第二义，我想不如译意，所以改转了。这菌能使乳糖变成乳酸，又人身化脓及病"丹毒"时，也有这菌，我疑心是在指他的夫人或其家属。

又第11段上有"Nekassov的贫弱的诗"一句，不知那人名是否Nekrassov而漏写了一个r?或者竟是英译本也无（r）此字，则请一查日本译，因这人名不常见也。

迅启上

密斯王均此致候

（三）

达夫、映霞先生：

我们消息实在太不灵通，待到知道了令郎的诞生，已经在四十多天之后了。

然而祝意是还想表表的，奉上粗品两种，算是补祝弥月的菲敬，务乞
哂收为幸。

鲁迅、许广平启上
一月八日

（四）

致郁达夫：

字已写就，拙劣不堪，今呈上。并附奉笺纸两幅，希为写自作诗一篇，其一
幅则乞于便中代请亚子先生为写一篇诗，置先生处，他日当走领也。此上，即请
著安。

迅启上
一月十日

郁达夫谈鲁迅

对于社会的态度（节选）

文／郁达夫

……而尤其是可笑的，是前几天当我遇到C君的时候的那一番对我怒骂的
话。他的意思，是因为那个名《青年战线》的刊物上利用了鲁迅，来骂了他们
是共产党的结果，以为鲁迅是怕了他们的文学理论，所以在暗中作鬼，想利用
了政治的势力来压迫他们，似乎现在的各级党部和中央政府及那个青年战线社
的人们，都是由鲁迅在指使似的。而对我哩，因为我最近在和鲁迅合出一个杂

志，似乎也在为鲁迅奔走，与他共同谋算，在借了政治上的势力压迫他们。其实政治上的势力，究竟有没有被那个刊物《青年战线》所动，还是一个疑问，而鲁迅若有这样的大势力，那我就相信他早可以不做文章而去做总总司令了。至于我对鲁迅哩，也是无恩无怨，不过对他的人格，我是素来知道的，对他的作品，我也有一定的见解。我总以为作品的深刻老练而论，他总是中国作家中的第一人者，我从前是这样想，现在也这样想，将来总也是不会变的。所以对于C君的那一种偏见，我是始终想为鲁迅在这里辩白，辩白他没有那么大的势力，辩白他没有那一种恶伏快变之才，不管你骂我是鲁迅的共谋犯也好，骂我"没有辩护的余地"也好。

本文刊载于1928年8月16日《北新半月刊》第二卷十九号

今日的中华文学（节选）

文／郁达夫

最近逝世的鲁迅，以其文笔之锐利，思想之前进，为一般人所敬服。而其始终不屈的精神，和文坛最大的人格者，尤为其受人尊敬的原因。在他的晚年，不仅在文学方面，也在美术方面作出了很多的贡献。他提倡所谓"木刻"（木版画），大量搜集苏联和德国的作品，介绍推荐，在短时期内扩大了木版画的影响，使今天青年的美术家流行了版画的创作。现在，日本将出版《鲁迅全集》，因为他正是代表前进作家一派的人物，使日本人读到他的作品，是一件大好事。

本文刊载于1936年11月29日日本《读者新闻》

鲁迅的伟大

文／郁达夫

如问中国自有新文学运动以来，谁最伟大?谁最能代表这个时代?我将毫不踌躇地回答:是鲁迅。鲁迅的小说，比之中国几千年来所有这方面的杰作，更高一步。至于他的随笔杂感，更提供了前不见古人，而后人又绝不能追随的风格。首先其特色为观察之深刻，谈锋之犀利，文笔之简洁，比喻之巧妙，又因其飘溢几分幽默的气氛，就难怪读者会感到一种即使喝毒酒也不怕死似的凄厉的风味。当我们见到局部时，他见到的却是全面。当我们热衷去掌握现实时，他已把握了古今与未来。要全面了解中国的民族精神，除了读《鲁迅全集》以外，别无捷径。

1930年8月6日文艺漫谈会后的合影，郁达夫坐于鲁迅左侧

本文刊载于1937年3月1日日本《改造》第十九卷三号

怀鲁迅

文／郁达夫

真是晴天的霹雳，在南台的宴会席上，忽而听到了鲁迅的死！

发出了几通电报，会萃了一夜行李，第二天我就匆匆跳上了开往上海的轮船。

二十二日上午十时船靠了岸，到家洗了一个澡，吞了两口饭，跑到胶州路万国殡仪馆去，遇见的只是真诚的脸，热烈的脸，悲愤的脸，和千千万万将要破裂似的青年男女的心肺与紧捏的拳头。

这不是寻常的丧事，这也不是沉郁的悲哀，这正象是大地震要来，或黎时将到时充塞在天地之间的一瞬间的寂静。

生死，肉体，灵魂，眼泪，悲叹，这些问题与感觉，在此地似乎太渺小了，在鲁迅的死的彼岸，还照耀着一道更伟大，更猛烈的寂光。

没有伟大的人物出现的民族，是世界上最可怜的生物之群；有了伟大的人物，而不知拥护，爱戴，崇仰的国家，是没有希望的奴隶之邦。因鲁迅的一死，使人自觉出了民族的尚可以有为，也因鲁迅之一死，使人家看出了中国还是奴隶性很浓厚的半绝望的国家。

鲁迅的灵柩，在夜阴里被埋入浅土中去了；西天角却出现了一片微红的新月。

1936年10月24日在上海

中国新文学大系散文二集导言（节选）

文／郁达夫

在这一集里所选的，都是我所佩服的人，而他们的文字，当然又都是我所喜欢的文字，——不喜欢的就不选了——本来是可以不必再有所评述，来搅乱视听的，因为文字具在，读者读了自然会知道它们的好坏。但是向来的选家习惯，似乎都要有些眉批和脚注，才算称职，我在这里，也只能加上些蛇足，以符旧例。我不是批评家，所见所谈也许荒谬绝伦，读者若拿来作脚注看，或者还能识破愚者之一得！名曰妄评，实在不是自谦之语。

鲁迅，周作人在五十几年前，同生在浙江绍兴的一家破落的旧家，同是在穷苦里受了他们的私塾启蒙的教育。二十岁以前，同到南京去进水师学堂学习海军，后来同到日本去留学。到这里为止，两人的经历完全是相同的，而他们的文章倾向，却又何等的不同！

鲁迅的文体简练得像一把匕首，能以寸铁杀人，一刀见血。重要之点，抓住了之后，只消三言两语就可以把主题道破——这是鲁迅作文的秘诀，详细见《两地书》中批评景宋女士《驳覆校中当局》一文的语中——次要之点，或者也一样的重要，但不能使敌人致命之点，他是一概轻轻放过，由它去而不问的。与此相反，周作人的文体，又来得舒徐自在，信笔所至，初看似乎散漫支离，过于繁琐！但仔细一读，却觉得他的漫谈，句句含有分量，一篇之中，少一句就不对，一句之中，易一字也不可，读完之后，还想翻转来从头再读的。当然这是指他从前的散文而说，近几年来，一变而为枯涩苍老，炉火纯青，归入古雅遒劲的一途了。

两人文章里的幽默味，也各有不同的色彩；鲁迅的是辛辣干脆，全近讽刺，周作人的是湛然和蔼，出诸反语。从前在《语丝》上登的有一篇周作人的《碰伤》，记得当时还有一位青年把它正看了，写了信去非难过。

其次是两人的思想了；他们因为所处的时代和所学的初基，都是一样，故而在思想的大体上根本上，原也有许多类似之点；不过后来的趋向，终因性格环境的不同，分作了两歧。

鲁迅在日本学的是医学，周作人在日本由海军而改习了外国语。他们的笃信科学，赞成进化论，热爱人类，有志改革社会，是弟兄一致的；而所主张的手段，却又各不相同。鲁迅是一味急进，宁为玉碎的，周作人则酷爱和平，想以人类爱来推进社会，用不流血的革命来实现他的理想（见《新村的理想与实际》等数篇）。

　　周作人头脑比鲁迅冷静，行动比鲁迅夷犹，遭了"三一八"的打击以后，他知道空喊革命，多负牺牲，是无益的，所以就走进了十字街头的塔，在那里放散红绿的灯光，悠闲地，但也不息地负起了他的使命；他以为思想上的改革，基本的工作当然还是要做的，红的绿的灯光的放送，便是给路人的指示；可是到了夜半清闲，行人稀少的当儿，自己赏玩赏玩这灯光的色彩，玄想玄想那天上的星辰，装聋做哑，喝一口苦茶以润润喉舌，倒也是于世无损，于己有利的玩意儿。这一种态度，废名说他有点像陶渊明。可是"陶潜诗喜说荆轲"，他在东篱下采菊的时候，当然也忘不了社会的大事，"少时壮且厉，抚剑独行游"的气概，还可以在他的作反语用的平淡中想见得到。

　　鲁迅性喜疑人——这是他自己说的话——所看到的都是社会或人性的黑暗面，故而语多刻薄，发出来的尽是诛心之论；这与其说他的天性使然，还不如说是环境造成的来得恰对，因为他受青年受学者受社会的暗箭，实在受得太多了，伤弓之鸟惊曲木，岂不是当然的事情么？在鲁迅的刻薄的表皮上，人只见到他的一张冷冰冰的青脸，可是皮下一层，在那里潮涌发酵的，却正是一腔沸血，一股热情；这一种弦外之音，可以在他的小说，尤其是《两地书》里面，看得出来。我在前面说周作人比他冷静，这话由不十分深知鲁迅和周作人的人看来，或者要起疑问。但实际上鲁迅却是一个富于感情的人，只是勉强压住，不使透露出来而已；而周作人的理智的固守，对事物社会见解的明确，却是谁也知道的事情。

　　周作人的理智既经发达，又时时加以灌溉，所以便造成了他的博识；但他的态度却不是卖智与炫学的，谦虚和真诚的二重内美，终于使他的理智放了光，博识致了用。他口口声声在说自己是一个中庸的人，若把中庸当作智慧感情的平衡，立身处世的不苟来解，那或者还可以说得过去，若把中庸当作了普通的说法，以为他是一个善于迎合，庸庸碌碌的人，那我们可就受了他的骗了。

無情未必真豪傑　憐子如何不丈夫
知否興風狂嘯者　回眸時看小於菟

達夫先生哂正

魯迅

鲁迅赠郁达夫答客诮

中国现代散文的成绩，以鲁迅周作人两人的为最丰富最伟大，我平时的偏嗜，亦以此二人的散文为最所溺爱。一经开选，如窃贼入了阿拉伯的宝库，东张西望，简直迷了我取去的判断；忍心割爱，痛加删削，结果还把他们两人的作品选成了这一本集子的中心，从分量上说，他们的散文恐怕要占得全书的十分之六七。

对"鲁迅风"杂文体的看法

文／郁达夫

上海在最近，很有些人在提出"鲁迅风"的杂文体，在现在是不是还可以适用?对这问题，我以为可以不必这样的用全副精神来对付，因为这不过是一个文体和作风的问题。假如参加讨论的几十位先生，个个都是鲁迅，那试问这问题会不会发生?再试问参加讨论者中间，连一个鲁迅也不会再生，则讨论了，也终于有何益处?法国有一位批评家说，文者人也。我们的文体，我们的思想，受一点古人的影响，原是难免的事情，若要舍己耘人，拼命去矫揉造作，那也何苦?

我说讨论的人若个个是鲁迅的话，则那场讨论或者可以不必的，这是对死抱了鲁迅不放，只在抄袭他的作风的一般人说的话。这一点，我希望耶鲁先生应该看清，鲁迅与我相交二十年，就是在他死后的现在，我也在崇拜他的人格、崇拜他的精神，前些日子，报传鲁迅未亡人许女士沪寓失火，我还打电报去探听，知道了起因是有一点的，但旋即扑灭，损失毫无之后，我才放心。并且许女士最近还有信来，说并没有去延安，正在设法南迁，我也在为她想法子。所以我说用不着讨论的，是文体，作风的架子问题，并不是对鲁迅的人格与精神有所轻视。

读《两地书》有感

文／郁达夫

新居落寞，第一晚睡在床上，翻来覆去总睡不着觉。夜半挑灯，就只好拿出一本新出版的《两地书》来细读，有一位批评家说，作者的私记我们没有阅读的义务。当时我对这话，倒也佩服得五体投地，所以书店来要我出书简集的时候，我就坚决地谢绝了，并且还想将一本为无钱过活之故而拿出去卖的日记都教他们毁版，以为这些东西，是只好于死后，让他人来替我印行的；但这次将鲁迅先生和密斯许的书简集来一读，则非但对那位批评家的信念完全失掉，并且还在这一部两人的私记里，看出了许多许多平时不容易看到的社会黑暗面来。至如鲁迅先生的诙谐愤俗的气概，许女土的诚实庄严的风度，还是在长书短简里自然流露的余音，由我们熟悉他们的人看来，当然更是味中有味，言外有情，可以不必提起，我想就是绝对不认识他们的人，读了这书，至少也可以得到几多的教训。私记私记，义务云乎哉？从半夜读到天明，将这《两地书读》完之后，神经觉得愈兴奋了。

本文刊载于1933年5月4日《申报》

鲁迅先生逝世一周年

文／郁达夫

去年的今日，鲁迅先生病故在上海北四川路底的大陆新村，当时我在福州，骤接讣电，真有点半信半疑。匆忙赶到上海，在万国殡仪馆瞻拜仪容之后，一腔热泪，才流了个痛快。因为当时情绪太紧张，而纪念鲁迅先生的文字也很多，所以一时并没有写什么东西。其后和景宋女士以及几位先生的老友讨论先生身后等问题，头脑现实化了，所以也写不出什么纪念的文字。鲁迅先生的思想、人格、文字，实在太深沉广博了．要想写他的评传，真也有点儿不容易。譬如一座高山，近瞻遥瞩，面面不同。写出了此，就不免遗漏到彼；所以自从先生故后，虽老在打算写点关于他的纪录，但终于不能成功。另外还有一个原因，是我和他相交，前后有二十年之久，有些情形太习熟了，若想学高尔基记托尔斯泰那么的章法来写，一时又觉琐忆丛集，剔抉为难。因此种种，所以只能把这事情暂时搁起，打算等到我晚年的暇日，再来细细的回忆，慢慢的推敲。

先生逝世一周年日，同人等已于救亡协会成立之时，开过一个小小的纪念会；大家都以为纪念先生最好的方法，莫过于赓续先生的遗志，拼命地去和帝国主义侵略者及黑暗势力奋斗。现在，先生遗志的一部分，已经实现了，就是时侵略者，我们已予以打击；可是黑暗势力所产生的汉奸们，还在我们的后方，跳梁显丑。纪念先哲，务须达到彻底完成遗志的目的，方能罢手；我们希望在最近的将来，能把暴日各军阀以及汉奸们的头颅，全部割来，摆在先生的坟前，作一次轰轰烈烈的民族的血祭。

廿六年十月十九日

鲁迅逝世三周年纪念

文／郁达夫

鲁迅逝世三周年纪念的日子，（十月十九日）就快到了，同人等正在计划着如何的来纪念这个日子。鲁迅先生的遗教，已汇成了全集，摆在我们面前，所以，有人说，我们日日可以展诵先生的遗著，便日日可以纪念鲁迅，正不必限定这一个逝世之日，来一番热闹，流成事过即忘的，追逐时髦的现象。这话，虽然也有理由；但我们对一位值得崇拜的对象，总想越纪念越好，越是从各方面来怀念他的人格，思想，行动，越可以勉励我们自己，安慰我们自己。假使我们于日日纪念他，学习他之外，更在这一个特定的日子里，再来一次热烈的纪念，那不是更好么？

所以，在这个纪念日里，我们总想好好的，从多方面来纪念一下。现在拟定的节目，是第一，在本刊晨星栏里出一纪念专号；第二，和诚心纪念的人连结起来，开一个纪念会；第三，若有其他团体，举行演剧演讲或募捐赠送鲁迅艺术学院等运动时，我们想大家去参加。

前几日的报上，曾经有过一次记载，说本坡爱同学校的校友会，将于这一日开一个纪念会，我们打算参加的，也就是这一个。

总之鲁迅是我们中华民国所产生的最伟大的文人，我们的要纪念鲁迅，和英国人的要纪念莎士比亚，法国人的要纪念服尔德·毛里哀有一样虔诚的心。虽则因目下时局和环境的关系，我们或不必铺张，不必叫嚣，但我们的要热烈纪念他，崇仰他的这一股热忱，想是谁也深深地感到的。

我们先在这里提出这一个建议，希望对鲁迅先生有研究，或生前有交谊的诸君，能多赐关于他的文字。

其次，纪念的具体办法，若经正式决定，我们当更作报告，务期对鲁迅先生抱有仰慕之情的，都得参加。

历史说论（节选）

文／郁达夫

朋友的L先生（即鲁迅），从前老和我谈及，说他想把唐玄宗和杨贵妃的事情来做一篇小说。他的意思是：以玄宗之明，哪里会看不破安禄山和她的关系？所以七月七日长生殿上，玄宗只以来生为约，实在是心里已经有点厌了，仿佛是在说"我和你今生的爱是已经完了！"到了马嵬坡下，军士们虽说要杀她，玄宗若对她还有爱情，哪里会不能保全她的生命呢？所以这时候，也许是玄宗授意军士们的。后来到了玄宗老日，重想起当时行乐的情形，心里才后悔起来了，所以梧桐秋雨，就生出了一场大大的神经病来。一位道士就用了催眠术来替他医病，终于使他和贵妃相见，便是小说的收场。L先生的这一个腹案，实在是妙不可言的设想，若做出来，我相信一定可以为我们的小说界辟一生面，可惜他近来事忙，终于到现在。还没有写成功。

本文刊载于1926年4月16日《创造月刊》

革命广告

文／郁达夫

在今天的革命八月八日的这革命日子的革命早晨革命九点钟的革命时候，我在革命申报上，看见了一个革命广告。（注）

（注）现在革命最流行，在无论什么名词上面，加上一个"革命"，就可以出名，如革命文艺，革命早饭，革命午餐，革命大小便之类。所以我也想在这里学学时髦，在无论什么名词之上加以革命两字，不过排字房的工人的苦处，我也知道。所以以后若铅字不够的时候，只好以00来代替革命两字。读者见到00，就如念阿弥陀佛者之默诵佛号一样，但在心里保存一个革命"意德沃罗基"就对了。

这00广告是在说，上海有一家革命咖啡，在这一家00咖啡里，每可以遇见革命文艺界的00名人革命鲁迅，革命郁达夫等。

醉眼朦胧上酒楼
恼恨而终群
盲诩尽枇杷好力不、
庶赠河万古流

鲁迅先生

郁达夫

郁达夫题赠鲁迅

后来经我仔细一问，才知道果真有一位革命同志，棍（滚？）了一位革命女人和几千块革命钱，在开革命咖啡馆。

这一家革命咖啡馆究竟在什么地方，和是哪一位开的，我——这一个不革命的——郁达夫，完全还没有知道，推想起来，大约是另外总有一位革命郁达夫是常在那里进出的。至于鲁迅呢，我只认识一位不革命的老人鲁迅。我有一次也曾和他谈及咖啡馆过的。他的意思是仿佛在劝我不要去进另一阶级的咖啡馆，因为他说："你若要进去，你须先问一问，'这是第几阶级的？'否则，阶级弄错了，恐怕不大好。"所以，我想老人鲁迅，总也不会在革命咖啡馆里进出，去喝革命咖啡的，因为"老"，就是不革命，就是反革命。听说杭州还有一位鲁迅，大约这革命鲁迅，或者也是杭州鲁迅之流罢。

今天看见了这一个革命咖啡的革命广告，心里真有点模糊。不晓得这咖啡究竟是第几阶级的咖啡？更不晓得豪奢放逸的咖啡馆这东西，究竟是"颓废派"呢，或是普列塔，或者是恶伏黑变。至于我这一个不革命的小资产阶级郁达夫呢，身上老在苦没"有"许多的零用钱，"有"的只是"有闲"，"有闲"，失业的"有闲"，乃至第几千几X的"有闲"，所以近来对于奢华费钱的咖啡馆，绝迹不敢进去。闲来无事，只在三个铜元一壶的茶馆里坐坐，倒能够听到许多社会的琐事，和下层职业介绍的情况。

1928年8月8日

纪念柴霍夫（节选）

文／郁达夫

柴霍夫的作品的影响，在外国恐怕比在他的本国大些．尤其是在欧洲。……

在我们中国，则我以为唯有鲁迅受他的影响为最大。鲁迅和他，不但在作品的深刻，幽默，短峭诸点上，有绝大的类似之点；并且在两人同是学医出身，同是专写短篇，同是对革命抱有极大的同情，同是患肺病而死的诸点，也是相象得很。不过有一点，却绝对的不同，鲁迅是没落的乡宦人家的子弟，而柴霍夫却是农奴之子。

本文刊载于1939年8月13日《星河日报》

回忆鲁迅（序言）

文／郁达夫

　　鲁迅作故的时候，我正飘流在福建。那一天晚上，刚在南台一家饭馆里吃晚饭，同席的有一位日本的新闻记者，一见面就问我，鲁迅逝世的电报，接到了没有我听了，虽则大吃了一惊，但总以为是同盟社造的谣。因为不久之前，我曾在上海会过他，我们还约好于秋天同去日本看红叶的。后来虽也听到他的病，但平时晓得他老有因为落夜而致伤风的习惯，所以；总觉得这消息是不可靠的误传。因为得了这一个消息之故。那一天晚上，不待终席我就走了。同时在那一夜里，福建报上，有一篇演讲稿子，也有改正的必要，所以从南台走回城里的时候，我就直上了报馆。

　　晚上十点钟以后，正是报馆里最忙的时候，我一到报馆，与一位负责的编辑，只讲了几句话，就有位专编国内时事的记者，拿了中央社的电稿，来给我看了；电文却与那一位日本记者所说的一样，说是"著作家鲁迅，于昨晚在沪病故"了。

　　我于惊愕之余，就在那一张破稿纸上，写了几句电文："上海申报转许景宋女士：骤闻鲁迅噩耗，未敢置信，万请节哀，余事面谈。"第二天的早晨，我就踏上了三北公司的靖安轮船，奔回到了上海。

　　鲁迅的葬事，实在是中国文学史上空前的一座纪念碑，他的葬仪，也可以说是民众对日人的一种示威活动。工人，学生，妇女团体，以前鲁迅生前的知友亲戚，和读他的著作，受他的感化的不相识的男男女女，参加行列的，总有一万人以上。

　　当时中国各地的民众正在热叫着对日开战，上海的智识分子，尤其是孙夫人蔡先生等旧日自由大同盟的诸位先进，提倡得更加激烈，而鲁迅适当这一个时候去世了，他平时，也是主张对日抗战的，所以民众对于鲁迅的死，就拿来当作了一个非抗战不可的象征；换句话说，就是在把鲁迅的死，看作了日本侵略中国的具体事件之一。在这个时候，在这一种情绪下的全国民众，对鲁迅的哀悼之情，自然可以不言而喻了；所以当时全国所出的刊物，无论哪一种定期或不定期的印刷品上，都充满了哀吊鲁迅的文字。

但我却偏有一种爱冷不感热的特别脾气，以为鲁迅的崇拜者，友人，同事，既有了这许多追悼他的文字与著作，那我这一个渺乎其小的同时代者，正可以不必马上就去铺张些我与鲁迅的关系。在这一个闹热关头，我就是写十万百万字的哀悼鲁迅的文章，于鲁迅之大，原是不能再加上以毫末，而于我自己之小，反更足以多一个证明。因此，我只在《文学》月刊上，写了几句哀悼的话，此外就一字也不提，一直沉默到了现在。

现在哩！鲁迅的《全集》，已经出版了；而全国民众，正在一个绝大的危难底下抖擞。在这伟大的民族受难期间，大家似乎对鲁迅个人的伤悼情绪，减少了些了，我却想来利用余闲，写一点关于鲁迅的回忆。若有人因看了这回忆之故，而去多读一次鲁迅的集子，那就是我对于故人的报答，也就是我所以要写这些断片的本望。

和鲁迅第一次的见面，不知是在哪一年哪一月哪一日，——我对于时日地点，以及人的姓名之类的记忆力，异常的薄弱，人非要遇见至五六次以上，才能将一个人的名氏和一个人的面貌连合起来，记在心里——但地方却记得是在北平西城的砖塔胡同一间坐南朝北的小四合房子里。因为记得那一天天气很阴沉，所以一定是在我去北平，入北京大学教书的那一年冬天，时间仿佛是在下午的三四点钟。若说起那一年的大事情来，却又有史可稽了，就是曹锟贿选成功，做大总统的那一个冬天。

去看鲁迅，也不知是为了什么事情。他住的那一间房子，我却记得很清楚，是在那两座砖塔的东北面，正当胡同正中的地方。一个三四丈宽的小院子，院子里长着三四棵枣树。大门朝北，而住屋——三间上房——却朝正南，是杭州人所说的倒骑龙式的房子。

那时候，鲁迅还在教育部里当佥事，同时也在北京大学里教小说史略。我们谈的话，已经记不起来了，但只记得谈了些北大的教员中间的闲话，和学生的习气之类。

他的脸色很青，胡子是那时候已经有了；衣服穿得很单薄，而身材又矮小，所以看起来像是一个和他的年龄不大相称的样子。

他的绍兴口音，比一般绍兴人所发的来得柔和，笑声非常之清脆，而笑时眼角上的几条小皱纹，却很是可爱。

　　房间里的陈设，简单得很；散置在桌上。书橱上的书籍，也并不多，但却十分的整洁。桌上没有洋墨水和钢笔，只有一方砚瓦，上面盖着一个红木的盖子。笔筒是没有的，水池却像一个小古董，大约是从头发胡同的小市上买来的无疑。

　　他送我出门的时候，天色已经晚了，北风吹得很大；门口临别的时候，他不晓说了一句什么笑话，我记得一个人在走回寓舍来的路上，因回忆着他的那一句，满面还带着了笑容。

　　同一个来访我的学生，谈起了鲁迅。他说："鲁迅虽在冬天，也不穿棉裤，是抑制性欲的意思。他和他的旧式的夫人是不要好的。"因此，我就想起了那天去访问他时，来开门的那一位清秀的中年妇人。她人亦矮小，缠足梳头，完全是一个典型的绍兴太太。

　　前数年，鲁迅在上海，我和映霞去北戴河避暑回到了北平的时候，映霞曾因好奇之故，硬逼我上鲁迅自己造的那一所西城象鼻胡同后面西三条的小房子里，去看过这中年的妇人。她现在还和鲁迅的老母住在那里，但不知她们在强暴的邻人管制下的生活也过得惯不。

　　那时候，我住在阜城门内巡捕厅胡同的老宅里。时常来往的，是住在东城禄米仓的张凤举，徐耀辰两位，以及沈尹默，沈兼士，沈士远的三昆仲；不时也常和周作人氏，钱玄同氏，胡适之氏，马幼渔氏等相遇，或在北大的休息室里，或在公共宴会的席上。这些同事们，都是鲁迅的崇拜者，而对于鲁迅的古怪脾气，都当作一件似乎是历史上的轶事在谈论。

　　在我与鲁迅相见不久之后，周氏兄弟反目的消息，从禄米仓的张徐二位那里听到了，原因很复杂，而旁人终于也不明白是究竟为了什么。但终鲁迅的一生，他与周作人氏，竟没有和解的机会。

　　本来，鲁迅和周作人氏哥儿俩，是住在八道湾的那一所大房子里的。这一所大房子，系鲁迅在几年前，将他们绍兴的祖屋卖了，与周作人在八道湾买的；买了之后，加以修葺，他们兄弟和老太太就统在那里住了。俄国的那位盲诗人爱罗先珂寄住的，也就是这一所八道湾的房子。

　　后来，鲁迅和周作人氏闹了，所以他就搬了出来。所住的，大约就是砖塔胡同的那一间小四合了。所以，我见到他的时候，正在他们的口角之后不久的期间。

据凤举他们的判断，以为他们弟兄间的不睦，完全是两人的误解。周作人民的那位日本夫人，甚至说鲁迅对她有失敬之处。但鲁迅有时候对我说："我对启明，总老规劝他的，教他用钱应该节省一点，我们不得不想想将来，但他对于经济，总是进一个花一个的，尤其是他那位夫人。"从这些地方，会合起来，大约他们反目的真因，也可以猜度到一二成了。不过凡是认识鲁迅，认识启明及他的夫人的人，都晓得他们三个人，完全是好人；鲁迅虽则也痛骂过正人君子，但据我所知的他们三人来说，则只有他们才是真正君子。现在颇有些人，说周作人已作了汉奸，但我却始终仍是怀疑。所以，全国文艺作者协会致周作人的那一封公开信，最后的决定，也是由我改削过的；我总以为周作人先生，与那些甘心卖国的人，是不能作一样的看法的。

这时候的教育部，薪水只发到二成三成，公事是大家不办的，所以，鲁迅很有工夫教书，编讲义，写文章。他的短文，大抵是由孙伏园氏拿去，在《晨报副刊》上发表；教书是除北大外，还兼任着师大。

有一次，在鲁迅那里闲坐，接到了一个来催开会的通知，我问他忙么他说，忙倒也不忙，但是同唱戏的一样，每天总得到处去扮一扮。上讲台的时候，就得扮教授，到教育部去，也非得扮官不可。

他说虽则这样的说，但做到无论什么事情时，却总肯负完全的责任。

至于说到唱戏呢，在北平虽则住了那么久，可是他终于没有爱听京戏的癖性。他对于唱戏听戏的经验，始终只限于绍兴的社戏，高腔，乱弹，目莲戏等，最多也只听到了徽班。阿Q所唱的那句"手执钢鞭将你打"，就是乱弹班《龙虎斗》里的句子，是赵玄坛唱的。

对于目莲戏，他却有特别的嗜好，他有好几次同我说，这戏里的穿插，实在有许许多多的幽默味。他曾经举出不少的实例，说到一个借了鞋袜靴子去赴宴会的人，到了人来向他索还，只剩大衫在身上的时候，这一位老兄就装作肚皮痛，以两手按着腹部，口叫着我肚皮痛杀哉，将身体伏矮了些，于是长衫就盖到了脚部以遮掩过去的一段，他还照样的做出来给我们看过。说这一段话时，我记得《月夜》的著者，川岛兄也在座上，我们曾经大笑过的。

后来在上海，我有一次谈到了予倩、田汉诸君想改良京剧，来作宣传的话，他根本就不赞成，并且很幽默的说，以京剧来宣传救国，那就是"我们救国啊啊啊啊了，这行么"。

孙伏园氏在晨报社，为了鲁迅的一篇挖苦人的恋爱的诗，与刘勉己氏闹反了脸。鲁迅的学生李小峰就与伏园联合起来，出了《语丝》。投稿者除上述的诸位之外，还有林语堂氏，在国外的刘半农氏，以及徐旭生氏等。但是周氏兄弟，却是《语丝》的中心。而每次语丝社中人叙会吃饭的时候，鲁迅总不出席，因为不愿与周作人氏遇到的缘故。因此，在这一两年中，鲁迅在社交界，始终没有露一露脸。无论什么人请客，他总不肯出席；他自己哩，除了和一二人去小吃之外，也绝对的不大规模（或正式）的请客。这脾气，直到他去厦门大学以后，才稍稍改变了些。

鲁迅的对于后进的提拔，可以说是无微不至。《语丝》发刊以后，有些新人的稿子，差不多都是鲁迅推荐的。他对于高长虹他们的一集团，对于沉钟社的几位，对于未名社的诸子，都一例地在为说项。就是对于沈从文氏，虽则已有人在孙伏园去后的《晨报副刊》上在替吹嘘了，他也时时提到，唯恐诸编辑的埋没了他。还有当时在北大念书的王品青氏，也是他所属望的青年之一。

鲁迅和景宋女士（许广平）的认识，是当他在北京（那时北平还叫作北京）女师大教书的中间，前后经过，《两地书》里已经记载得很详细，此地可以不必说。但他和许女士的进一步的接近，是在"三一八"惨案之前，章士钊做教育部长，使刘百昭去用了老妈子军以暴力解散女师大的时候。

鲁迅是向来喜欢打抱不平的，看了章士钊的横行不法，又兼自己还是这学校的讲师，所以当教育部下令解散女师大的时候，他就和许季弗，沈兼士，马幼渔等一道起来反对。当时的鲁迅，还是教育部的金事，故而部长的章士钊也就下令将他撤职。为此，他一面向平政院控告章士钊，提起行政诉讼，一面就在《语丝》上攻击《现代评论》的为虎作伥，尤以对陈源（通伯）教授为最烈。

《现代评论》的一批干部，都是英国留学生；而其中像周鲠生，皮宗石，王世杰等，却是两湖人。他们和章士钊，在同到过英国的一点上，在同是湖南人的一点上，都不得不帮教育部的忙。鲁迅因而攻击绅士态度，攻击《现代评论》的受贿赂，这一时候他的杂文，怕是他一生之中，最含热意的妙笔。在这一个压迫和反抗，正义和暴力的争斗之中，他与许女士便有了更进一步的认识机会。

郁达夫与夫人孙荃

在这前后，我和他见面的次数并不多，因为我已经离开了北平，上武昌师范大学文科去教书了，可是这一年（民十三）暑假回北京，看见他的时候，他正在做控告章士钊的状子，而女师大为校长杨荫榆的问题，也正是闹得最厉害的期间。当他告诉我完了这事情的经过之后，他仍旧不改他的幽默态度说："人家说我在打落水狗，但我却以为在钉枪伤老虎，在扮演周处或武松。"

这句话真说得我高笑了起来。可是他和景宋女士的认识，以及有什么来往，我却还一点儿也不曾晓得。

直到两年之后，他因和林文庆博士闹意见，从厦门大学回上海的那一年暑假，我上旅馆去看他，谈到了中午，就约他及景宋女士与在座的许钦文去吃饭。在吃完饭后，茶房端上咖啡来时，鲁迅却很热情地向正在搅咖啡杯的许女士看了一眼，又用诚告亲属似地热情的口气，对许女士说：

"密丝许，你胃不行，咖啡还是不吃的好，吃些生果罢！"

在这一个极微细的告诫里，我才第一次看出了他和许女士中间的爱情。

从此之后，鲁迅就在上海住下了，是在闸北去窦乐安路不远的景云里内一所三楼朝南的洋式弄堂房子里。他住二层的前楼，许女士是住在三楼的。他们两人间的关系，外人还是一点儿也没有晓得。

有一次，林语堂——当时他住在愚园路，和我静安寺路的寓居很近——和我去看鲁迅，谈了半天出来，林语堂忽然问我：

"鲁迅和许女士，究竟是怎么回事有没有什么关系的？"

我只笑着摇摇头，回问他说：

"你和他们在厦大同过这么久的事，难道还不晓得么我可真看不出什么来。"

说起林语堂，实在是一位天性纯厚的真正英美式的绅士，他决不疑心人有意说出的不关紧要的谎。我只举一个例出来，就可以看出他的本性。当他在美国向他的夫人求爱的时候，他第一次捧呈了她一册克莱克夫人著的小说《模范绅士约翰哈里法克斯》；但第二次他忘记了，又捧呈了她以这册受批《JohnHalifax Gentleman》。这是林夫人亲口对我说的话，当然是不会错的。从这一点上看来，就可以看出语堂真是如何地忠厚老实的一位模范绅士。他的提倡幽默，挖苦绅士态度，我们都在说，这些都是从他的Inferiority Gomplex（不及错觉）心理出发的。

语堂自从那一回经我说过鲁迅和许女士中间大约并没有什么关系之后，一直到海婴（鲁迅的儿子）将要生下来的时候，才兹恍然大悟。我对他说破了，他满脸泛着好好先生的微笑说：

"你这个人真坏！"

鲁迅的烟瘾，一向是很大的；在北京的时候，他吸的，总是哈德门牌的拾枝装包。当他在人前吸烟的时候，他总探手进他那件灰布棉袄的袋里去摸出一枝来吸；他似乎不喜欢将烟包先拿出来，然后再从烟包里抽出一枝，而再将烟包塞回袋里去。他这牌气，一直到了上海，仍没有改过，不晓是为了怕麻烦的原因呢，抑或为了怕人家看见他所吸的烟，是什么牌。

他对于烟酒等刺激品，一向是不十分讲究的；对于酒，也是同烟一样。他的量虽则并不大，但却老爱喝一点。在北平的时候，我曾和他在东安市场的一家小羊肉铺里喝过白干；到了上海之后，所喝的，大抵是黄酒了。但五加皮，白玫瑰，他也喝，啤酒，白兰地他也喝，不过总喝得不多。

爱护他，关心他的健康无微不至的景宋女士，有一次问我，"周先生平常喜欢喝一点酒，还是给他喝什么酒好？"我当然答以黄酒第一。但景宋女士却说，他喝黄酒时，老要量喝得很多，所以近来她在给他喝五加皮。并且说，因为五加皮酒性太烈，她所以老把瓶塞在平时拔开，好教消散一点酒气，变得淡些。

在这些地方，本可看出景宋女士的一心为鲁迅牺牲的伟大精神来；仔细一想，真要教人感激得下眼泪的，但我当时却笑了，笑她的太没有对于酒的知识。当然她原也晓得酒精成分多少的科学常识，可是爱人爱得过分时，常识也往往会被热挚的真情，掩蔽下去。我于讲完了量与质的问题，讲完了酒精成分的比较问题之后，就劝她，以后，顶好是给周先生以好的陈黄酒喝，否则，还是喝啤酒。

这一段谈话过后不久，忽而有一天，鲁迅送了我两瓶十多年陈的绍兴黄酒，说是一位绍兴同乡，带出来送他的。我这才放了心，相信以后他总不再喝五加皮等烈酒了。

我的记忆力很差，尤其是对于时日及名姓等的记忆。有些朋友，当见面时却混得很熟，但竟有一年半载以上，不晓得他的名姓的；因为混熟了，又不好再清教尊姓大名的缘故。像这一种习惯，我想一般人也许都有，可是，在我觉得特别的厉害。而鲁迅呢，却很奇怪，他对于遇见过一次，或和他在文字上有点纠葛过的人，都记得很详细，很永固。

所以，我在前段说起过的，鲁迅到上海的时日，照理应该在十八年的春夏之交；因为他于离开厦门大学之后，是曾上广州中山大学去住过一年的；他的重回上海，是在因和顾颉刚起了冲突，脱离中心大学之后；并且因恐受当局的压迫拘捕，其后亦曾在广州闲住了半年以上的时间。

他对于辞去中山大学教职之后，在广州闲住的半年那一节事情，也解释得非常有趣。他说：

"在这半年中，我譬如是一只雄鸡，在和对方呆斗。这呆斗的方式，并不是两边就咬起来，却是振冠击羽，保持着一段相当距离的对视。因为对方的假君子，背后是有政治力量的，你若一经示弱，对方就会用无论那一种卑鄙的手段，来加你以压迫。

"因而有一次，大学里来请我讲演，伪君子正在庆幸机会到了，可以罗织成罪我的证据。但我却不忙不迫的讲了些魏晋人的风度之类，而对于时局和政治，一个字也不曾提起。"

在广州闲住了半年之后，对方的注意力有点松懈了，就是对方的雄鸡，坚忍力有点不能支持了；他就迅速地整理行囊，乘其不备，而离开了广州。

人虽则离开了，但对于代表恶势力而和他反对的人，他却始终不会忘记。所以，他的文章里，无论在哪一篇，只教用得上去的话，他总不肯放松一着，老会把这代表恶势力的敌人押解出来示众。

对于这一点，我也曾再三的劝他过，劝他不要上当。因为有许多无理取闹，来攻击他的人，都想利用了他来成名。实际上，这一个文坛登龙术，是屡试屡验的法门；过去曾经有不少的青年，围攻击鲁迅而成了名的。但他的解释，却很彻底。他说：

"他们的目的，我当然明了。但我的反攻，却有两种意思。第一，是正可以因此而成全了他们；第二，是也因为他们，而真理念得阐明。他们的成名，是焰火似地一时的现象，但真理却是永久的。"

他在上海住下之后，这些攻击他的青年，愈来愈多了。最初，是高长虹等，其次是太阳社的钱杏屯等，后来则有创造社的叶灵凤等。他对于这些人的攻击，都三倍四倍地给予了反攻，他的杂文的光辉，也正因了这些不断的搏斗

郁达夫与王映霞

而增加了敦练与光挥。他的《全集》的十分之六七，是这种搏斗的火花，成绩俱在，在这里可以不必再说。

此外还有些并不对他攻击，而亦受了他的笔伐的人，如张若谷，曾今可等；他对于他们，在酒兴浓溢的时候，老笑着对我说：

"我对他们也并没有什么仇。但因为他们是代表恶势力的缘故，所以我就做了堂·克蓄德，而他们却做了活的风车。"

关于堂·克蓄德这一名词，也是钱杏屯他们奉赠给他的。他对这名词并不嫌恶，反而是很喜欢的样子。同样在有一时候，叶灵凤引用了苏俄讥高尔基的画来骂他，说他是"阴阳面的老人"，他也时常笑着说："他们比得我太大了，我只恐怕承当不起。"

创造社和鲁迅的纠葛，系开始在成仿吾的一篇批评，后来一直地继续到了创造社的被封时为止。

鲁迅对创造社，虽则也时常有讥讽的言语，散发在各杂文里；但根底却并没有恶感。他到广州去之先，就有意和我们结成一条战线，来和反动势力拮抗的；这一段经过，恐怕只有我和鲁迅及景宋女士三人知道。

至于我个人与鲁迅的交谊呢，一则因系同乡，二则因所处的时代，所看的书，和所与交游的友人，都是同一类属的缘故，始终没有和他发生过冲突。

后来，创造社因被王独涪挑拨离间，分成了派别，我因一时感情作用，和创造社脱离了关系，在当时，一批幼稚病的创造社同志，都受了王独清等的煽动，与太阳社联合起来攻击鲁迅，但我却始终以为他们的行动是越出了常轨，所以才和他计划出了《奔流》这一个杂志。

《奔流》的出版，并不是想和他们对抗，用意是在想介绍些真正的革命文艺的理论和作品，把那些犯幼稚病的左倾青年，稍稍纠正一点过来。

当编《奔流》的这一段时期，我以为是鲁迅的一生之中，对中国文艺影响最大约一个转变时期。

在这一年当中，鲁迅的介绍左翼文艺的正确理论的一步工作，才开始立下了系统。而他的后半生的工作的纲领，差不多全是在这一个时期里定下来的。

当时在上海负责在做秘密工作的几位同志，大抵都是在我静安寺路的寓居里进出的人；左翼作家联盟，和鲁迅的结合，实际上是我做的媒介。不过，左联成立之后，我却并不愿意参加，原因是因为我的个性是不适合于这些工作的，我对于我自己，认识得很清，决不愿担负一个空名，而不去做实际的事务；所以，左联成立之后，我就在一月之内，对他们公然的宣布了辞职。

但是暗中站在超然的地位，为左联及各工作者的帮忙，也着实不少。除来不及营救，已被他们杀死的许多青年不计外，在龙华，在租界捕房被拘去的许多作家，或则减刑，或则拒绝引渡，或则当时释放等案件，我现在还记得起来的，当不只十件八件的少数。

鲁迅的热心于提拔青年的一件事情，是大家在说的。但他的因此而受痛苦之深刻，却外边很少有人知道。像有些先受他的提拔，而后来却用攻击的方法以成自己的名的事情，还是彰明显著的事实，而另外还有些"挑了一担同情来到鲁迅那里，强迫他出很高的代价"的故事，外边的人，却大抵都不晓得了。在这里，我只举一个例：

在广州的时候，有一位青年的学生，因平时被鲁迅所感化而跟他到了上海。到了上海之后，鲁迅当然也收留他一道住在景云里那一所三层楼的弄堂房子里。但这一位青年，误解了鲁迅的意思，以为他没有儿子——当时海婴还没有生——所以收留自己和他住下，大约总是想把自己当作他的儿子的意思。后来，他又去找了一位女朋友来同住，意思是为鲁迅当儿媳妇的。可是，两人坐食在鲁迅的家里，零用衣饰之类。鲁迅当然是供给不了的；于是这一位自定的鲁迅的子嗣，就发生了很大的不满，要求鲁迅，一定要为他谋一出路。

鲁迅没法子，就来找我，教我为这青年去谋一职业，如报馆校对，书局伙计之类；假使是真的找不到职业，那么亦必须清一家书店或报馆在名义上用他做事，而每月的薪水三四十元，当由鲁迅自己拿出，由我转交给这书局或报馆，作为月薪来发给。

这事我向当时的现代书局说了，已经说定是每月由书局和鲁迅各拿出一半的钱来，使用这一位青年。但正当说好的时候，这一位青年却和爱人脱离了鲁迅而走了。

这一件事情，我记得章锡琛曾在鲁迅去世的时候写过一段短短的文章；但事实却很复杂，使鲁迅为难了好几个月。从这一回事情之后，鲁迅就爱说"青年是挑了一担同情来的"趣话。不过这仅仅是一例，此外，因同情青年的遭遇，而使他受到痛苦的事实还正多着哩！

民国十八年以后，因国共分家的结果，有许多青年，以及正义的斗士，都无故而被牺牲了。此外，还有许多从事革命运动的青年，在南京，上海，以及长江沈域的通都大邑里，被捕的，正不知有多少。在上海专为这些革命志士以及失业工人等救济而设的一个团体，是共济会。但这时候，这救济会已经遭了当局之忌，不能公开工作了；所以弄成请了律师，也不能公然出庭，有了店铺作保，也不能去向法庭清求保释的局面。在这时候，带有国际性的民权保障自由大同盟，才在孙夫人（宋庆龄女士）蔡先生（子民）等的领导下，在上海成立了起来。鲁迅和我，都是这自由大同盟的发起人，后来也连做了几任的干部，一直到南京的通缉令下来，杨杏佛被暗杀的时候为止。

在这自由大同盟活动的期间，对于平常的集会，总不出席的鲁迅，却于每次开会时一定先期而到；并且对于事务是一向不善处置的鲁迅，将分派给他的事务，也总办得井井有条。从这里，我们又可以看出，鲁迅不仅是一个只会舞文弄墨的空头文学家，对于实务，他原是也具有实际干材的。说到了实务，我又不得不想起我们合编的那一个杂志《奔流》——名义上，虽则是我和他合编的刊物，但关于校对，集稿，算发稿费等琐碎的事务，完全是鲁迅一个人效的劳。

他的做事务的精神，也可以从他的整理书斋，和校阅原稿等小事件上看得出来。一般和我们在同时做文字工作的人，在我所认识的中间，大抵十个有九个都是把书斋弄得乱杂无章的。而鲁迅的书斋，却在无论什么时候，都整理得必清必楚。他的校对的稿子，以及他自己的文章，涂改当然是不免，但总缮写得非常的清楚。

直到海婴长大了，有时候老要跑到他的书斋里去翻弄他的书本杂志之类；当这样的时候，我总看见他含着苦笑，对海婴说，"你这小捣乱看好了没有"海婴含笑走了的时候，他总是一边谈着笑话，一边先把那些搅得零乱的书本子堆叠得好好，然后再来谈天。

记得有一次，海婴已经会说话的时候了，我到他的书斋去的前一刻，海婴正在那里捣乱，翻看书里的插画。我去的时候，书本子还没有理好。鲁迅一见着我，就大笑着说："海婴这小捣乱，他问我几时死，他的意思是我死了之后，这些书本都应该归他的。"

鲁迅的开怀大笑，我记得要以这一次为最兴高采烈。听这话的我，一边虽也在高笑，但暗地里一想到了"死"这一个定命，心里总不免有点难过。尤其是像鲁迅这样的人，我平时总不会把死和他联合起来想在一道。就是他自己，以及在旁边也在高笑的景宋女士，在当时当然也对于死这一个观念的极微细的实感都没有的。

这事情，大约是在他去世之前的两三年的时候；到了他死之后，在万国殡仪馆成殓出殡的上午，我一面看到了他的遗容，一面又看见海婴仍是若无其事地在人前穿了小小的丧服在那里快快乐乐地跑，我的心真有点儿绞得难耐。

鲁迅的著作的出版者，谁也知道是北新书局。北新书局的创始人李小峰，本是北大鲁迅的学生；因为孙伏园从《晨报副刊》出来之后，和鲁迅，启明，语堂等，开始经营《语丝》之发行，当时还没有毕业的李小峰，就做了《语丝》的发行兼管理印刷的出版业者。

北新书局从北平分到上海，大事扩张的时候，所靠的也是鲁迅的几本著作。

后来一年一年的过去，鲁迅的著作也一年一年地多起来了，北新和鲁迅之间的版税交涉，当年成了一个很大的问题。

北新对著作者，平时总只含混地说，每月致送几百元版税，到了三节，便开一清单来报帐的。但一则他的每月致送的款项，老要拖欠，再则所报之帐，往往不十分清爽。

后来，北新对鲁迅及其他的著作人，简直连月款也不提，节帐也不算了。靠版税在上海维持生活的鲁迅，一时当然也破除了情面，请律师和北新提起了清算版税的诉讼。

照北新开给鲁迅的旧账单等来计算，在鲁迅去世的前六七年，早该积欠有两三万元了。这诉讼，当然是鲁迅的胜利，因为欠债还钱，是古今中外一定不易的自然法律。北新看到了这一点，就四出的托人向鲁迅讲情，要请他不必提起诉讼，大家设法谈判。

当时我在杭州小住，打算把一部不曾写了的《蜃楼》写它完来。但住不上几天，北新就有电报来了，催我速回上海，为这事尽一点力。

后来经过几次的交涉，鲁迅答应把诉讼暂时不提，而北新亦愿意按月摊还积欠两万余元。分十个月还了；新欠则每月致送四百元，决不食言。

这一场事情，总算是这样的解决了；但在事情解决，北新请大家吃饭的那一天晚上，鲁迅和林语堂两人，却因误解而起了正面的冲突。

冲突的原因，是在一个不在场的第三者，也是鲁迅的学生，当时也在经营出版事业的某君。北新方面，满以为这一次鲁迅的提起诉讼，完全系出于这同行第三者的挑拨。而忠厚诚实的林语堂，于席间偶尔提起了这一个人的名字。

鲁迅那时，大约也有了一点酒意，一半也疑心语堂在责备这第三者的话，是对鲁迅的讽刺；所以脸色发青，从座位里站了起来，大声的说：

"我要声明！我要声明！"

他的声明，大约是声明并非由这第三者的某君挑拨的。语堂当然也要声辩他所讲的话，并非是对鲁迅的讽刺；两人针锋相对，形势其弄得非常的险恶。

在这席间，当然只有我起来做和事佬：一面按住鲁迅坐下，一面我就拉了语堂和他的夫人，走下了楼。

这事当然是两方的误解。后来鲁迅原也明白了；他和语堂之间，是有过一次和解的。可是到了他去世之前年，又因为劝语堂多翻译一点西洋古典文学到中国来，而语堂说这是老年人做的工作之故，而各起了反感。但这当然也是误解，当鲁迅去世的消息传到当时寄居在美国的语堂耳里的时候，语堂是曾有极悲痛的唁电发来的。鲁迅住的景云里那一所房子，是在北四川路尽头的西面，去虹口花园很近的地方。因而去狄思威路北的内山书店亦只有几百步路。

书店主人内山完造，在中国先则卖药，后则经营贩卖书籍，前后总已有了二十几年的历史。他生活很简单，懂得生意经，并且也染上了中国人的习气，喜欢讲交情。因此，我们这一批在日本住久的人在上海，总老喜欢到他店里去坐坐谈谈；鲁迅于在上海住下之后，也就是这内山书店的常客之一。

"一二八"沪战发生，鲁迅住的那一个地方，去天通庵只有一箭之路，交战的第二日，我们就在担心着鲁迅一家的安危。到了第三日，并且谣言更多了，说和鲁迅同住的他的三弟乔峰（周建人）被宪兵殴伤了，但就在这一个下午，我却在四川路桥南，内山书店的一家分店的楼上，会到了鲁迅。

他那时也听到了这谣传了，并且还在报上看见了我寻他和其他几位住在北四川路的友人的启事。他在这兵荒马乱之间，也依然不消失他那种幽默的微笑；讲到乔峰被殴伤的那一段谣言的时候，还加上了许多我们所不曾听见过的新鲜资料，证明一般空闲人的喜欢造谣生事，乐祸幸灾。

在这中间，我们就开始了向全世界文化人呼吁，出刊物公布狞恶侵略者面目的工作，鲁迅当然也是签名者之一；他的实际参加联合抗敌的行动，和一班左翼作家的接近，实际上是从这一个时期开始的。

"一二八"战事过后，他从景云里搬了出来，住在内山书店斜对面的一家大厦的三层楼上；租金比较得贵，生活方式也比较得奢侈，因而一般平时要想寻出一点弱点来攻击他的人，就又像是发掘得了至宝。

但他在那里住得也并不久，到了南京的秘密通缉令下来，上海的反动空气很浓厚的时候，他却搬上了内山书店的北面，新造好的大陆新村（四达里对面）的六十几号房屋去住了。在这里，一直住到了他去世的时候为止。

南京的秘密通缉令，列名者共有六十几个，多半是与民权保障自由大同盟有关的文化人。而这通缉令呈请者，却是在杭州的浙江省党部的诸先生。

说起杭州，鲁迅绝端的厌恶；这通缉案的呈请者们，原是使他厌恶的原因之一，而对于山水的爱好，别有见解，也是他厌恶杭州的一个原因。有一年夏天，他曾同许钦文到杭州去玩过一次；但因湖上的闷热，蚊子的众多，饮水的不洁等关系，他在旅馆里一晚没有睡觉，第二天就逃回到上海来了。自从这一回之后，他每听见人提起杭州，就要摇头。

后来，我搬到杭州去住的时候，他曾写过一首诗送我，头一句就是"钱王登遐仍如在"；这诗的意思，他曾同我说过，指的是杭州党政诸人的无理的高压。他从五代时的记录里，曾看到过钱武肃王的时候，浙江老百姓被压榨得连裤子都没有得穿，不得不以砖瓦来遮盖下体。这事不知是出在哪一部书里，我到现在也还没有查到，但他的那句诗的原意，却就系指此而言。我因不听他的忠告，终于搬到杭州去住了，结果竟不出他之所料，被一位党部的先生，弄得家破人亡；这一位吃党饭出身，积私财至数百万，曾经呈请南京中央党部通缉过我们的先生，对我竟做出了比邻人对待我们老百姓还更凶恶的事情，而且还是在这一次的抗战军兴之后。我现在虽则已远离祖国，再也受不到他的奸淫残害的毒爪了；但现在仍还在执掌以礼义廉耻为信条的教育大权的这一位先生，听说近来因天高皇帝远，浑水好捞鱼之故，更加加重了他对老百姓的这一种远溢过钱武肃王的德政。

鲁迅不但对于杭州没有好感，就是对他出身地的绍兴，也似乎并没有什么依依不舍的怀恋。这可从有一次他的谈话里看得出来。是他在上海住下不久的时候，有一回我们谈起了前两天刚见过面的孙伏园。他问我伏园住在哪里，我说，他已经回绍兴去了，大约总不久就会出来的。鲁迅言下就笑着说：

"伏园的回绍兴，实在也很可观！"

他的意思，当然是绍兴又凭什么值得这样的频频回去

所以从他到上海之后，一直到他去世的时候为止，他只匆匆地上杭州去住了一夜，而绝没有回去过绍兴一次。

预言者每不为其故国所容，我于鲁迅更觉得这一句格言的确凿。各地党部的对待鲁迅，自从浙江党部发动了那大弹劾案之后，似乎态度都是一致的。抗战前一年的冬天，我路过厦门，当时有许多厦大同学曾来看我，谈后就说到了厦大门前，经过南普陀的那一条大道，他们想呈请市政府改名"鲁迅路"以

资纪念。并且说，这事已经由鲁迅纪念会（主其事的是厦门《星光日报》社长胡资周及记者们与厦大学生代表等人）呈请过好几次了，但都被搁置着不批下来。我因为和当时的厦门市长及工务局长等都是朋友，所以就答应他们说这事一定可以办到。但后来去市长那里一查问，才知道又是党部在那里反对，绝对不准人们纪念鲁迅。这事情，后来我又同陈主席说了，陈主席当然是表示赞成的。可是，这事还没有办理完成，而抗战军兴，现在并且连厦门这一块土地，也已经沦陷了一年多了。

自从我搬到杭州去住下之后，和他见面的机会，就少了下去，但每一次当我上上海去的中间，无论如何忙，我总抽出一点时间来去和他谈谈，或和他吃一次饭。

而上海的各书店，杂志编辑者，报馆之类，要想拉鲁迅的稿子的时候，也总是要我到上海去和鲁迅交涉的回数多。譬如，黎烈文初编《自由谈》的时候，我就和鲁迅说，我们一定要维持他，因为在中国最老不过的《申报》，也晓得要用新文学了，就是新文学的胜利。所以，鲁迅当时也很起劲，《伪自由书》，《花边文学》集里许多短稿，就是这时候的作品。在起初，他的稿子就是由我转交的。

此外，像良友书店，天马书店，以及"生活"出的《大学》杂志之类，对鲁迅的稿件，开头大抵都是由我为他们拉拢的。尤其是当鲁迅对编辑者们发脾气的时候，做好做歹，仍复替他们调停和解这一角色，总是由我来担当。所以，在杭州住下的两三年中，光是为鲁迅之故，而跑上海的事情，前后总也有了好多次。

在他去世的前一年春天，我到了福建，这中间，和他见面的机会更加少了。但记得就在他作故的前两个月，我回上海，他曾告诉了我他的病状，说医生说他的肺不对，他想于秋天到日本去疗养，问我也能够同去不能。我在那时候，也正在想去久别了的日本一次，看看他们最近的社会状态，所以也轻轻谈到了同去岚山看红叶的事情。可是从此一别，我就再也没有和他作长谈约幸运了。

关于鲁迅的回忆，枝枝节节，另外也正还乡着；可是他给我的信件之类，有许多已在搬回杭州去之先烧了，有几封在上海北新书局里存着，现在又没有日记在手头，所以就在这里，先暂搁笔，以后若有机会，或许再写也说不定。

第四篇

郁达夫与徐志摩

——同窗之雅

徐志摩（1897～1931年）现代诗人、散文家。原名章垿，字槱森，留学美国时改名志摩。曾经用过的笔名：南湖、诗哲、海谷、谷、大兵、云中鹤、仙鹤、删我、心手、黄狗、谔谔等。徐志摩是新月派代表诗人，新月诗社成员。1915年毕业于杭州一中，先后就读于上海沪江大学、天津北洋大学和北京大学。 1918年赴美国学习银行学。1921年赴英国留学，入剑桥大学当特别生，研究政治经济学。在剑桥两年深受西方教育的熏陶

徐志摩

及欧美浪漫主义和唯美派诗人的影响。1926年在北京主编《晨报》副刊《诗镌》，与闻一多、朱湘等人开展新诗格律化运动 ，影响到新诗艺术的发展。同年移居上海，任光华大学、大夏大学和南京中央大学（1949年更名为南京大学）教授。和胡适、闻一多等人创立"新月书店"、创办《新月》杂志。1927年参加创办新月书店。次年《新月》月刊创刊后任主编。并出国游历英、美、日、印等国。1930年任中华文化基金委员会委员，被选为英国诗社社员。同年冬到北京大学与北京女子大学任教。1931年初，与陈梦家、方玮德创办《诗刊》季刊，被推选为笔会中国分会理事。同年11月19日，由南京乘飞机到北平，因遇大雾在济南附近触山，故飞机失事，因而遇难。徐诗字句清新，韵律谐和，比喻新奇，想象丰富，意境优美，神思飘逸，富于变化，并追求艺术形式的整饬、华美，具有鲜明的艺术个性。他的散文也自成一格，取得了不亚于诗歌的成就，其中《自剖》、《想飞》、《我所知道的康桥》、《翡冷翠山居闲话》等都是传世的名篇。

韩石山在《民国文人风骨》一书上说，徐志摩与郁达夫是中国现代文学史上的一对宝贝。的确，现代文学在初孕时便生出这样一对宝贝，实在非常可贵。

　　将郁达夫与徐志摩并列而论，绝不是牵强附会。当年徐志摩与郁达夫同考入杭州府中学堂，因为郁达夫的辗转转学，他们只做了半年的同学，也不过是点头的交情而已。然而这半年的同窗之谊却也不妨是他们日后终生友谊的滥觞。

　　如不是曾经同学，茫茫人海中那般独特的两个人相遇是很难的（二人在文学上"专攻"的领域有所不同，而气质上也迥然有异——郁达夫是颓废感伤的，徐志摩是浪漫活泼的），更别说因为彼此的才华而互相吸引。如此，说不定郁达夫便会一心帮助鲁迅来对反对新月派的人了。郁达夫与徐志摩在文字上的交往很少，就徐志摩来说，他的书信好像是只写给陆小曼的，给郁达夫的只有可怜的小信一封，冷冷的寥寥数字。而郁达夫也似乎是只在徐志摩死后才想起要给亲爱的朋友写点文章的。也不知道是这一对宝贝平时都无暇来写；还是根本就已经心有灵犀，已无须文字的交流了呢？

　　不管怎么说，我倒相信"君子之交淡如水"的。

徐志摩谈郁达夫

徐志摩致郁达夫的信

文／徐志摩

达夫兄：

徐志摩手稿

　　我将去北平，与公等自此相违，曾闻知否？笔会再三相请，未蒙枉驾。近来酒兴何如？"新月"要问达夫讨书印，有希望否？令友所撰一诗，无人承印，只得送回，即乞转还，前承允与中华一书，至今未闻消息，念念。我北平寓后门米量库四号适之家。时代险恶，我辈只许闭口。此念香福

志摩敬候

《“余痕”之余》（附言）

文／徐志摩

　　刘君这篇悲痛的文章，我相信句句都是实情，——“我有时相信悲哀是人间最大的真理”，王尔德在狱中说过。但文里受罪的不止作者一个；还有那位吐了几天血吐得不像人的“T君”，你猜他是谁?T君就是“我们最钟爱”的郁这夫先生。他这次在武汉叫人赶跑了，为的是，我听说，在某地方发表了几句不趋附群众一类的真心话。当然他活该！谁叫他不识趣，这样的不识时宜?他就往上海跑（刘大杰君跟着走的据说），不久他就病倒了，新近也没有消息不知他好些没有。我们当然盼望他早些健全。但是健全，我说，达夫胸中也不知怎的尽是些压得死人的块垒，他无聊极了就浇酒，一喝起头就不到烂醉不休，并且他几乎每天喝每天醉;他的吐血与他的纵饮分明有关系。但为什么他甘心这样精蹋他自己的身体，为什么他是这样的消极，悲观，达夫的天才早经得到我们的认识，他的不留余力的倾倒他自己的灵魂使我们惊讶，他的绝时的率真使我们爱敬。这年头收成不好，像他那样人在我们中间能有几个，真的，你能举出第二个人来吗……达夫还得继续奋斗，没有你我们更受不住这时代压迫的死重了。但他终究能平安吗?我们战兢兢的在这里替他祷祝了。

　　1926年1月11日的《晨报副刊》上刊出刘大杰的小说《“余痕”之余》，

徐志摩在文后加上了以上附言

徐志摩日记（节选）

文／徐志摩

　　与适之，经农，步行去民厚里一二一号访沫若，久觅始得其居。沫若自应门，手抱褔褓儿，跣足，敞服（旧学生服），状殊憔悴，然广额宽颐，怡和可识。入门时有客在，中有田汉，亦抱小儿，转顾间已出门引去，仅记其面狭长。沫若居至隘，陈设亦杂，小孩屦杂其间，倾跌须父抚慰，涕泗亦须父揩拭，皆不能华语；厨下木屐声卓卓可闻，大约即其日妇。坐定寒暄，仿吾亦下楼，殊不话谈，适之虽勉寻话端以济枯窘，而主客似有冰结，移时不涣。沫若时含笑谛视，不识何意。经农竟嗫不吐一宇，实亦无从端启。五时半辞出，适之亦甚讶此会之窘，云上次有达夫时，其居亦稍整洁，谈话亦较融洽，然以四手而维持一日刊，一月刊，一季刊，其情况必不甚愉适，且其生计亦不裕，或竟窘，无怪其以狂叛自居。

郁达夫谈徐志摩

在徐志摩飞机失事之后，郁达夫曾陆续写下一些悼念文章表示哀悼与痛惜之情。

志摩在回忆里

文／郁达夫

新诗传宇宙，竟尔乘风归去，同学同庚，老友如君先宿草。

华表托精灵，何当化鹤重来，一生一死，深闺有妇赋招魂。

这是我托杭州陈紫荷先生代作代写的一副挽志摩的挽联。陈先生当时问我和志摩的关系，我只说他是我自小的同学，又是同年，此外便是他这一回的很适合他身分的死。

做挽联我是不会做的，尤其是文言的对句。而陈先生也想了许多成句，如"高处不胜寒"，"犹是深闺梦里人"之类，但似乎都寻不出适当的上下对，所以只成了上举的一联。这挽联的好坏如何，我也不晓得，不过我觉得文句做得太好，对仗对得太工，是不大适合于哀挽的本意的。悲哀的最大表示，是自然的目瞪口呆，僵若木鸡的那一种样子，这我在小曼夫人当初次接到志摩的凶耗的时候曾经亲眼见到过。其次是抚棺的一哭，这我在万国殡仪馆中，当日来吊的许多志摩的亲友之间曾经看到过。至于哀挽诗词的工与不工，那却是次而又次的问题了；我不想说志摩是如何如何的伟大，我不想说他是如何如何的可爱，我也不想说我因他之死而感到怎么怎么的悲哀，我只想把在记忆里的志摩来重描一遍，因而再可以想见一次他那副凡见过他一面的人谁都不容易忘去的面貌与音容。

大约是在宣统二年（一九一〇）的春季，我离开故乡的小市，去转入当时的杭府中学读书，——上一期似乎是在嘉兴府中读的，终因路远之故而转入了杭府

——那时候府中的监督，记得是邵伯炯先生，寄宿舍是大方伯的图书馆对面。

当时的我，是初出茅庐的一个十四岁未满的乡下少年，突然间闯入了省府的中心，周围万事看起来都觉得新异怕人。所以在宿舍里，在课堂上，我只是诚惶诚恐，战战兢兢，同蜗牛似地蜷伏着，连头都不敢伸一伸出壳来。但是同我的这一种畏缩态度

徐志摩（右二）、张嘉铸（张幼仪八弟，右一）、胡适（右三）、张嘉森（张幼仪二哥，右四）和蒋百里（右六）与泰戈尔合影

正相反的，在同一级同一宿舍里，却有两位奇人在跳跃活动。

一个是身体生得很小，而脸面却是很长，头也生得特别大的小孩子。我当时自己当然总也还是一个小孩子，然而看见了他，心里却老是在想："这顽皮小孩，样子真生得奇怪"，仿佛我自己已经是一个大孩似的。还有一个日夜和他在一块，最爱做种种淘气的把戏，为同学中间的爱戴集中点的，是一个身材长得相当的高大，面上也已经满示着成年的男子的表情，由我那时候的心里猜来，仿佛是年纪总该在三十岁以上的大人，——其实呢，他也不过和我们上下年纪而已。

他们俩，无论在课堂上或在宿舍里，总在交头接耳的密谈着，高笑着，跳来跳去，和这个那个闹闹，结果却终于会出其不意地做出一件很轻快很可笑很奇特的事情来吸收大家的注意的。

而尤其使我惊异的，是那个头大尾巴小，戴着金边近视眼镜的顽皮小孩，平时那样的不用功，那样的爱看小说——他平时拿在手里的总是一卷有光纸上印着石印细字的小本子——而考起来或作起文来却总是分数得得最多的一个。

象这样的和他们同住了半年宿舍，除了有一次两次也上了他们一点小当之外，我和他们终究没有发生什么密切一点的关系；后来似乎我的宿舍也换了，除了在课堂上相聚在一块之外，见面的机会更加少了。年假之后第二年的春天，我不晓为了什么，突然离去了府中，改入了一个现在似乎也还没有关门的教会学校。从此之后，一别十余年，我和这两位奇人——一个小孩，一个大人——终于没有遇到的机会。虽则在异乡飘泊的途中，也时常想起当日的旧事，

徐志摩与张幼仪

但是终因为周围环境的迁移激变，对这微风似的少年时候的回忆，也没有多大的留恋。

民国十三四年——一九二三、四年——之交，我混迹在北京的软红尘里；有一天风定日斜的午后，我忽而在石虎胡同的松坡图书馆里遇见了志摩。仔细一看，他的头，他的脸，还是同中学时候一样发育得分外的大，而那矮小的身材却不同了，非常之长大了，和他并立起来，简直要比我高一二寸的样子。

他的那种轻快磊落的态度，还是和孩时一样，不过因为历尽了欧美的游程之故，无形中已经锻炼成了一个长于社交的人了。笑起来的时候，可还是同十几年前的那个顽皮小孩一色无二。

从这年后，和他就时时往来，差不多每礼拜要见好几次面。他的善于座谈，敏于交际，长于吟诗的种种美德，自然而然地使他成了一个社交的中心。当时的文人学者，达官丽妹，以及中学时候的倒霉同学，不论长幼，不分贵贱，都在他的客座上可以看得到。不管你是如何心神不快的时候，只教经他用了他那种浊中带清的洪亮的声音，"喂，老×，今天怎么样？什么什么怎么样了？"的一问，你就自然会把一切的心事丢开，被他的那种快乐的光耀同化了过去。

正在这前后，和他一次谈起了中学时候的事情，他却突然的呆了一呆，张大了眼睛惊问我说："老李你还记得起记不起？他是死了哩！"

这所谓老李者，就是我在头上写过的那位顽皮大人，和他一道进中学的他的表哥哥。

其后他又去欧洲，去印度，交游之广，从中国的社交中心扩大而成为国际的。于是美丽宏博的诗句和清新绝俗的散文，也一年年的积多了起来。一九二七年的革命之后，北京变了北平，当时的许多中间阶级者就四散成了秋后的落叶。有些飞上了天去，成了要人，再也没有见到的机会了，有些也竟安然地在牖下到了黄泉；更有些，不死不生，仍复在歧路上徘徊着，苦闷着，而终于寻不到出路。是在这一种状态之下，有一天在上海的街头，我又忽而遇见志摩，"喂，这几年来你躲在什么地方？"

兜头的一喝，听起来仍旧是他那一种洪亮快活的声气。在路上略谈了片刻，一同到了他的寓里坐了一会，他就拉我一道到了大赍公司的轮船码头。因为午前他刚接到了无线电报，诗人太果尔回印度的船系定在午后五时左右靠岸，他是要上船去看看这老诗人的病状的。

当船还没有靠岸，岸上的人和船上的人还不能够交谈的时候，他在码头上的寒风里立着——这时候似乎已经是秋季了——静静地呆呆地对我说：

"诗人老去，又遭了新时代的摈斥，他老人家的悲哀，正是孔子的悲哀。"

因为太果尔这一回是新从美国日本去讲演回来，在日本在美国都受了一部分新人的排斥，所以心里是不十分快活的；并且又因年老之故，在路上更染了一场重病。志摩对我说这几句话的时候，双眼呆看着远处，脸色变得青灰，声音也特别的低。我和志摩来往了这许多年，在他脸上看出悲哀的表情来的事情，这实在是最初也便是最后的一次。

从这一回之后，两人又同在北京的时候一样，时时来往了。可是一则因为我的疏懒无聊，二则因为他跑来跑去的教书忙，这一两年间，和他聚谈时候也并不多。今年的暑假后，他于去北平之先曾大宴了三日客。头一天喝酒的时候，我和董任坚先生都在那里。董先生也是当时杭府中学的旧同学之一，席间我们也曾谈到了当时的杭州。在他遇难之前，从北平飞回来的第二天晚上，我也偶然的，真真是偶然的，闯到了他的寓里。

那一天晚上，因为有许多朋友会聚在那里的缘故，谈谈说说，竟说到了十二点过。临走的时候，还约好了第二天晚上的后会才兹散去。但第二天我没有去，于是就永久失去了见他的机会了，因为他的灵柩到上海的时候是已经验好了来的。

文人之中，有两种人最可以羡慕。一种是象高尔基一样，活到了六七十岁，而能写许多有声有色的回忆文的老寿星，其他的一种是如叶赛宁一样的光芒还没有吐尽的天才夭折者。前者可以写许多文学史上所不载的文坛起伏的经历，他个人就是一部纵的文学史。后者则可以要求每个同时代的文人都写一篇吊他哀他或评他骂他的文字，而成一部横的放大的文苑传。

现在志摩是死了，但是他的诗文是不死的，他的音容状貌可也是不死的，除非要等到认识他的人老老少少一个个都死完的时候为止。

1931年12月11日

[附记]上面的一篇回忆写完之后，我想想，想想，又在陈先生代做的挽联里加入了一点事实，缀成了下面的四十二字：

三卷新诗，廿年旧友，与君同是天涯，只为佳人难再得。

一声河满，九点齐烟，化鹤重归华表，应愁高处不胜寒。

1931年12月19日

原载1932年1月1日《新月》第四卷第一期

怀四十岁的志摩

文/郁达夫

眼睛一眨，志摩去世，已经交五年了；在上海那一天阴晦的早晨的凶报，福煦路上遗宅里的仓皇颠倒的情形，以及其后灵柩的迎来，吊奠的开始，尸骨的争夺，和无理解的葬事的经营等情状，都还在我的目前，仿佛是今天早晨或昨天的事情。志摩落葬之后，我因为不愿意和那一位商人的老先生见面，一直到现在，还没有去墓前倾一杯酒，献一朵花；但推想起来，墓木纵不可拱，总也已经宿草盈阡了罢?志摩有灵，当能谅我这故意的疏懒!

综志摩的一生，除他在海外的几年不算外，自从中学人学起直到他的死后为止，我是他的命运的热烈的同情旁观者；当他死的时候，和许多朋友夹在一道，曾经含泪写过一篇极简略的短文，现在时间已经经过了五年，回想起来，觉得对他的余情还有许多郁蓄在我的胸中。仅仅一个空泛的友人，对他尚且如此，生前和他有更深的交谊的许多女友，伤感的程度自然可以不必说了，志摩真是一个淘气，讨爱，能使你永久不会忘怀的顽皮孩子!

称他作孩子，或者有人会说我卖老，其实我也不过是他的同年生，生日也许比他还后几日，不过他所给我的却是一个永也不会老去的新鲜活泼的孩儿的印象。

志摩生前，最为人所误解，而实际也许是催他速死的最大原因之一的一重性格，是他的那股不顾一切，带有激烈的燃烧性的热情。这热情一经激发，便不管天高地厚，人死我亡，势非至于将全宇宙都烧成赤地不可。发而为诗，就成就了他的五光十色，灿烂迷人的七宝楼台，使他的名字永留在中国的新诗史上。以之处世，毛病就出来了，他的对人对物的一身热恋，就使他失欢于父母，得罪于社会，甚而至于还不得不遗诟于死后。他和小曼的一段浓情，在他的诗里，日记里，书简里，随处都可以看得出来；若在进步的社会里，有理解的社会里，这一种事情，岂不是千古的美谈？忠厚柔艳如小曼，热烈诚挚若志摩，遇合在一道，自然要发放火花，烧成一片了，哪里还顾得到纲常伦教？更哪里还顾得到宗法家风？当这事情正在北京的交际社会里成话柄的时候，我就佩服志摩的纯真与小曼的勇敢，到了无以复加。记得有一次在来今雨轩吃饭的席上，曾有人问起我以对这事的意见，我就学了《三剑客》影片里的一句话回答他："假使我马上要死的话，在我死的前头，我就只想做一篇伟大的史诗，来颂美志摩和小曼。"

徐志摩与林徽因

　　情热的人，当然是不能取悦于社会，周旋于家室，更或至于不善用这热情的；志摩在死的前几年的那一种穷状，那一种变迁，其罪不在小曼，不在小曼以外的他的许多男女友人，当然更不在志摩自身；实在是我们的社会，尤其是那一种借名教作商品的商人根性，因不理解他的缘故，终至于活生生的逼死了他。

　　志摩的死，原觉得可惜的很；人生的三四十前后——他死的时候是三十六岁——正是壮盛到绝顶的黄金时代。他若不死，到现在为止，五六年间，大约我们又可以多读到许多诗样的散文，诗样的小说，以及那一部未了的他的杰作——《诗人的一生》；可是一面，正因他的突然的死去，倒使这一部未完的杰作，更加多了深厚的回味之处却也是真的。所以在他去世的当时，就有人说，志摩死得恰好，因为诗人和美人一样，老了就不值钱了。况且他的这一种死法，又和罢伦，奢来的死法一样，确是最适合他身分的死。若把这话拿来作自慰之辞，原也有几分真理含着，我却终觉得不是如此的；志摩原可以活下去，那一件事故的发生，虽说是偶然的结果，但我们若一追究他的所以不得不遭逢这惨事的原因，那我在前面说过的一句话，"是无理解的社会逼死了他"，就成立了。我们所处的社会，真是一个如何狭量，险恶，无情的社会！不是身处其境，身受其毒的人，是无从知道的。

　　过去的事情，已经过去了；我们在志摩的死后，再来替他打抱不平，也是徒劳的事情。所以这次当志摩四十岁的诞辰，我想最好还是做一点实际的工作来纪念他，较为适当；小曼已经有编纂他的全集的意思了，这原是纪念志摩的办法之一，此外像志摩文学奖金的设定，和他有关的公共机关里纪念碑胸像的建立，志摩图书馆的发起，以及志摩传记的编撰等等，也是都可以由我们后死的友人，来做的工作。可恨的是时势的混乱，当这一个国难的关头，要来提倡尊重诗人，是违背事理的；更可恨的是世情的浇薄，现在有些活着的友人，一旦钻营得了大位，尚且要排挤诋毁，诬陷压迫我们这些无权无势的文人，对于死者那更加可以不必说了。"侬今葬花人笑痴，他年葬侬知是谁?"悼吊志摩，或者也就是变相的自悼罢！

原载1936年1月1日《宇宙风》第八期

第五篇

徐志摩与梁实秋

——惺惺相惜

在中国现代文学史上，梁实秋与徐志摩的友谊交往堪称一段佳话。1922年，"清华文学社"成员梁实秋托同班同学梁思成邀请刚刚归国的徐志摩到清华大学作演讲，这是徐志摩归国后出席的第一次社会活动，也是新月社两位主将徐志摩和梁实秋的第一次见面。此后两人因《晨报副刊》而关系日益密切（徐志摩时任主编，梁实秋为撰稿人），之后又共同为"新月社"的诸多事宜共同奋斗，感情日渐深厚。梁实秋也深深地折服于徐志摩的个人才华、绅士风度和爱情观念等方面。

徐志摩的逝世，使两人的友谊不得不划上了句号。两人从相识到相知，无论在文学创作还是日常生活上都是十分亲密的朋友，真可谓"千金易得，知己难求。" 但即使生死殊途，梁实秋也并没有将两人的友谊抛诸脑后，1958年4月，在徐志摩谢世25周年的日子里，梁实秋写了一本专著《谈徐志摩》，对徐志摩在中国新文学史上的地位，作了客观的评价。梁实秋肯定地说："徐志摩不仅在中国现代文学史上占一席位，其作品经过五十年的淘汰考验，也成了不可否认的传世之作。梁实秋晚年时，为《徐志摩全集（1969）》的出版呕心沥血，竭忠尽智，不仅审阅全稿，还参与联系刊行事宜，可谓用心足矣!

梁实秋说徐志摩

关于徐志摩

文／梁实秋

文艺是有永久性的。好的作品永远也不会被人遗忘。志摩的作品在他生时即已享盛名，死后仍然是被许多真正爱好文艺的人所喜爱。最近我遇见几位真正认真写新诗的人，谈论起来都异口同声的说志摩的诗是最优秀的几个之一，值得研究欣赏。……我不拟批评他的成就，我现在且谈谈徐志摩这个人。他的

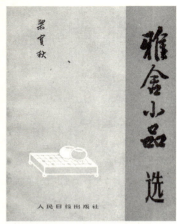

梁实秋的《雅舍小品选》封面

为人全貌，不是我所能描绘的，我只是从普通的角度来测探他的性格之一斑。

普鲁士王佛得利克大帝初见歌德，叹曰："这才是一个人！"在同一意义之下，也许具体而微的，我们也可以估量徐志摩说："这才是一个人！"我的意思是说，志摩是一个活力充沛的人。活力充沛的人在世间并不太多，往往要打着灯笼去找的。《世说新语》里有一则记载王导的风度：

王丞相拜扬州，宾客数百人，并加霑接，人人有悦色。唯有临海一客，姓任，及数胡人，为未洽。公因便还到任边云："君出临海，便无复人。"任大喜悦。因过胡人前，弹指云："兰阇，兰阇"，群胡同笑，四座并欢。

一个人能使四座并欢，并不专靠恭维应酬，他自己须辐射一种力量，使大家感到温暖。徐志摩便是这样的一个人。我记得在民国十七八年之际，我们常于每星期六晚在胡适之先生极斯菲尔路寓所聚餐，胡先生也是一个生龙活虎一般的人，但于和蔼中寓有严肃，真正一团和气使四座并欢的是志摩。他有时迟到，举座奄奄无生气，他一赶到，像一阵旋风卷来，横扫四座。又像是一把火炬把每个人的心都点燃，他有说，有笑，有表情，有动作，至不济也要在这个的肩上拍一下，那一个的脸上摸一把，不是腋下夹着一卷有趣的书报，便是袋里藏着有趣的信札，弄得大家都欢喜不置。自从志摩死后，我所接触的人还不曾有一个在这一点上能比得上他。但是因为也有人要批评他，说他性格太浮。这批评也是对的。他的老师梁任公先生在给他与陆小曼结婚典礼中证婚时便曾当众指着他说："徐志摩！这个人，性情太浮，所以学问作不好！……"这是志摩的又一面。

志摩对任何人从无疾言厉色。我不曾看见过他和人吵过架，也不曾看见过他和人打过笔墨仗。我们住在上海的时候，文艺界正在多事之秋，所谓"左翼"，所谓"普罗文学"，正在锣鼓喧天，苏俄的文艺政策正由鲁迅翻译出来而隐隐然支配着若干大小据点。《新月》杂志是在这个时候在上海问世的。第一卷第一期卷首的一篇宣言《我们的态度》，内中揭橥"尊严"与"健康"二义，是志摩的手笔，虽然他没有署名。《新月》的总编辑我和志摩都先后担任过。志摩时常是被人攻击的目标之一，他从不曾反击，有人说他怯懦，有人说他宽容。他的精神和力量用在文艺创作上，则是一项无可否认的事实。《新月》杂志在文艺方面如有一点成绩，志摩的贡献是最多的一个。

志摩的家世很优裕，他的父亲是银号的经理，他在英国在德国又住了很久，所以他有富家子的习惯外加上一些洋气，总之颇有一点任性。民国十六年，暨南大学改组，由郑洪年任校长，叶公超为外文系主任，我也在那里教书，我们想把志摩也拖去教书，郑洪年不肯，他说："徐志摩?此人品行不端!"其实他的"品行不端"处究竟何在，我倒是看不出来，平心而论，他只是任性而已，他的离婚再娶，我不大明白，不敢议论。在许多小节上，可以看出他的一些性格。他到过印度，认识了印度的诗人泰戈尔，颇心仪其人，除了招待泰戈尔到中国来了一趟之外，后来他还在福煦新村寓所里三层楼的亭子间布置了一间印度式的房间，里面没有桌椅，只有堆满软靠垫的短榻和厚茸茸的地毯，他进入里面随便地打滚。他在光华大学也教一点书，但他不是职业的教师，他是一个浪漫的自由主义者。他曾对我说过，尊严与健康的那篇宣言，不但纠正时尚，也纠正了他自己。他所最服膺的一个人是胡适之先生，胡先生也最爱护他，听说胡先生之所以约他到北平大学去教书，实在的动机是要他离开烦嚣的上海，改换一种较朴素的北平式的生活。不料因此而遭遇到意外的惨死。……

选自《梁实秋文学回忆录》，陈子善编，岳麓书社，1989年1月

徐志摩的诗与文

文/梁实秋

今天是徐志摩逝世五十年纪念日。五十年说长不长，说短不短。不过人生不满百，能有几个五十年?

常听人说，文学作品要经过时间淘汰，才能显露其真正的价值。有不少作品，轰动一时，为大众所爱读，但是不久之后环境变了，不复能再激起读者的兴趣，畅销书就可能变成廉价的剩余货，甚至从人的记忆里完全消逝。有些作品却能历久弥新，长期被人欣赏。时间何以能有这样大的力量?其主要关键在于作品是否具有描述人性的内涵。人性是普遍的、永久的，不因时代环境之变

迁而改变。所以各个时代的有深度的优秀作品永远有知音欣赏。其次是作品而有高度的技巧、优美的文字，也是使作品不朽的一个条件。通常是以五十年为考验的时期，作品而能通过这个考验的大概是可以相当长久地存在下去了。这考验是严酷无情的，非政治力量所能操纵，亦非批评家所能左右，更非商业宣传所能哄抬，完全靠作品的实质价值而决定其是否能长久存在的命运。

志摩逝世了五十年，他的作品通过了这一项考验。

梁锡华先生比我说得更坚定，他说："徐志摩在新文学史占一席位是无可置疑的，而新文学史是晚清之后中国文学史之继续，也是不容否认的，虽然慷慨悲歌的遗老遗少至今仍吞不下这颗药丸，但是他们的子孙还得要吞，也许会嚼而甘之也未可料。"文学史是绵联不断的，只有特殊的社会变动或暴力政治集团可能扼杀文学生命于一时，但不久仍然会复苏。白话文运动是自然的合理的一项发展，没有人能否定。不过，在文学史上占一席位固然不易，其文学作品的本身价值实乃另一问题。据我看，徐志摩不仅在新文学史上占一席位，其作品经过五十年的淘汰考验，也成了不可否认的传世之作。

请先从新诗说起。胡适之先生的《尝试集》是新诗的开山之作，但是如今很少人读了。因为这部作品的存在价值在于为一种文学主张做试验，而不是在于其本身的文学成就。《尝试集》是旧诗新诗之间发展过程中的一大里程碑。胡先生不是诗人，他的理性强过于他的感性，他的长于分析的头脑不容许他长久停留于直觉的情感的境界中。他偶有小诗，也颇清新可喜，但是明白清楚有余，沉郁顿挫不足。徐志摩则不然，虽然他自承"我查过我的家谱，从永乐以来，我们家里没有写过一行可供传诵的诗句。"表示他们家是"商贾之家，没有读书人"，但是他是诗人。毁他的人说他是纨绔子，说他飞扬浮躁，但是认识他的人都知道他是一个非常敏感而且多情的人，有他的四部诗集为证。

志摩有一首《再别康桥》脍炙人口。开头一节是：

轻轻的我走了，
正如我轻轻的来；
我轻轻的招手，
作别西天的云彩。

最后一节是：

悄悄的我走了，
正如我悄悄的来；
我挥一挥衣袖，
不带走一片云彩。

　　这一首诗至今有很多读者不断地吟哦，欣赏那带着哀伤的一往情深的心声。
初期的新诗有这样成就的不可多得。还有一首《偶然》也是为大家所传诵的——

我是天空里的一片云，
偶尔投影在你的波心——
你不必讶异，
更无需欢喜——
在转瞬间消灭了踪影。

你我相逢在黑夜的海上，
你有你的、我有我的方向；
你记得也好，
最好你忘掉。
在这交会时互放的光亮！

徐志摩的《徐志摩日记》
封面

　　我也不知为什么，我最爱读的是他那一首《这年头活着不易》。志摩的诗
一方面受胡适之先生的影响，力求以白话为诗，像《谁知道》一首就很像胡先
生写的人力车夫，但是志摩的诗比胡先生的诗较富诗意，在技巧方面也进步得
多。在另一方面他受近代英文诗的影响也很大，诗集中有一部分根本就是英诗
中译。最近三十年来，新诗作家辈出，一般而论其成绩超越了前期的作者，这
是无容置疑的事。不过诗就是诗，好诗就是好诗，不一定后来居上，也不一定
继起无人。
　　讲到散文，志摩也是能手。自古以来，有人能诗不能文，也有人能文不能
诗。志摩是诗文并佳，我甚且一度认为他的散文在他的诗之上。一般人提起他
的散文就想起他的《浓得化不开》。那两篇文字确是他自己认为得意之作，我
记得他写成之后，情不自禁，自动地让我听他朗诵。他不善于读诵，我勉强听

完。这两篇文字列入小说集中，其实是两篇散文游记，不过他的写法特殊，以细密的笔法捕捉繁华的印象，我不觉得这两篇文字是他的散文代表作。《巴黎的鳞爪》与《自剖》两集才是他的散文杰作。他的散文永远是亲切的，是他的人格的投射，好像是和读者晤言一室之内。他的散文自成一格，信笔所之，如行云流水。他自称为文如"跑野马"，没有固定的目标，没有拟好的路线。严格讲，这不是正规的文章作法。志摩仗恃他有雄厚的本钱——热情与才智，故敢于跑野马，而且令人读来也觉得趣味盎然。这种写法是别人学不来的。

选自《梁实秋文学回忆录》，陈子善编，岳麓书社，1989年1月

赛珍珠与徐志摩

文／梁实秋

联副发表有关赛珍珠与徐志摩一篇文字之后，很多人问我究竟有没有那样的一回事。兹简答如后。

男女相悦，发展到某一程度，双方约定珍藏秘密不使人知，这是很可能的事。双方现已作古，更是死无对证。如今有人揭发出来，而所根据的不外是传说、臆测，和小说中人物之可能的影射，则吾人殊难断定其事之有无，最好是暂且存疑。

赛珍珠比徐志摩大四岁。她的丈夫勃克先生是农学家。南京的金陵大学是教会学校，其农学院是很有名的，勃克夫妇都在那里教书，赛珍珠教英文，并且在国立东南大学外文系兼课。民国十五年秋我应聘到东大授课，当时的外文系主任是张欣海先生，也是和我同时到校的，每于教员休息室闲坐等待摇铃上课时，辄见赛珍珠施施然来。她担任的课程是一年级英文。她和我们点点头，打个招呼，就在一边坐下，并不和我们谈话，而我们的热闹的闲谈也因为她的进来而中断。有一回我记得她离去时，张欣海把烟斗从嘴边拿下来，对着我和韩湘玫似笑非笑的指着她说："That woman……"这是很不客气的一种称呼。究竟"这个女人"有什么足以令人对她失敬的地方，我不知道。我觉得她应该是一位好的教师。听说她的婚姻不大美满，和她丈夫不大和谐。她于一八九二年生，当时她大概是三十六岁的样子。我的印象，她是典型的美国中年妇人，肥壮结实，露在外面的一段胳臂相当粗圆，面团团而端庄。很多人对于赛珍珠这

个名字不大能欣赏，就纯粹中国人的品味来说，未免有些俗气。赛字也许是她的本姓Sydenstricker的部分译音，那么也就怪不得她有这样不很雅的名字了。

徐志摩是一个风流潇洒的人物，他比我大七八岁。我初次见到他是通过同学梁思成的介绍以清华文学社名义请他到清华演讲，这是民国十一年秋的事。他的讲演"艺术与人生"虽不成功，他的丰采却是很能令人倾倒。梁思成这时候正追求林徽音小姐，林长民的女儿，美貌顾顾，才情出众，二人每周要约的地点是北海公园内的松坡图书馆。徐志摩在欧洲和林徽音早已交往，有相当深厚的友谊。据梁思成告诉我，徐志摩时常至松坡图书馆去做不受欢迎的第三者。松坡图书馆星期日照例不开放，梁因特殊关系自备钥匙可以自由出入。梁不耐受到骚扰，遂于门上张一纸条，大书：Lovers want to be left alone.（情人不愿受干扰）。志摩只得怏怏而去，从此退出竞逐。

我第二次见到志摩是在民国十五年夏他在北海公园董事会举行订婚宴，对方是陆小曼女士。此后我在上海遂和志摩经常有见面的机会，说不上有深交，并非到了无事不谈的程度，当然他是否对赛珍珠有过一段情不会对我讲，可是我也没有从别人口里听说过有这样的一回事。男女之私，保密不是一件容易事，尤其是爱到向对方倾诉"我只爱你一个人"的地步，这种情感不容易完全封锁在心里，可是在志摩的诗和散文里找不到任何隐约其词的暗示。同时，社会上爱谈别人隐私的人，比比皆是，像志摩这样交游广阔的风云人物，如何能够塞住悠悠之口而不被人广为传播？尤其是现下研究志摩的人很多，何待外国人来揭发其事？

如今既被外国人揭发，我猜想也许是赛珍珠生前对其国人某某有意无意的透露了一点风声，并经人渲染，乃成为这样的一段艳闻。是不是她一方面的单恋呢？我不敢说。

赛珍珠初无藉藉名，一九三八年获诺贝尔奖，世俗之人开始注意其生平。其实这段疑案，如果属实或者纯属子虚，对于双方当事者之令名均无影响，只为好事者添一点谈话资料而已。所以在目前情形下，据我看，宁可疑其无，不必信其有。

选自《梁实秋文学回忆录》，陈子善编，岳麓书社，1989年1月

谈徐志摩（节选）

文／梁实秋

徐志摩是一个彻底的浪漫主义者。

胡适之先生对于徐志摩的总评是不错的。胡先生说："他的人生观真是一种'单纯信仰'，这里面只有三个大字，一个是爱，一个是自由，一个是美。他梦想这三个理想的条件能够会合在一个人生里，这是他单纯的信仰。他的一生的历史，只是他追求这个'单纯信仰'的实现的历史。"不过，"三个大字" 一个是爱，一个是自由，一个是美的"单纯信仰"，如果真正的恰如其分的加以解释，其实内容并不简单。所谓爱，那是广大无边的，喧苏上十字架是为了爱，圣佛兰亚斯对鸟说教也是为了爱，中古骑士为了他的情人而赴汤蹈火也是为了爱。爱的对象、方式、意义，可能有许多的分别。至于自由，最高的莫过于内心的选择的意志的自由，最普通的是免于束缚的生活上的自由，放浪形骸之外而高呼"礼教岂为我辈设哉"，那也是企求自由。讲到美，一只匀称的希腊古瓶是美，蒙娜丽莎的微笑也是美，山谷刈谷者的歌唱是美，平原上拾穗者的佝偻着身子也是美，乃至于一个字的声音，一朵花的姿态，一滴雾水的闪亮，无一不是美。"爱，自由，美"所包括的东西太多，内涵太丰富，意义太复杂，所以也可以说是太隐晦太含糊，令人琢磨不定，志摩的单纯信仰，据我看，不是"爱，自由，美"三个理想，而是"爱，自由，美"三个条件混合在一起的一个理想，而这一个理想的实现便是对一个美妇人的追求。不要误会，以为我是指志摩为沉溺于"诗、酒、妇人"的颓废派，不，任谁也可以看出志摩不是颓废的享受者。他喜欢享受，可是谁又不喜欢享受？志摩在实际生活上的享受是正常的，并不超越常规，他不逸出他的身份。他于享受之外，还要求一点点什么，无以名之，名之为"理想"，那理想究竟是什么，能不能一加分析呢？志摩曾把自己一剖再剖，但始终没有剖析到他自己所那样珍视的理想。我们客观的看，无所文饰，亦无所顾忌，志摩的理想实际等于是与他所爱的一个美貌女子自由的结合。

和一个心爱的美貌女子自由的结合，乃是一个最平凡的希望，随便那一个男子都有这样的想头。择偶、结婚、传宗接代，这是最平凡的事，但是，如果像志摩那样把这种追求与结合视为"生命之曙光，不世之荣业"那样夸张，可就不平凡了。志摩的单纯信仰，换个说法，即是"浪漫的爱"。

浪漫的爱，有一个显著的特点，就是这爱永远处于可望而不可即的地步，永远存在于追求的状态中，永远被视为一种极圣洁极高贵极虚无缥缈的东西。一旦接触实际，真个的与这样一个心爱的美貌女子自由的结合，幻想立刻破灭。原来的爱变成了恨，原来的自由变成了束缚，于是从头来再开始追求心中的"爱，自由与美"。这样周而复始的两次三番的演下去，以至于死。

…………

徐志摩致梁实秋最后的信

选自《名家名著经典文集·梁实秋文集》，吉林摄影出版社，2004年11月

徐志摩致梁实秋书信

徐志摩致梁实秋书信

文／徐志摩

（一）

秋郎：

危险甚多，须要小心，原件具在，送奉督阅。非我谰言，我复函说，淑女枉自多情，使君既已有妇，相逢不早，千古同嗟。敬仰"交博"婉措回言，这是仰承你电话中的训示，不是咱家来煞风景。然而郎乎郎乎，其如娟何？微闻彼妹既已涉想成病，乃兄廉得其情，乃为周转问询，私冀乞灵于月老，藉回枕上之离魂。然而郎乎郎乎，其如娟何！

> 志摩造孽
> 一九三〇年夏

（二）

秋兄：

别来常在念中，每想去信畅谈，乃为穷忙所困，即执笔亦惘惘不知所云。

　　足下第一书来，因书稿尚深锁芜乱中，致稽时日。今已检得，但不知寄奉何处，青岛抑燕京？乞再示，当知即付邮。太侔、春舫二兄来，颇道青岛风雕，向慕何似！沙乐美公主不幸一病再病，先疟至险，继以伤寒，前晚见时尚在热近四十度，呻吟不胜也。承诸兄不弃（代她说），屡屡垂询，如得霍然，尚想追随请益也。适之不日（二十八）北去，遵陆不依水，有所戒也。连日饮啖，不遑喘息，此公口福，当是前生修带得来。诗刊广告，想已瞥及，一兄与秋郎不可不挥毫以长声势，不拘短长，定期出席。暨大以主任相委，微闻学生早曾提出，校长则以此君过于浪漫，未敢请教，今不知何以忽又竟敢，兄闻此当发一噱。但我奔波过倦，正想少休，安敢长扬山水间一豁尘积哉。

志摩拜上
一九三○年十月二十四日

秋（振）声
秋郎
一多　　　　　诸老均候
太侔
春舫

志摩

（三）

秋兄足下：

　　译稿已交新月寄还东荪，我将此稿荐去中华，不想碰一钉子，因五月间早经去过，被拒，今书归原主，想不成问题矣。诗刊以中大新诗人陈梦家、方玮德二子最为热心努力，近有长作亦颇不易，我辈已属老朽，职在勉励已耳。兄能撰文，为之狂喜，恳信到即动手，务于（至迟）十日前寄到。文不想多刊，第一期有兄一文已足，此外皆诗。大雨有商籁三，皆琅琅可诵。子离一，子沅二，方令孺一，邵洵美一或二，刘宇一或二，外选二三首，陈、方长短皆有，我尚在挣扎中，或有较长一首。一多非得帮忙，近年新诗，多公影响最著，且尽有佳者，多公不当过于韬晦，诗刊始丛，焉可无多，即四行一首，亦在必得，乞为转白，多诗不到，刊即不发，多公奈何以一人而失众望？兄在左右，并希持鞭以策之，况本非驽，特懒备耳，稍一振蹶，行见长空万里也。俞珊病伤寒，至今性命交关。

太侔、今甫诸兄均念。

志摩

一九三〇年十一月底

且慢，有事报告：

努生夫妇又复，努生过分，竟至三更半夜头破血淋，但经胡圣潘仙以及下走之谈笑周旋，仍复同桌而食，同榻而眠，一场风波，已告平息，知兄关怀，故以奉闻，但希弗以此径函努生为感。

（四）

秋翁：

十多日来，无日不盼青岛来的青鸟，今早从南京归来，居然盼到了，喜悦之至，非立即写信道谢不可。诗刊印得成了！一多竟然也出了"奇迹"，这一半是我的神通之效，因为我自发心要印诗刊以来，常常自己想，一多尤其非得挤他点儿出来，近来睡梦中常常捻紧拳头，大约是在帮着挤多公的奇迹！但奇迹何以尚未到来?明天再不到，我急得想发电去叫你们"电汇"的了！

你的通信极佳，我正要这么一篇，你是个到处发难的人，只是你一开口，下文的热闹是不成问题的。但通信里似乎不曾提普罗派的诗艺。

我在献丑—首长诗，起因是一次和适之谈天，一开写竟不可收拾，已有二百多行，看情形非得三百行不办，然而杂乱得很，绝对说不上满意，而且奇怪，白郎宁夫人的鬼似乎在我的腕里转！

好，你们闹风潮，我们（光华）也闹风潮。你们的校长脸气白，我们的成天哭，真的哭，如丧考妣的哭。你们一下去了三十多，我们也是一下去了三十多。这也算是一种同情罢。

过来（年）诸公来沪不?想念甚切。适之又走了，上海快陷于无朋友之地了。

一多奇迹既演一次，必有源源而来者，我们联合起来祝贺他，你尤其负责任督著他，千万别让那

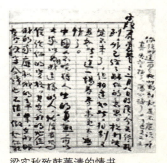

梁实秋致韩菁清的情书

精灵小鬼——灵感——给胡跑溜了！

今甫我也十分想念他，想和他喝酒，想和他豁拳，劝他还是写小说吧。精神的伴侣很好！

俞珊死里逃生又回来了，先后已病两个月，还得养，可怜的孩子。

志摩拜念十九日

一九三〇年十二月十九日

太侔何时北去？诸公均佳

（五）

秋兄：

前天禹九来，知道你又过上海，并且带来青岛方面的艳闻，我在丧中听到也不禁展颜。下半年又可重叙，好得狠。一多务必回来，《诗刊》二期单等青方贡献。足下，一多，令孺，乞于一星期内赶写，迟则受回谢。

太侔、今甫、一多诸公均候。

志摩

1931年4月28日

以上五封书信皆选自《徐志摩书信集》，天津人民出版社，2006 年

第六篇

鲁迅与朱湘
——神交之友

朱湘（1904～1933年），现代诗人，中国新诗形式运动的先驱者之一。字子沅，安徽太湖县人，出生于湖南省沅陵县，自幼天资聪颖，6岁开始读书，7岁学作文，11岁入小学，13岁就读于南京第四师范附属小学。1919年入南京工业学校预科学习一年，受《新青年》的影响，开始赞同新文化运动。1920年入清华大学，参加清华文学社活动。1922年开始在《小说月报》上发表新诗，并加入文学研究会。此后专心于诗歌创作和翻译。

朱湘

1927年9月赴美国留学，先后在威斯康辛州劳伦斯大学、芝加哥大学、俄亥俄大学学习英国文学等课程。那里的民族歧视激发了他的民族自尊心和爱国热情；他幻想回国后开"作者书店"，使一班文人可以"更丰富更快乐的创作"。为家庭生活计，他学业未完，便于1929年8月回国，应聘到安庆安徽大学任英国文学系主任。1932年夏天去职，飘泊辗转于北平、上海、长沙等地，以写诗卖文为生。终因生活窘困，愤懑失望，于1933年12月5日晨在上海开往南京的船上投江自杀。据目击者说，自杀前还朗诵过德国诗人海涅的诗。

　　朱湘是否与鲁迅见过面？很难说。但对方的作品，他们一定是读过的。

　　鲁迅在给别人的一封信上提到朱湘，说他是"中国的济慈"，赞美之情溢于言表了。诗人虽然毫不稀罕这个灿烂的名号，表示只愿做个"东方的小鸟"，但也曾很认真地读鲁迅，评论中有褒扬的，也有不以为然的，总的来说还是很欣赏鲁迅。两人之间虽然没有非常亲密的书信往来，但是彼此身上的气质颇有些相似，朱湘，真不负了个诗人的名号，"脾气"够大，看见什么令人不爽的，便拂袖走人。翘了清华大学不说，到了美国又接连甩了人家的劳伦斯大学和芝加哥大学，回国之后吧，就因为一字不入眼，竟干脆连"饭碗"都踢了；又很坚持自己的看法，敢于说直话，对于某些作家、某些作品，他总有些不能憋住不说的意见。这一点倒与鲁迅很是相似的。把两人的关系定义为是文坛上遥相呼应的两位"神交之友"恐怕恰如其分。

鲁迅不负"神交之友"对朱湘一语成谶，朱湘的结局竟然与济慈相似，都是短命的诗人，他一生坎坷而又潦倒，最后吟着诗投江自杀了。死的时候也算浪漫了一回。如果鲁迅说他是屈原的话，或许他会更满意一些吧。其实，鲁迅敢说朱湘是中国的济慈，至少很早就知道了朱湘的价值的。殊不知，朱湘死后，一些人想讨论一下朱湘的价值时，都忘了还需要先看一看诗人的作品呢。

鲁迅说朱湘

致向培良

文／鲁迅

培良兄：

我想，河南真该有一个新一点的日报了；倘进行顺利，就好。我们的《莽原》于明天出版，统观全稿，殊觉未能满足。但我也不知道是真不佳呢，还是我的希望太奢。

"琴心"的疑案揭穿了，这人就是欧阳兰。以这样手段为自己辩护，实在可鄙；而且"听说雪纹的文章也是他做的"。想起孙伏园当日被红信封绿信纸迷昏，深信一定是"一个新起来的女作家"的事来，不觉发一大笑。

《莽原》第一期上，发了《槟榔集》两篇。第三篇斥朱湘的，我想可以删去，而移第四为第三。因为朱湘似乎也已掉下去，没人提他了——虽然是中国的济慈。我想你一定很忙，但仍极希望你常常有作品寄来。

迅

四月二十三日

本篇最初发表于一九二五年五月六日《豫报》副刊

少年鲁迅

朱湘谈鲁迅

翡冷翠的一夜（节选）

文／朱湘

　　再讲用韵。不管是土白诗也好，国语诗也好，作者既然用了韵，这韵就得照规矩用。真的规矩极其简单，这规矩就是：作那种土白诗用那种土白韵，作国语诗用国语韵。徐君一面"压根儿"、"这年头儿"的在那里像煞有介事的不单是作国语诗简直是作京兆土白诗了，但是作到一行的尽头，看官免不了打寒噤，因为在那里徐君用的是硖石土白韵。

　　真能像刘半农那样作一本不愧称为土白文学的《瓦釜集》，我们是要很欢迎的。我个人以前曾经作文介绍过鲁迅的《呐喊》，以后曾经作文介绍过杨晦的戏剧，便是想提醒大家对地方文学与土白文学的注意。要作"压根儿"的京兆土白诗在外国饭店的跳舞场上决作不起来，作硖石土白诗的地方也决不是花园别墅。

　　徐君没有汪静之的灵感，没有郭沫若的奔放，没有闻一多的幽玄，没有刘梦苇的清秀，徐君只有——借用徐君朋友批评徐君的话——浮浅。

再论郭君沫若的诗（节选）

文／朱湘

　　以前我久已讲过《呐喊》中《阿Q正传》并不如《故乡》，现在我又多找到一个证据。《唐吉诃德》（Don Quixote）这本小说名著开卷第一章就是争论着主人翁的真姓。书里说："有人讲他姓Quixada,有人讲他姓Quesada（关于此点作者议论纷坛）。不过我们照情理推来，可以断定他姓Quixada（就是瘦子的意思）。"后面又说"末了他便决定了自称为'唐吉诃德'。因此这本信史的作者便断定,他实在姓Quixada并不姓Quesada如其他作者所一口咬定。"这种"名学"的考究固然可以说是不谋而合，不过鲁迅的那篇小说也是拿一个Q字来回

朱湘在留学美国期间

旋，这就未免令人生疑了。并且《阿Q正传》在结构上是学《唐吉诃德》。所以我如今持旧见：《阿Q正传》并没有什么了不得。

❦ 呐喊 ❦

文 / 朱湘

我在以前一篇《桌话》里说好的文学都是含有诗的真理的，这种诗的真理就是美；一篇文艺无论对象多么不美，只要表现的真实动人，使读者读到的时候，忽然间脑中光明起来，心里发生一种近于愉快的感觉，这篇文艺便是妙文。

这个"妙文"的称号我如今加在鲁迅的《呐喊》的上面，虽然他的这本小说之中所描写的大半是一种愚蠢灰白的乡间生活。这种生活如令我们身历其境，一定会发生作者所谓"寂寞"或是憎厌的感觉，愉快自然谈不上，美是更远了；不过这种生活经过了艺术的洗礼之后，我们再来看它，则只觉到脑亮，心愉，只觉到美，则不会觉着憎厌了。

这本小说之中描写乡间生活的八篇，篇篇有美妙的地方，而写一种与诗人恋人并列的人入神时所发的至理名言的《狂人日记》，与写城市中智识阶级的生活的《端午节》，也有鳞爪发露出来。在上述的八篇乡间生活的小说中，《阿Q正传》虽然最出名，我可觉得它有点自觉的流露，并且它刻画乡绅的地方作《儒林外史》的人也可以写的出来，虽然写赵太太要向阿Q买皮背心的一段与阿Q斗王胡的一段可以与《故乡》中闰土的描写同为前无古人之笔。

《故乡》是我意思中的《呐喊》的压卷。我所以如此说，不仅是因为在这篇小说里鲁迅君创造出了一个不死的闰土，也是因为这篇的艺术较其他各篇胜过多。

作者的这十五篇小说本来都是些杂感，与周作人君译的《现代日本小说集》中许多篇的体裁相同，并不在结构，发展上用力，只是将作者所有过的见闻，所遇过的人物之中不已于言的叙写下来罢了。虽然那种不顾深的人生的观察与深的个性描写而只是忙碌于结构一个惊人的故事的态度，我们不能赞同；然而艺术可以补救散漫的弊病，并且像是一种增加滋味的香料——进一步说，一个文学家的内生的艺术对于他或伊的著作的关系简直同烹调对于食品的关系一般——所以文学者对于艺术也应该加以相当的注意。

纯就艺术的观点看来，《明天》一篇插入红鼻子老拱以及蓝皮阿五的各种下劣的行为以反映单四嫂子孀中丧子的悲哀，固不下于《故乡》的艺术，并且《明天》描写单四嫂于还以为伊的儿子没有死以及伊失子后只觉着屋子过沉静过空虚的地方也是很真的；不过我们总对于《明天》觉着一种难言而微妙的不满，这就是它的个性描写的缺乏。（《故乡》的优越即是为此。）

《故乡》中的闰土由一个活泼新鲜的儿童一变而为一个眼红面皱颜色灰黄衣单掌裂的中年人，从此处起，他就吸住了我们的全副注意；接着，又由往日平

朱湘与霓君

等的称呼一转而为幻想中的"老爷"，又迟疑的就了坐，又张开口来想诉苦而终于诉不出来，拿起烟管来默默的吸烟了，又拣选与实利主义离的很远的香炉烛台带回去，又（这里作者奏艺术上的凯旋）在草灰中藏起十多个碗碟。这里又是艺术，又是真实而深刻的人生，我们简直分辨不出谁是谁了。

我所唯一不满意于这篇杰构的地方便是最后的三段不该赘入。小说家是来解释人生，而不是来解释他的对于人生的解释的；作者就是怕人看不出，也只可以另作一文以加注解。不可在本文中添上蛇足。更何况这三段文章中所解释的两层是读者很易于发现的呢？

至于作者关于希望的教训，尽可以拿去别处发表，不应该淆杂在这里，——虽然他拿走路来比希望的实现，我觉得比的很好。我写到这里，我的脑中涌起了一种解释！就是，这处的蛇足或者是杂感体的小说的一种弱点的表现。因为写杂感的人看见了一件事情之后,总是免不了发生感触的（不然也就不成其为杂"感"了），因此他就自然而然的，在写完见闻之后将他的对于这些见闻的感触也写了下来；这在杂感文中是很可以行的，但在小说（杂感体的小说也终究是小说）之中则是不可行的，因为小说——近代的小说——所认定的职务只是将作者的见闻记下来，至于这些见闻所引起的感触则作者应当让读者自身去形成，不能拿作者自身的感触来强读者；即如我个人读完了这篇小说时候的感触，即是它创造出了一个不死的中国乡人，而非关于"希望"的任何感想。

我以上的话是就一篇完美的小说的观点来批评《呐喊》中的一个例子，这种批评上的工作是不可少的；不过批评对于作者，另外还有一种工作，就是顺着作者的本意来批评他的产品，换句话说，就是看作者注意所汇聚而尽全力以求表现出来的东西，究竟表现出来了没有。

鲁迅、许广平与海婴

《呐喊》的作者要表现出来，至少是所表现出来的东西就是乡间生活。他因为想达到这种目的，就采用了（至少是无意的，内生的，然其为采用则一）三种方法，它们是，姓名的制作，背景的烘托，人物的刻画。

姓名的制作的最初的例子就是《狂人日记》中的"狼子村"，最好的例子则多不胜举，如"孔乙己"，"老栓"，"小栓"，"驼背五少爷"，"红眼睛阿义"，"九斤老太"，"闰土"等等名字，它们不仅有浓厚的地方色彩，并且将中国的文明风俗也暗示出来了。替书中人物起一个适当的名字，是大小说家所具的本领，英国的萨克雷，狄铿斯都有的；国内从事小说的文人呵，我希望你们替你们的儿童少起些XYZ的名字，而多起些"闰土"，"九斤老太"，"孔乙己"一类的名字罢。（虽然我毫不情愿你的肉身儿女，男像赵七爷,女像七斤嫂！）

写得好的背景有《药》中的"秋天的后半夜，月亮下去了，……一片乌蓝的天，除了夜游的东西，什么都睡着……街上黑沉沉的一无所有，只有一条灰白的路"，又有《风波》中的起端：

"临河的土场上，太阳渐渐的收入它通黄的光线了。场边靠河的乌桕树叶，干巴巴的才喘过气来，几个花脚蚊子在下面哼着飞舞。……门口的土场上泼些水，放上小桌子和矮凳……是晚饭的时候了。"

这些背景与济慈的

Brushing the cobwebs
with his lofty, piume

一类的描写同有不朽的价值。

谈到人物的描画，首先入我脑中的便是《风波》中的七斤嫂，伊"将饭篮在桌上一摔，愤愤的"，伊"装好一碗饭，搡在七斤的面前"，伊"用筷子指着他的鼻尖"，寥寥的几下点睛，生气的七斤嫂真个活的要飞起来了。我又想起《明天》中为侠不终的蓝皮阿五，以及《孔乙己》中在店主人嘲笑之时表示出恳求眼色的主人翁。

在这三种艺术的方法之上作者加上了他自创的文体，这种文体最明显——可惜稍嫌过火——的发见于《阿Q正传》之中；它很像周作人的，而不是模仿周君；其实说来，周君的《夏夜梦》（除了《统一局》外别的我不能贺他成功，周君在译小说与写杂感的时候,他的文体才自然的达到它的最高点，《夏夜梦》则有点近于自觉，与鲁迅君的《阿Q正传》一样。）还是受了鲁迅君的一点影响呢。文体不可作的过甚，英国的加来尔与裴忒便是最好的前车。

载1924年10月27日《时事新报》《文学》周刊第一百四十五期

第六篇　朱湘与鲁迅

第七篇

梁实秋与朱湘
——文艺密友

朱湘自1920年加入"清华文学社"参加活动，自此与梁实秋结下渊源。

　　朱湘具有典型的诗人性格——抑郁、孤傲和乖戾、偏狭，从客观交往上来看并没有和梁实秋建立起十分难忘的情谊。他曾经慨叹过人生有三件大事："朋友、性、文章"。但是他性格的孤僻决定了在短短的29年人生路途中，只有诗与他长相厮守。正因为如此，梁实秋与朱湘的交往，并没有像梁实秋与徐志摩那样亲密无间，而是更多地停留在文艺创作上——共同为了文学社而创作，文学交流远远多于情感交流。二人虽然不能在现实中称兄道弟，但是着实算得上是一对文艺密友了。

　　朱湘生前，两人之间相互交流较少，书信来往也不频繁，朱湘死后，梁实秋所表达出的惋惜和痛苦之情显而易见，但之后却再没有为朱湘作更多的文章以示纪念，足见梁实秋对朱湘在文艺上的惋惜远远大于在感情上的悲恸。

梁实秋说朱湘

　　在朱湘自杀身亡之后，梁实秋曾经撰写文章表达了他对朱湘逝去的惋惜之情。

❦悼朱湘先生❦

文／梁实秋

　　偶于报端得知朱湘先生死耗，但尚不知其详。文坛又弱一个，这是很令人难过的。我和朱先生幼年同学，近年来虽无交往，然于友辈处亦尝得知其消息，故于朱先生平素为人及其造诣，亦可以说略知一二。朱先生读书之勤，用力之专是很少见的。可惜的是他的神经从很早的时候就有很重的变态的现象，这由于早年家庭环境不良，抑是由于遗传，我可不知道。他的精神变态，愈演愈烈，以至于投江自尽，真是极悲惨的事。关于他的身世遭遇理解最深者在朋友中无过于闻一多、饶子离二位。我想他们一定会写一点文字，纪念这位亡友的。

在上海《申报·自由谈》（十二月十七日、十九日）有两篇追悼朱湘先生的文章略谓："他的死，可说完全是受社会的逼迫。固然，他的性情不免孤僻，这是他的一般朋友所共知；不过生活的不安，社会对他的漠视，都是他自杀的近因，他不知道现在社会，只认得金钱，只认得势力，只认得权力，天才的诗人，贫苦的文士，（那）在它的眼下！朱湘先生他既不会蝇营狗苟，又不懂得争权夺利，所以在这黑暗的社会中，只得牺牲一生了。我恐怕现在在社会的压迫下，度着困苦的生活，同他一样境遇的，还不知道有多少呢？朱湘先生之自杀，正是现代社会不能尊重文人的表现。"（余文伟）"这件事报纸上面好像没有什么记载，其实是很值得注意的，因为他的意义并不限于朱湘一个人。这位诗人的性情据说非常孤傲，自视很高。据他想像这样一个诗人，虽然不能像外国的桂冠诗人一样，有什么封号，起码也应该使他生活得舒服一点，使他有心情写诗，可是这个混乱的中国社会，不但不给他舒服的生活，而且简直不给他生活。这种冷酷他自然是感到的。他不能认识社会，了解社会，既不承认能够优容他，把他像花草一样培养起来的某种环境已经崩溃，更不相信那个光明灿烂的时期真会实现，所以他只看到一片深沉的黑暗。这种致命的绝望，使他没有生活下去的勇气，使他不得不用自杀来解决内心的苦闷。朱湘已经死了，跟他选上这条死路的，恐怕在这大批彷徨歧路的智识群中，还有不少候补者罢。"（何家槐）

这两位作者认定朱先生之自杀"完全是受社会的逼迫"，"这个混乱的中国社会……简直不给他生活"。对于私人，照例是应该说好话的。对于像朱先生这样有成绩的文人之死，自然格外的值得同情。不过，余何两位的文章，似乎太动了感情，一般不识朱先生的人，读了将起一种不十分正确的印象，就以为朱先生之死，一古脑儿的由"社会"负责。

中国社会之"混乱"，自然是一件事实，在这社会中而要求"生活得舒服一点"的确是不容易。不过以朱湘先生这一例来说，我觉得他的死应由他自己的神经错乱负起大部分责任，社会之"冷酷"负小部分责任。我想凡认识朱先生的将同意于我这判断。朱先生以"留学生""大学教授"的资格和他的实学而要求"生活得舒服一点"不是不可能的。不幸朱先生的脾气似乎太孤高了一点，不客气的说，太乖癖了一点，所以和社会不能调谐。若说"社会"偏偏要和文人作对，偏偏不给他生活，偏偏要逼他死，则我以为社会的"冷酷"，尚不至于"冷酷"至此！

晚年梁实秋

文人有一种毛病，即以为社会的待遇太菲薄。总以为我能作诗，我能写小说，我能作批评，而何以社会不使我生活得舒服一点。其实文人也不过是人群中之一部分，凭什么他应该要求生活的舒适？他不反躬问问自己究竟贡献了多少？譬如郁达夫先生一类的文人，报酬并不太薄，终日花天酒地，过的是中级的颓废生活，而提起笔来，辄掂酸叫苦，一似遭了社会的最不公的待遇，不得已才沦落似的。这是最令人看不起的地方。朱湘先生并不是这样的人，他的人品是清高的，他一方面不同流合污的摄取社会的荣利，他另一方面也不嚷穷叫苦取媚读者。当今的文人，最擅长的是"以贫骄人"好像他的穷即是他的过人的长处，此真无赖之至。若以为朱先生之死完全由于社会的逼迫，岂非厚诬死者？

本来靠卖文维生是很苦的，不独于中国为然。在外国因为读书、识字的人多，所以出版事业是营利的大商业，因之文人的报酬亦较优厚，然试思十八世纪之前，又几曾听说有以卖文维生的文学家？大约除了家中富有或蒙贵人赏拔的人才能专门从事著述。从近代眼光看来，受贵人赏拔是件可耻的事。在我们中国文人一向是清苦的，在如今凋敝的社会里自然是更要艰窘。据何家槐君所说：

"他的文章近几年来发表得很少，而且诗是卖不起钱的，要想靠这个维持生活真是梦想。听说有家杂志要他的诗稿，因为他要求四元一行，那位素爱揩油的编辑就很生气的拒绝刊登。"

我所怪的不是编辑先生之"拒绝刊登"，而是朱先生的"要求四元一行"，当然那位编辑先生之"很生气"是大可不必的。文学只好作为副业，并且当作副业之后对于文学并无妨。有些诗人以为能写十行八行诗之后便自命不凡的以为其他职业尽是庸俗，这实在是误解。我们看古往今来的多少文学家，有几人以文学为职业？当今有不少的青年，对于文学富有嗜好，而于为人处世之道遂不讲求，这不是健康的现象。我于哀悼朱湘先生之余，不禁的想起了这些话。

朱湘1927年摄于北京

朱先生之死是否完全由于社会逼迫。抑是还有其他错综的情形，尚有待于事实的说明，如其他是神经的错乱，他自己当然也很难负责，只能归之于命运，不过神经并未错乱的文人们，应该知道自处，应该有较强的意志、"韧"性和毅力，来面对这混乱的社会罢？

还有一点，写诗是和许多别种工作一样，并不见得一定要以"生活得舒服一点"为先决条件的，饿了肚子当然是不好工作的，"穷而后工"也不过是一句解嘲的话。然而，若谓"生活得舒服一点"，以后才能"有心情写诗"，这种理论我是不同意的。现下的诗人往往写下四行八行的短诗，便在后面缀上"于莱茵河边"、"与西子湖畔"，这真是令人做呕。诗是在什么地方都可以写的，不必一定要到风景美的地方去。诗在什么时候都可以写的，不必一定要在"舒服"的时候。所谓"有心情写诗"，那"心情"不是视"舒服"与否而存灭的。诗人并没有理由特别的要求生活舒适。社会对诗人特别的推崇与供养，自然是很好的事，可是在诗人那方面并不该怨天尤人的要求供养。要做诗人应先做人。这并非是对朱湘先生的微辞，朱湘先生之志行高洁是值得我们尊敬的，他的自杀是值得我们哀悼的。不过生活着的文人若是借着朱先生之死而发牢骚，那是不值得同情的。

选自《清华八年》，中国青年出版社，2011年

朱湘说梁实秋

朱湘致梁实秋书信

文/朱湘

实秋兄：

前在清华，弟处半狂的状态中，兄则大数亚诺德，不能深谈，怅甚。如今出来了一看，可谈的人实在太少了。除了几位社友、周作人、徐志摩、郭沫若、鲁迅、郁达夫以及很少的几位别的文人外，简直是没有了。所以弟很希望从此之后，彼此不要客气，作一个诤友，让诗与英国文学作一个彼此间的介绍人。

兄的散文弟已于投稿《语丝》的《新文学的散文》中论及，兄诗则弟的意见与一多兄一般，认为《梦后》最好。近作极望能让一多兄携来一些，好作一篇完整而带诤友态度的批评。

托一樵转给一多的信，望兄与一樵兄先看看，弟以后即将以此"绝对"的眼光来批评兄的著作，以及任何人的。

弟有近作若干在一多兄处，尚望我兄也加以不客套的批评。（Milton's L'Allegrs 译成六十行，也在闻兄处。）

关于《文学丛刊》的事弟有一封公开的信致徐君志摩，已投《语丝》。信中扼要之点即望此刊能成一兼收并蓄的大海，凡是佳章，不论为兄或其他清华社友、为郭君沫若、郁君达夫或周君作人、鲁君迅、徐君志摩所作，都想罗致于一堂。同声相应，同气相求，这目的想必可以达到。

吾兄何时返国，至以为念。

弟湘

一九二四年

选自《孤高的真情 朱湘书信集》，上海人民出版社，2007年8月

第八篇

朱湘与闻一多
——断弦之谊

闻一多（1899～1946年），中国诗人，文史学者。名亦多，字友三，亦字友山，家族排行叫家骅。后改名多，又改名一多。生于湖北浠水。1912年考取北京清华学校，曾任《清华周报》编辑、《清华学报》学生部编辑，发表旧体诗文多篇。1920年7月，第一首新诗《西岸》发表，以后连续发表新诗。早期的诗，形式多为自由体，较为突出地表现了唯美的倾向和秾丽的风格。1921年11月，清华文学社成立，为其重要成员。同年12月，在清华文学社作《诗的格律研究》的学术演讲，

闻一多

次年写成《律诗底研究》，开始进行系统的新诗格律化的理论研究。1922年去美国留学，学习绘画，进修文学，研究中国古典诗歌和英国近代诗歌。其间创作、发表了《太阳吟》、《孤雁》等诗，表达对祖国的思念。还在《创造周报》上发表《〈女神〉之时代精神》等有影响的新诗评论。1923年印行第一本新诗集《红烛》后，开始致力于新诗创作。1925年自美回国，在北京艺术专科学校任教，并成为徐志摩主编的《晨报副刊·诗镌》的主要撰稿人。1926年发表论文《诗的格律》，提出新诗要具有"音乐的美（音节），绘画的美（词藻），并且还有建筑的美（节的匀称和句的均齐）"。开创了格律体的新诗流派，影响了不少后起诗人。

朱湘和闻一多的关系经历了一个从亲密到决裂的过程。在朱湘加入清华文学社时，闻一多已经到美国去了。他们的交往从通信开始。性格冷僻的朱湘写过《为闻一多〈泪雨〉附识》一文，特别对闻一多的《渔阳曲》极表佩服。但在不知不觉中，朱湘与闻一多渐行渐远——由于朱湘性格孤傲和朱湘对《诗镌》的不满而退出《诗镌》，朱湘与闻一多便相互疏远了，以至于最后闻一多

对朱湘冷嘲热讽（《诗人的蛮横》），甚至因为朱湘的突然造访而认为朱湘"疯了"。但这并不意味着两人的关系真的走向了绝对的对立：此后朱湘在评价闻一多及其诗歌的时候，仍然十分严谨认真；而在朱湘死后，闻一多因为当初阻止饶孟侃给朱湘寄钱而由衷惴惴不安。

"孤掌难鸣"，两人由亲密到疏远，原因应该在于两人性格的不相调和——朱湘的孤傲、偏执与闻一多的冲动、耿直致使两人友情难以维系。两个都是颇有才华的诗人，从开始的亲密、相互推崇，变成了熟悉的陌生人，仿佛断弦难续，着实叫人惋惜。

朱湘说闻一多

朱湘致闻一多书信

文/朱湘

一多：

艺术大学从今起便可进行下去，一面筹集基金，一面访求社友（艺术社）。社员我以为可分三种，基本、赞助、名誉。基本社员即专攻艺术者，赞助社员即非专攻而对之感觉热烈兴趣者，名誉社员即捐助基金者。——决不可有名誉会长等恶套发现。基本社员以年入百分之十充助基金，赞助社员任意。校址前信中拟的宁或吴，今郭兄又拟杭州，孙铭传君又拟广东。

"河图"不知有加入《创造月刊》的可能否？如性质相差不远，我还是劝你加入，这样好声势更能雄壮。

你究竟决定了回国没有？我还是劝你先去旧大陆游历观光一趟，以免买椟还珠。

我已加入国民党了，决定替孙先生作一本详情传。今秋入京，帮助友人办一"适存中学"。但信仍可由此转寄。孙先生的墓址已定南京，如今正在征求墓样。你想必定能分出一部分精神来作此虔诚的工作。图样成时，可迳寄本埠法界环龙路四十四号国民党本部，由我转交也可。

湘

1924年5月11日

评闻君一多的诗

文／朱湘

　　闻君的《屠龙集》、《红烛》的删节修改的本子以及他在《红烛》以后所作的各诗的合集，预备出版了。大家都知道的闻君以及别的几位是清华的人。闻君是被视为老大哥的。然而老大哥是老大哥，诗是诗，完全不能彼此发生影响。而且在这种情形之下，我们更得要小心，因为一不在意，便易流人标榜的毛病。所以我在没有批评闻君的诗以前，先为自己立下一个标准，就是：宁可失之酷，不可失之过誉。我相信作新诗的人如其大家都能这样，越熟的人越在学问上彼此激励，越有交情的人越想避去标榜，那时候我国的新诗或者有点希望，不然，自骄与浅薄与停滞便会跟着发生，使新诗不特无进并且要退而归于无的。

　　闻君的诗可以分作两层讲：（一）短处，（二）长处。但是因为作者的诗还没有第二次印出的原故，在下面的文章里恐怕要征引很多，这是出于不得已，是要请读者诸君原谅的。

　　作者的第一种短处是用韵不讲究。这又分为三层：（一）不对，（二）不妥，（三）不顺。不对便是说韵用错了，不妥便是说韵用得寒伧，不顺便是说韵用得牵强。

　　用错了的韵的第一种是因按照土音而错了的，例如《李白之死》的

　　这时候他通身的知觉都已死去，
　　被酒力催迫着的呼吸几乎也要停驻。

两行中的"去"、"驻"二字按照官话说来是不能协韵的。用错了的韵的第二种是因盲从古韵而错了的，例如《伯夷》的

　　像极了妈妈临终的那一夜，
　　父亲说我们弟兄里你最像妈妈。

两行中的"夜"、"妈"两字按照近日的官话

闻一多的家庭左起：闻立鹏（三子）、闻一多、闻立鹤（长子）、高孝贞、闻丹（次女）、闻名（长女）、赵妈（保姆）、闻立雕（次子）

说来也是不能协韵的。用错了的韵的第三种是因不避应避的闭口音而错了的，例如《大鼓师》的

> 让我搁起了三弦抛下了鼓。……
> 我们既不是英雄又不是儿女。

两行中的"鼓"、"女"二字。第四种用错了的韵完全是作者自己的过失，完全没有辩解可言的，例如《晴朗》的

> 但是在我的心内……
> 那是一种和平的悲哀。

两行中的"内"、"哀"二字。数了一数，这四种用错了的韵居然有六十处之多，这是免不了引起惊讶的。

韵用得不妥的便是那种拿"了"、"的"等虚字来协韵的所在。例如《叫卖歌》的

> 忽把孩儿的午梦惊破了——
> 薄荷糖！薄荷糖！
> 小锣儿在墙角敲。

三行中，用"了"字与"敲"字协韵。又如《孤雁》的

> 太难了，这里的意义
> 不是你能猜破的。

两行中，用"的"字与"义"字协韵。又如《春之末章》的

> 了无黏滞的达观者。……
> 依然吩咐雨丝黏住罢。

两行中用"罢"字与"者"字协韵（此处"者"字并且要读古音）。又如《谢罪以后》的

> 只切莫让刀子在石头上磨。……
> 有个代价么？

两行中用"么"字与"磨"字协韵。
韵用得牵强的如《瑛儿》的

> 趁婴儿还离不开褓褓，——
> 趁乳燕儿的翅膀未强。

两行中的"褓褓"，又如《美与爱》的

> 你那颗大星儿，嫦娥的侣伴，你无端绊住了我的视

两行中的"侣伴"。

　　作者用字的时候也有四个毛病：（一）太文，（二）太累，（三）太晦，（四）太怪。这是他的第二种短处。

　　新诗的工具，我们都知道的是白话。但是我们要知道，新诗的白话决不是新文的白话，更不是一般人，如我如你，平常日用的白话。这是因为新诗的多方面的含义决不是用了日用的白话可以愉快的表现得出来的。我们"欲善其事，必先利其器"，我们必得采取日常的白话的长处作主体，并且兼着吸收旧文字的优点，融化进去，然后我们才能创造出一种完善的新诗的工具来，而我国的新诗才有发达的希望。但是我们在这里要小心了：旧文字有它许多的短处，它们侥幸在旧文字中生存着，已为我们所叹息痛恨，我们是决不可让它们繁殖到新诗的版图中来的。这当中的用弃取舍便完全要看作新诗的人判断力如何了。

　　闻君，我们可以说，一点判断力也没有。所以结果是，每逢他引入旧诗的字眼到新诗里面的时候，总是失败了。即如《太平洋上见一明星》中的"天仙的玉唾"一词语内的"玉唾"两字，是从"咳唾成珠玉"一句旧诗缩成的；这两个字要是遇到一个冬烘先生，说不定可以摇头摆尾的称赞它们作什么"凝

炼"，什么"融铸古词"，其实完全不是那样一回事。唾沫不是白的吗?谁看见过黑的唾沫?那么，"天仙的唾沫"五个字尽可以暗喻白色的星了，何必要文绉绉的说什么"玉唾"呢?金银珠玉等等字眼是旧诗词中用滥了的，在新诗中，绝对应当少用。并且原来的那句诗拿唾玉来比咳唾，已经是近于幻想（fancy）而非想象（imagination）了。紧接着"天仙的玉唾"五个字，作者又写，"溅在天边"。这里面的"溅"字也用的不妥，因为一种流质必得撞在别种东西上反射回来才能叫作"溅"，但作者的这行诗内完全没有这种可能，所以，"溅"字是用含糊了，犯了一种修辞学上不明的毛病，正如上文的"玉"字是犯了不简的毛病一样。还有一层，这行诗里面有两个天字，而它们并非都是必不可去的，所以照我个人的意思，原文的

是天仙的玉唾溅在天边?

可以改作

是仙人的唾沫落在天边?

作者也有时字眼用得太重床叠屋了。这完全是他上了西方文学史者的当，或者可以说，是他误解了他们了。替济慈的诗作注解，替济慈作传记的人都说，他的初年作品是繁复的，意境过于拥挤的，好像是夏天河边的芦苇，又像是未经修剪的树枝;但是到了成熟期，便不同了，他在那时期内所作的诗是增之一分则太长，减之一分则太短，恰到好处的。闻君没有注意到"意境"两个字上去，而在"字眼"上极力的求其拥挤，结果便流人了重床叠屋的毛病。其实说来，意境上的累赘都不可效法，更何况字眼上的呢?闻君的诗，如《我是一个流囚》一篇里面有一行是

哀宕淫热的笙歌，

这一行内的"哀宕淫热"四个字便是犯了上面说的那种毛病。本来在诗里面用形容词就是一种最笨最乏的方法;有想象有魄力的人是决不肯滥用它们的。遇到不得已的时候，他们只是轻描淡写的用一二个字带过去，决不让读者的注意

耗费在这种小的枝节上。更何况闻君的这四个字彼此毫无关系，把它们勉强联在一起，读来是极其生硬的呢？

晦涩也是闻君用字时的一个毛病。我们要知道，晦涩与深奥完全是两件东西，正如浅薄与明朗是两件东西一样。诗的内容有时是深奥的，即如在诗剧中描写复杂的心理变化的时候，然而这种时候是很少的。至于大部分的诗剧，以及一切的史诗、叙事诗、抒情诗则皆无深奥可言。诗缺乏深奥，并没有什么可惜，也没有什么可羞；诗自有丰富、热烈、悠扬这三种物件，它们都是难得的，只有很少的诗人能够兼有它们这三种长处到一高的程度的。深奥与诗之内容的关系大概如此。至于诗的形式，则完全谈不到深奥两个字；在这种时候，深奥完全是晦涩，或力弱的代名词。

闻君的《你看》一诗内有这样一行：

细草又织就了釉釉的绿意，

这行里的"织"字便是用得晦涩之至。据我的猜想，闻君的意思不过是暗喻绿意为茵，这绿意便是一丝丝的细草"织"成的。其实说来，这种字眼上的曲折完全是无谓而徒费精力的。这正是旧诗的一个大毛病，我们决定要防止它蔓延到新诗上面来。

闻君在用字上的最末一个毛病便是好怪。怪与奇迥不相同：奇是近情理的，怪是不近情理的。好怪的倾向显现在闻君的全部《屠龙集》之中，这是我所要在此文的后面痛加攻击的，在此处不能详细讨论。但是我要破除了上面各节的只举一个例子以概其余的办法，在这里我要多举几个例子，将它们分剖开来，使读者可以看出它们的谬误与徒劳。《渔阳曲》一篇之中有五行是

堂下的鼓声忽地笑个不止，
堂上的主人只是坐着发痴；
洋洋的笑声洒落在四筵，
鼓声笑破了奸雄的胆子——
鼓声笑破了主人的胆子！

这五行内用的"笑"字完全不近情理；因为，一则鼓声不像笑声，无从暗喻起

来，再则人生不比戏台，我相信祢衡在那时候只有怒的当儿，决不会一转而戏台式的笑起来的。如果"笑"字用得，那"炸"字更好了。但是我们要坚决的说，诗决不是这样作的。

又如《闺中》的头一行

墙头还洒着淅沥的余滴，

这一行里的"洒"字是怪而用错了的，因为洒字的含义暗示着一种斜的方向，这是完全与本文的意思不能符合的。同篇的第二行是

夕阳浸在泥洼中的积潦里，

这行里面且不说"潦"字太文了，应当改作"雨"或"水"，只说那个"浸"字：我们骤看这一行，一定会以为作者的意思是说落日浸在这洼积水之内，但是下一行又明明的说"寂寞的空阶"，明明是暗示着这件事情是在一个院子里面发生的。在一个湖里面，落日倒可以说是浸在水内，至于一个院子，并且是这院子里面的小小的一洼水，那是决谈不上浸一个太阳的。这是我们就"浸"这一个字所得的感想。其实作者的本意完全不是那样，他不过是要说落日的光线（夕阳）映在这个小的水洼里面罢了。所以这个浸字是用不得的，因为它会引起误会。并且进一层说，这第二行的全行都是可以讥评的：因为一个院子一定是四面有墙的，作者在第一行内自己就明明提出了这个"墙"字，但是夕阳是斜的，它最多不过能照着墙头，它是决不能照到墙根的水洼里边去的。这首《闺中》里面还有这样一行：

喑哑的自鸣钟负墙而立，

这行里面居然把"喑哑"两个字加到了"自鸣钟"的上面去，真正是怪得无以复加了，要是别人讥为不通，也是无话可回的。说不定有人会说笑话，这个钟大概是停了，然而那终归还是笑话，因为下行明明的说，"时间是无涯的厌倦和烦累"。还有"负墙而立"的"负"字也未免夸大的没有边儿了：钟是那么小，墙又是那么大，怎么谈得上"负"呢？

这种好怪的倾向是应当加以痛斥的。从前英国的柯勒立曾经唤起过一班从事于文学——尤其是诗——的人对于幻想与想象之区别的注意。简单一句话，我们可以说，幻想是假古董，只有想象是真的。想象是奇；幻想是怪。李白的

连峰去天不盈尺，
孤松倒挂倚绝壁；
飞湍瀑流争喧旭，
砯崖转石万壑雷。

君不见：
黄河之水天上来，
奔流到海不复回？
君不见：
高堂明镜悲白发，
朝如青丝暮成雪？

才是奇的，想象的；柯勒立的

But, that deep romantic chasm which slanted
Down the green hill athwart a cedarn cover!
A savage place! as holy and enchanted
As e'er beneath a waning moon was haunted
By woman wailing for her demon—lover!
The thick black cloud was cleft, and still
The moon was at its side;
Like waters shot from some high crag,
The lighting fell with never a jag,
A river steep and wide.

才是奇的，想象的。这种真的"奇"，真的想象作品，已经极少，至于好的，更是稀少到一种说不出的程度；所以我们遇到了似是而非的赝品的时候，必得

要详细的辨别出来。

闻君并不是毫无想象，但是他在许多的时候，因为缺乏判断力的原故，总是将幻想误认为想象，放纵它去滋蔓。即如《初夏一夜的印象》，《火柴》，《末日》，《长城》，《南海之神》等等，都是外面看起来令人目眩，其实里面都不过是幻想那个东西在作怪。我们对于这些诗只须分析一下，便知道它们是下列的成份所拼成：（一）不近理的字眼，（二）扭起来的诗行，（三）感觉的紊乱，（四）浮夸的紧张。

不近理的字眼如《初夏一夜的印象》中

帖在山腰下佝偻得可怕的老柏

一行，这行里面的"帖"字与下文的意思完全不称，还不去谈，只是，"佝偻"两个字同"可怕"两个字怎么联得上去呢？一个人"佝偻"了，并没有什么"可怕"。这行的下面又有这样一行：

拿着黑瘦的拳头硬要和太空挑衅

这行里面除去"黑瘦"两个字讲得过去以外，别的都是无理的，诗虽然不是一种载道的东西，但诗也有诗的道理；在比喻的时候，诗的道理不外是提出眼前之事物的特状（这种特状是这一类的事物所共有的）而拿人人皆知（或可想象而知）的现象来与上述的特状相比。在闻君的这一行里面，已知的现象是，伸拳头是挑战的表示；但是我们要问了，柏树有什么特状可以与这一种已知的现象相比呢？不能说，刚巧有一棵柏树长出一枝特别长的枝子来，这个枝子上有一丛叶子，好像一个拳头：因为这棵柏树，如其有的话，是变态的，决不能代表一切的柏树。并且我们可以相信，世界上决不会有这样的一棵柏树。作者在这行之内完全是"硬"教本来没有伸拳的柏树伸拳，在诗的道理上是牵强而说不通的。

扭起来的诗行的例子有《末日》的

我用蛛丝鼠矢喂火盆，
我又把花蛇的鳞甲代劈柴。

这两行里面的三件东西只有"鼠矢"还可以用得，因为它像煤球；然而已经不妥了，因为"火盆"之内是决烧不起煤球来的。至于"蛛丝"则完全没有根据。"花蛇的鳞甲"也并不像劈柴。不过是说说罢了，并没有什么价值，我看与其说"把花蛇的鳞甲代劈柴"还不如说"把死人的骨头代劈柴"呢。

感觉的紊乱有一点像西方修辞学内所说的"混杂的暗喻"（Mixed Metaphor）。例如《火柴》内

　　有的唱出一颗灿烂的明星

一行的"唱"字是属于听觉的，但"灿烂的明星"（"灿烂"也与"明"重复了）是属于视觉的；虽然划火柴的时候，是有声音可以拿"唱"来暗喻，划燃的时候，是像一颗"明星"，不过把"唱"与"明星"联起来，却是绝对不可的。又如《大鼓师》的

　　我最先弹着白鸽入霜林——
　　珊瑚爪儿踏过黄叶堆，
　　然后棹的是秋虫鸣败砌，
　　忽然又变了银雨洒柴扉。

这一章本来是应当描摹三弦的声音的，但是闻君却用了些"珊瑚"、"黄"、"银"等等色彩的字眼，这是不对的。我写到此处之时，又想起了柯勒立的几行诗来：

闻一多与夫人高孝贞

Slowly the sounds came back again,
Now mixed, now one by one.
And now' t was like all instruments,
Now like a lonely flute.

这也是描摹声音的，但这是多么美呀！（把时间一齐给读书占去了，匀不出闲暇来作诗，这就创作方面说来，诚然是不可的；然而一点书不念的时候，却是更坏。英国的薛惺淹死了被人捞出的时候，人家发现他的手里拿着一本希腊悲

剧大家索伏克里士（Sophocles）的全集。一班作新诗的同志们哪，请永远记着这件事！）

　　谈到构成闻君之诗的怪的最末一个要素，浮夸的紧张，之时，我不觉联想郭君沫若来。郭君的紧张，在大部分的时刻之下，是自然的；但有好些时刻也免不了张大其辞，即如在《辍了课的第一点钟里拘留在检疫所中》等等之内。至于闻君，我可以说，简直是天生得不宜于作这种紧张之诗的，正如郭君是天生得不宜于作闻君擅于作的那种写幽暗潮湿之景的诗一样。但是闻君没有判断力，硬要作这种诗，于是结果便作出了《南海之神》、《长城》这一类假紧张的诗来。但是这里要注意，这个"假"字不过等于英文中的字帽quasi，毫不暗示别的什么。这些诗，我相信，闻君是在热烈的情感状态之下作的，但是情感浓厚的人不见得都能作出情感浓厚的诗来，正如能哭能笑的人不见得都能作出令人哭令人笑的诗来一样。闻君的爱国的诗也是吃了同样的亏，我们不忍去批评它们，只让我们恭敬地走过去，说，"朋友，别的不谈，但你的一片心我们是领受了。"

　　闻君的诗，我们看完了的时候，一定会发现一种奇异的现象，便是，音乐性的缺乏。无音乐性的诗！这决不是我们所能想象得出来的。诗而无音乐，那简直是与花无香气，美人无眼珠相等了，那时候如何能成其为诗呢?在闻君的诗集中，只有《太阳吟》一篇比较的还算是有音节，其余的一概谈不上。至于《渔阳曲》的章尾（refrain）完全与美国叶仑坡（Allan Poe）的Bells一样，只是一种字音的有趣的试验，谈不上音节，因为音节是指着诗歌中那种内在的与意境融合而分不开的节奏而言的。正因为他缺乏音乐性的原故，我们才会一直只瞧见他吃力的写，再也没有听得他自在的唱过的。这是闻君的致命伤，这比上面所说的那种好怪的倾向严重得多了。

　　然而闻君如果只有这些短处，而毫无特长，那我也决不肯费了这样的气力来批评的。他自有一条独创的路走着，虽然他的路是一条小径并且并不长。《玄思》的

　　　在黄昏的沉默里，
　　　从我这荒凉的脑子里，
　　　常迸出些古怪的思想，
　　　不伦不类的思想；

仿佛从一座古寺前的
尘封雨渍的钟楼里，
飞出一阵猜怯的蝙蝠，
非禽非兽的小怪物。

《小溪》的

铅灰色的树影，
是一长篇恶梦，
横压在昏睡着的
小溪的胸膛上。
小溪挣扎着，挣扎着——
似乎毫无一点影响。

《也许》的

也许听着蚯蚓翻泥，
听细草的根儿吸水。

《伯夷》的（虽然这段内可议的字眼是不少）

兄弟呀，你该记得那林子里厢，
除了叶缝里闪着星星的绿光，
别的东西几乎都辨不大分明，
只是一股烂树腐肉的霉气醺人，
还同鼾兽吟虫织成的一片虚响；
我们却认得一条花蛇缠在树上，
缠得像颗采结，缠在那里睡觉；
剥了皮的死柏树十丈来高，
槎桠上挂着一面团团的蛛网，
蝎蜈、蚊蚋、蛱蝶、蜻蜓黏死在上，

闻一多手稿

一只蜘蛛王守在中央，螃蟹般大。

便是这一方面的四个，并且是仅有的四个，好例子。

选自《朱湘作品集》，河南大学出版社，2004年

性格冷僻、交友不多的朱湘曾写过《为闻一多〈泪雨〉附识》一文，特别对闻一多的《渔阳曲》极表佩服。

为闻一多诗《泪雨》附识

文／闻一多

　　　　泪雨
　　　　　　闻一多

我在生命的阳春时节，
曾流过号饥号寒的眼泪，——
那原是舒生解冻的春霖，
那也便兆征了生命的悲哀。

我少年的泪是四月的阴雨，
　暗中浇熟了酸苦的黄梅。
如今正是黑云密布，雷电交加，
我的热泪像夏雨一般滂沛。

中途的怅惘，老大的蹉跎，——
我知道我中年的苦泪更多；
中年的泪定似秋雨淅沥，
梧桐叶上敲着永夜的悲歌。
谁道生命的严冬没有眼泪？

老年的悲哀是悲哀的总和。

我还有一掬结晶的老泪，

要开作漫天的愁人花朵。

一多信来，谬奖我的《雨景》、《大雨之前》两诗，并附有他自己的诗两首，《大暑》与《泪雨》。二诗中自然算《大暑》为最好了。就他的这两篇近作，《渔阳曲》，以及《薤露词》中的

也许听着蚯蚓翻泥，

听细草的根儿吸水——

也许听着这般的音乐，

比那咒骂的人声更美。

一段看来，他近来的进步实在可惊，他的这些诗较之从前的《红烛》诗汇（《小溪》除外）在音节上和谐的多多，在想象上稳锐了不少，在艺术上也到了火候，尤其是辞藻。他的第二诗汇在今夏回国时即将印行，这个第二本诗汇，就上述的诸诗看来，问世之后，一定要在新诗坛上放一异采：是可断言的他今夏回国，还衔有一种使命，就是回来主持一种艺术杂志名《河图》的。此刊物的宗旨，据他通询中说，是提倡"文化的国家主义"Cultural nationalism，刊中分文学（诗歌，小说，批评），戏剧（剧本，舞台艺术），图画，书法，服装图案，建筑（包括园亭布置），雕刻，舞蹈，音乐各门，担任稿件的都是游美的人，如诗歌中的梁实秋，小说中的冰心女史，许地山，戏剧中的余上沅，赵畸（他们两位也是今夏回国，拟往京中创造新剧事业），熊佛西，图画中的杨廷宝，建筑中的梁思成，雕刻中的骆启荣以及林徽音，张嘉铸等人，都是些有声望的青年艺术家。

这便是他今夏回国时所携的两种使命。

这两种使命他自彼岸来了时自会宣示出来，如今且让我谈他的《大暑》、《泪雨》两篇诗歌。

《泪雨》这首诗与济慈的。

Four seasons fill the measure of the year,

There are four seasons in the mindof man.

一首十四行诗不约而同——一多是一个理想极高可得我们整个的相信的人，所以一般不认识一多的朋友们务必不要因此而向下面去想。《泪雨》这诗没有济慈那诗的

contended so to look
On mists in idleness——to let fair things
Pass by unheaded as athreshold brook

那般美妙的诗画，然而《泪雨》不失为一首济慈才作得出的诗。《泪雨》的用韵极为艺术的：头两段写以前，是一韵，未两段写以后，换了一韵，换的愉快之至。

《大暑》一诗与白朗宁的《异域乡思》诗异曲同工，白朗宁的

he sing seach song twice over,
Lest you should think he never could recapture
The first fine care less rapture!

（王宗璠先生批评我此诗的中译，评得一点不关痛痒；殊不知我当时因句法的关系将careless一个极有意味的字割爱未曾译出，王先生当时如将此点指出，而责备我的故弄狡猾，那时我真要五体投地的佩服他了。）
虽为《大暑》所无，然而《大暑》全诗中的美妙的描写也是《异域乡思》所要看了退避三舍的。

这种题材上的符合并没有什么关系，它是一件必然的，自然的事实，自古至今，诗人知道有多少，他们的题材大半时候相同，他们的长处只是在解释上，组合上，艺术上各呈异采罢了；后人的批评，也是凭此而不凭彼的。试看英诗中咏恋爱的，车载斗量，简直数不清楚，然而好的恋爱诗代代皆有，也不见有批评上的说，"我们已经有了Spenser: Epithalamion, Lyly: Cardsand Kisses, Samuel Daniel: Sonnets, Shake-speare: Sonnets, and Ben Jonson: The Shadow了，我们不要Herrick, Prior, Burns, 以及一班别的恋爱诗家了

罢"；就是Prior很像Herrick，也非袭取。细心的人自可看出，《泪雨》与济慈的那首十四行诗，《大暑》与《异域乡思》，是不同的。

一多是英诗的嫡系，英诗是诗神的嫡系；一方面我虽极盼他所提倡的"文化的国家主义"成功，而与"爱尔兰的文艺复兴"东西辉映，但一方面我也希望他的诗提起了国人对于英诗的兴趣，而会使荒漠的中国多出了一个漠中草原来。

选自《朱湘作品集》，河南大学出版社，2004年

原载1925年4月2日《京报副刊》一〇七号

闻一多谈朱湘

致朱湘、饶孟侃的书信

文/闻一多

子沅、子离：

足二三年，未曾写出一个字来。今天算破了例。这消息自然得先报告你们。听我先谈谈，不忙看诗，因为那勉强算得一首长诗。《新月》三卷二号中沈从文的《评死水》，看见没有?那篇批评给了我不少的兴奋。陈梦家、方玮德的近作，也使我欣欢鼓舞。梦家是我的发现，不成问题。玮德原来也是我的学生，最近才知道。这两人不足使我自豪吗?便拿《新月》最近发表的几篇讲，我的门徒恐怕已经成了我的劲敌，我的畏友。我捏着一把汗自夸。还问什么新诗的前途?这两人不是极明显的，具体的证据吗?这一欢喜，这一急，可了不得! 花了四天工夫，旷了两堂课，结果是这一首玩意儿。本意是一首商籁，却闹成这样松懈的一件东西。也算不得"无韵诗"，那更是谈何容易。毕竟我是高兴，得意，因为我已证明了这点灵机虽荒了许久没有运用，但还没有生锈。写完了这首，不用说，还想写。说不定第二个"叫春"的时期快到了。你们该为我庆贺。再回到从文那篇批评，真叫我把眼泪都快喜出来了。那一句话不中肯?正因为他所说的我的短处都说中了，所以我相信他所提到的长处，也不是胡说。你们知道我不是那种追逐时髦，渔猎浮名的人。我并不为从文替我作了宣传而喜欢（当然论他的声价，他的文字，那文章的宣传的能力定是不

小），实在他是那样的没有偏见的说中了我的价值和限度。我是为得了一个"知音"而欢喜。假如从文不曾发表那篇文章，而仅止给我一个人看过，我对他的感谢，不会比目前少一分，少一毫。你们两人以及志摩、实秋所给我的称许，我当然不能忘记，但我总有些害怕，害怕你们的识见是受了友谊的蒙蔽。至于一般青年的朋友，如梦家等，我又怕他们是盲从你们。如今从文并不犯任何嫌疑，而意见却与你们吻合，这怎能不叫我得意！

仿佛又热闹起来了。梦家、玮德合著的《悔与回》已由诗刊社出版了。大约等我这篇寄到，正式的诗刊就可以付印。从文写过《评死水》后，又写完一篇《评草莽集》，马上就要见于《新月》。上海的刘宇准备编一本《一九三〇年诗选》，你们大概已经知道。自从老《诗刊》歇业后，三四年来，几曾见过本年十二月这样热闹的一个月份？子离的诗集何妨也乘此赶快送去印？爽兴把这当儿凑成一个新诗的纪念月，好不好？我们可以让书店限期一月中一准印出来，好在那集子分量不甚多。可是子离这样懒，真叫人急坏了。赶快罢！赶快罢！告诉我你要一个什么样的封面，我爽兴再破一回戒给你画一张。这时机太好了，我真喜得手忙脚乱，不知怎么办！

俗语说"时运来了，城墙挡不住"。今年新年，是该新诗坛过一个丰富的年。此地有位方令孺女士，方玮德的姑母，能做诗，有东西，有东西，只嫌手腕粗糙点，可是我有办法，我可以指给她一个门径。做诗的，一天天的多起来了，是不可否认的事实。

近作寄点来看看！祝你们康健！

多

十二月十日

选自《闻一多作品新编》，人民文学出版社，2009年12月

朱湘在新月社的同仁中，只与闻一多保持着友谊，但是朱湘常说："吾爱友谊，但吾更爱诗艺。"他评论别人的诗从不留情面。最后陌生人不敢与他接触，熟悉的人也被得罪了，他唯一的朋友闻一多也无法忍受，对他抱怨起来。

诗人的蛮横（节选）

文／闻一多

……要是编辑、手民、或读者——他大意了一点，他便又要大发雷霆，骂这世界盲目、冷酷、残忍、蹂躏天才，……这种行为不是蛮横是什么？再比如你好心好意对他这作品下一点批评，说他好，那固然算你没有瞎眼睛，你要是敢说他半个坏字，那你可触动了太岁，他能咒到你全家都死尽了。试问这不是蛮横是什么？

…………

选自《闻一多作品新编》人民文学出版社，2009年12月

致饶孟侃（节选）

文／闻一多

子离：

…………

子沅恐怕已经是"疯"了。今天特从城里跑来，一句话没讲，在我家吃了一顿饭，等我下课回来，人已经走了。……

多

九月廿九日

选自《闻一多作品新编》人民文学出版社，2009年12月

第九篇

闻一多与梁实秋
——志趣相投

三四十年前，恐怕没人敢把闻一多和梁实秋联系起来——一个是"民主斗士"，一个是"资本家的乏走狗"，在一元语境下，二人简直水火不容。然而历史真相浮出水面的时候，人们才惊讶地发现，原来梁实秋和闻一多志趣相投，是最好的朋友。

　　闻一多与梁实秋在清华大学时是同学，共同建设了"清华文学社"，留学美国时形影不离，归国后又为青岛大学同事，友谊延续了将近20年。直到抗战以后，一个在昆明，一个在重庆，音信隔绝，再加上志趣渐趋分野，才断了来往。当梁实秋得知闻一多被暗杀时，万分悲痛，之后更是撰写出专著《谈闻一多》纪念闻一多。从两人的书信和作品中能看出两人的感情十分深挚。

　　虽然梁实秋与闻一多两人都在文学创作和学术研究上取得很大成就，但无论是文学创作还是文学研究、翻译都有较大的风格差异，也因为人生道路的差异而在一定时期内受到了截然不同的评价。然而，文学思想和人生道路的不同并不会阻断两人的友谊。

　　即使注定分离，至死而未能再见，但志趣相投的二人曾共同度过了人生中最风华正茂的好时光，两人自青春年少之时结下来的深厚友谊永远不会随时光的流逝而褪色。

梁实秋谈闻一多

评一多的诗六首

文／梁实秋

　　在前三期的《文艺增刊》里载有一多的诗六首——《太阳吟》、《寄怀实秋》、《玄思》、《忆菊》、《火柴》、《晴朝》。这六首全是他去国后

1945年2月，闻一多于云南省路南县石林长湖畔

的作品。至于价值的高下、艺术的优劣，细心的读者必能领会，无须待我来评判；但是不深知作者的背景的读者很难充分的欣赏他的作品，所以我觉得是我的义务，特意的检出一多最近的六首诗，将他的特点标出，和一般热心文艺的朋友们商榷一下。

在《忆菊》和《太阳吟》两首里，作者对于我们东方文化醉心极了！他因为醉心东方文化，便不由的镂心刻骨的眷恋着祖国。他爱祖国，不是因为祖国是祖国（这是一般人离开家乡怀念祖国的缘由），而是因为祖国"有高超的历史，有逸雅的风格"，祖国的文化是"四千年华胄的名花"。根据他这种见解，所以他虽是身在异乡，他不崇仰着惠特曼而怀念着"那东方的诗魂陶元亮"，他不想着什么"感恩节"而牢记着"登高作赋的重九"，他不重视"这里的热欲的蔷薇"而"赞美我祖国的花"。《忆菊》一首完全是这种心情的表现。

处在繁华的芝加哥，而不薰染些许的美国习气，保持他的个性，反抗他的环境，在物质主义的权威之下眷念着祖国，在科学的文明里悬想着静的美的东方的文化——这不愧是我们东方诗人的本色。他唱着：

太阳啊，这不像我的山川，
这里的风云另带一般惨色，
这里鸟儿唱的调子格外凄凉！

从这三行我们看出作者不满于异乡的环境，穷极无聊而呆向太阳呼吁的实况。在这几句：

我要赞美我祖国的花！
我要赞美我如花的祖国！

他简直把祖国理想化到了一种不可思议的程度，引为他的眷恋的目标。

因为他对东方文化的爱慕到了渐入病态一般的热烈，很有人对于他的诗生出反感，以为他的作品，带了"旧诗"的气味过浓了。其实诗料只有美丑可辨，并无新旧可分。用滥了的辞句固是名家所不取，然古雅的典丽的辞句未始不可借艺术的手段散缀在新诗里面。试看：

> 帘前，阶下，篱畔，圃心的菊花。
> 霭霭淡烟笼着的菊花，
> 丝丝疏雨洗着的菊花，
> 金的黄，玉的白，春酿的绿，秋山的紫……

我们只觉得一缕浓馥冲雅的诗味迷漫了字里行间，使我们沉醉得忘了喘息——这便是诗的大成功，还有什么新旧可说？一多宁愿作了只有自己能懂的诗，不愿他的诗有所谓"平民的风格"。所以他写诗的时候，忘怀了时间的观念，美的字句——无论是新是旧——一齐自然而然的辐凑到了笔端，听候艺术的调遣，于是产生了这样的灿烂浓丽的句子：

> "莲蕊间酣睡的恋人啊！
> 不要灭了你的纱灯。"

> "太阳啊，六龙骖驾的太阳！"

> "可爱的尖瓣攒蕊的白菊，
> 如同美人的蜷着的手爪，
> 拳心里攫着一撮小黄米。"

这样的句子层见叠出，便是由于他取材的广博精雅所致，或者也就是一般人嫌他的作品旧诗气味太浓的根由罢？

他间或也引用几个富时代性的词句，但因艺术的修饰减去了丑性不少。例如，《晴朝》里的：

> "栗色的汽车像匹骄马
> 休息在老绿阴中，"

> "地球平稳的转着，
> 一切的都向朝日微笑。"

"汽车"、"地球"等字句比较的不宜入诗，但能如此便佳。

比汽车为骄马，假设地球向朝日微笑，这绝不是把丑的字句生吞活剥的嵌在诗里了。

在《玄思》、《火柴》两首里，作者表现的想象力简直的深刻的可怕了。他把他的古怪的思想比做：

> ……从一座古寺前的
> 尘封雨渍的钟楼里，
> 飞出一阵猜怯的蝙蝠，
> 非禽非兽的小怪物。

又把火柴比做：

> 君王的红嘴的小歌童。

这两个想象的譬喻，一则鬼气森然，一则轻盈可喜，怪不得要特别的受了美国女诗人Evnice Tietiens的称赏。

《寄怀实秋》一首，平平稳稳，没有什么可评的。

在这六首里，关于诗的艺术方面，有几处也很值得注意。《太阳吟》共十二节，每节首尾两行都有韵脚，声调非常和谐，并不觉得呆板堆砌。这种成功的作品，并不足为以韵脚有无定诗之高下的评论家做张本，而实在可以证明韵脚可以供成熟的作家的调度，且丝毫不妨害诗意的自然。《忆菊》共五十八行，字句的灿烂冲雅恐怕是新诗中罕见之作哩。

我绝不敢说一多这六首是前无古人后无来者的绝唱，但我至少可以说他的诗是诗。读者若有与我不同的意见，我很乐意受教。

本篇原载于1923年2月15日《清华周刊·文艺增刊》第四期，署名秋

此处选自《梁实秋文集·第6卷》，鹭江出版社，2002年10月

❧ 书房（节选）❧
文／梁实秋

∙∙∙∙∙∙∙∙∙∙∙

　　闻一多的书房，和"闻一多先生的书桌"一样，充实、有趣而乱。他的书全是中文书，而且几乎全是线装书。在青岛的时候，他仿效青岛大学图书馆庋藏中文图书的办法，给成套的中文书装制蓝布面，用白粉写上宋体字的书名，直立在书架上。这样的装备应该是很整齐可观，但是主人要作考证，东一部西一部的图书便要从书架上取下来参加獭祭的行列了，其结果是短榻上、地板上，唯一的一把木根雕制的太师椅上，全都是书。那把太师椅玲珑邦硬，可以入画，不宜坐人，其实亦不宜于堆书，却是他书斋中最惹眼的一个点缀。

∙∙∙∙∙∙∙∙∙∙∙

选自《梁实秋文集·第4卷》，鹭江出版社，2002年10月

❧ 谈闻一多（节选）❧
文／梁实秋

（一）

　　闻一多生于一八九九年十月二十二日，死于一九四六年七月十五日，不足四十八岁。早年写新诗比较著有成绩的，一个是徐志摩，一个是闻一多，不幸两个人都早逝，徐志摩死时年三十六岁。两个人都是惨死，徐志摩堕机而亡，闻一多被人枪击殒命。在台湾，知道徐志摩的人比较多，他的文字也有被选入教科书的，他虽然没有正式的全集行世，但坊间也翻印了若干散集，也有人写他的风流韵事；闻一多有全集行世，朱自清、吴晗、郭沫若、叶圣陶编，上海开明书店印行，但是在台湾是几乎无法看到的。因此，年轻一些的人对于死去不过刚二十年的闻一多往往一无所知。在美国，研究近代文学的人士对于闻一多却是相当注意的，以我所知，以闻一多为研究对象的硕士论文即有好几起。但是好像还没有人写闻一多的生平事迹。

　　闻一多短短的一生，除了一死轰动中外，大抵是平静安定的，他过的是诗人与学者的生活，但是对日抗战的爆发对于他是一个转捩点，他到了昆明之后似乎

是变了一个人，于诗人学者之外又成了一位"斗士"。抗战军兴之后，一多一直在昆明，我一直在四川，不但未能有一次的晤面，即往返书信也只有一次，那是他写信给我要我为他的弟弟家驷谋一教法文的职位。所以，闻一多如何成为"斗士"，如何斗，和谁斗，斗到何种程度，斗出什么名堂，我一概不知。我所知道的闻一多是抗战前的闻一多，亦即是诗人学者之闻一多。我现在所要谈的亦以此为限。"闻一多在昆明"那精彩的一段，应该由更有资格的人来写。

（二）

闻一多是湖北浠水人，他的老家在浠水的下巴河镇陈家大岭。他的家庭是一个典型的乡绅人家，大家庭人口众多，子弟们都受的是旧式的教育。一多的初步的国文根底是在幼时就已经打下了的。

闻一多原名是一个"多"字，"一多"是他的号。他考入清华是在一九一二年，一般的记载是一九一三年，那是错误的。他的同班朋友罗隆基曾开玩笑的自诩说："九年清华，三赶校长。"清华是八年制，因闹风潮最后留了一年。一多说："那算什么?我在清华前后各留一年，一共十年。"一多在清华头一年功课不及格，留级一次，所以他编入了一九二一年级，最后因闹风潮再留一年，所以是十年。很少人有在清华住上十年的经验。他头一年留级，是因为他根本没有读过英文，否则以他的聪明和用功是不会留级的。

清华学校是一个奇特的学校，中等科四年，高等科四年，比正规的大学少一两年，其目的是准备派遣学生往美国游学。学校隶属于外交部，校长由外交部遴派。学生是由各省按照庚子赔款摊派数量的比例公开考选而来。那时候风气未开，大多数人视游学为畏途，不愿看着自己的子弟漂洋过海的去父母之邦，所以各省应考的人并不多，有几个偏僻省份往往无人应考，其缺额便由各该省的当局者做人情送给别省的亲友的子弟了。例如新疆每年可以考送一名，可是从来没有一个真正的新疆人应考，而每年清华皆有籍贯新疆的学生入学。闻一多的家乡相当闭塞，而其家庭居然指导他考入清华读书，不是一件寻常的事。例如直隶省，首都所在，每年有五个名额，应考者亦不过三四十人而已。我看过一本小册，有这样的记述，闻一多"随着许多达官贵人和豪门望族的子弟一道，走进了美帝国主义者用中国人民的血汗钱——庚子赔款堆砌起来的清华留美学校"。清华有多少"达官贵人和豪门望族的子弟"?至于说清华是用中国人民的血汗钱庚子赔款堆砌起来的，可以说是对的，不过有一事实不容否认，八国联军只有这么一个"帝国主义者"退还庚子赔款堆砌的这么一个学校，其余的"帝国主义者"包括俄国在内都把中国人民血汗钱囊括以去了，也不知他们拿去堆砌成什么东西了。

美国珂罗拉多学院中国同学会会员合影，后排左4为闻一多

…………

　　我和一多开始熟识是在"五四"以后。五四运动发源在北京城内，但清华立即响应，且立刻成为积极参加的分子。清华学生环境特殊，在团体精神和组织能力方面比较容易有良好的表现。爱国运动是一回事，新文化运动（包括新文学的兴起）又为一回事，学生在学校里面闹风潮则又为一回事。这三件事差不多同时发生，形成一股庞大的潮流，没有一个有头脑有热情的青年学生能置身事外。一多在这潮流里当然也大露头角。但是他对于爱国运动，热心是有的，却不是公开的领袖。五四运动之际，清华的学生领袖最初是陈长桐，他有清楚的头脑和天然的领袖的魅力，继起的是和闻一多同班的罗隆基，他思想敏捷，辩才无碍，而且善于纵横捭阖。闻一多则埋头苦干，撰通电、写宣言、制标语，做的是文书的工作。他不善演说，因为他易于激动，在情绪紧张的时候满脸涨得通红，反倒说不出话。学校里闹三次赶校长的风潮，一多都是站在反抗当局的一面，但是他没有出面做领导人。一多的本性是好静的，他喜欢寝馈于诗歌艺术之中，根本不喜欢扰攘喧嚣的局面。但是情感爆发起来，正义感受了刺激，也会废寝忘食的去干，不过他不站出来做领导人，而且一旦发泄之后他会很快的又归于平静。我看见Geoffrey Grigson编的《The concise Encyclopedia of Modern World Literature》页四八一有关于闻一多的这样的一段：

　　In 1919 he was one of the leaders of the vast student movement which swept over China in protest against the Treaty of Versailles. On the walls of Tsinghua University in Peking, where he graduated, he wrote out the inflammatory words of a famous medieval general:

Let all things begin afresh! Give us back our mountains and our rivers……

From that moment he was a marked man, always hated by the government and admired（when he became a teacher） by his students.

大意是说"在一九一九年发生的抗议《凡尔赛条约》而弥漫全国的庞大学生运动中，他是领袖之一。在北京清华大学墙上他写了岳飞的'待从头、收拾旧山河……'之句。从那时候起，他成了一个被人注意的人，一直被政府所嫉恨，以后教书又被学生所拥护"。这话似是而非。政府从来没有嫉恨过他。他心里是厌恶当时的那个政府，但是他既非学生运动领袖，亦没有公开的引人注意的言论与行动，谁会嫉恨他呢?至于在墙上写岳飞的《满江红》，则不是什么有特殊意义的事。

"五四"以后，一多最活跃的是在文学方面，尤其是新诗。在清华园里，他是大家公认的文艺方面的老大哥。一九二○年，我的同班的几位朋友包括顾一樵、翟毅夫、齐学启、李涤静、吴锦铨和我共六个人，组织了一个"小说研究社"，占一间寝室作为会址，还连编带译的弄出了一本《短篇小说作法》。后来我们接受了闻一多的建议，扩充为"清华文学社"，增添了闻一多、时昭瀛、吴景超、谢文炳、朱湘、饶孟侃、孙大雨、杨世恩等人为会员。后来我们请周作人教授来讲过一次《日本的俳句》，也请过徐志摩来讲过一次《文学与人生》，那都是一多离校以后一年的事了。

一多对于新诗的爱好几近于狂热的地步。《女神》、《冬夜》、《草儿》、《湖畔》、《雪朝》……几乎没有一部不加以详细的研究批判。尤其是一九二一到一九二二年，也就是他最后留级的那一年，他不用上课，所有的时间都是可以自由支配的。一多独占高等科楼上单人房一间，满屋堆的是中西文学的书，喜欢文学的同学们每天络绎而来，每人有新的诗作都拿来给他看，他也毫不客气的批评。很多人都受到他的鼓励，我想受到鼓励最多的我应该算是一个。

在清华最后这一年是他最愉快的一年。他写的诗很多，大部分发表在《清华周刊》的《文艺增刊》上，后来集结为一册，题名《红烛》，上海泰东出版。对于新诗，他最佩服的是郭沫若的《女神》，他不能赞同的是胡适之先生以及俞平伯那一套诗的理论。据他看，白话诗必须先是"诗"，至于白话不白话倒是次要的问题。他临离开清华的时候写过一篇长文《〈冬夜〉评论》，是专批评俞平伯的诗集《冬夜》的，但也是他对新诗的看法之明白的申述。这一篇文章的底稿交由吴景超抄写了一遍，径寄孙伏园主编的《晨报副刊》，不料投稿如石沉大海，不但未见披露，而且原稿亦屡经函索而不退回。幸亏留有底稿。我索性又写了一篇《〈草儿〉评论》，《草儿》是康白情的诗集，当时与《冬夜》同样的有名，二稿合刊为《〈冬夜〉、〈草儿〉评论》，由我私人出资，交琉璃厂公记印书局排印，列为"清华文学社丛书第一种"，于一九二二年十一月一日出版。一多的这一篇《〈冬夜〉评论》可以说是他的学生时代的最有代表性的论文，现在抄几段于下，可见一斑：

> 胡适之先生自序再版《尝试集》，因为他的诗由词曲的音节进而为纯粹的"自由诗"的音节，很自鸣得意。其实这是很可笑的事。旧词曲的音节并不全是词曲自身的音节。音节之可能性寓于一种方言中，有一种方言，自有一种"天赋的"音节。声与音的本体是文字里内含的质素；这个质素发于诗歌的艺术，则为节奏、平仄、韵、双声、叠韵等表象。寻常的语言差不多没有表现这种潜伏的可能性的力量，厚载情感的语言才有这种力量。诗是被热烈的情感蒸发了水汽之凝结，所以能将这种潜伏的美十足的充分的表现出来。所谓"自然音乐"最多不过是散文的音节。散文的音节当然没有诗的音节那样完美。俞君能熔铸词曲的音节于其诗中，这是一件极合艺术原则的事，也是一件极自然的事……

> ……根据作者的"诗的进化的还原论"的原则，这种限于粗率的词调的词曲的音节，或如朱自清所云"易为我们领解采用"，所以就更近于平民的精神；因为这样，作者或许宁肯牺牲其繁密的思想而不予以自由的表现，以玉成其作的平民的风格吧。只是，得了平民的风格，而失了诗的艺术，恐怕有些得不偿失哟……我总觉得作者若能摆脱词曲的记忆，跨在幻想的狂恣的翅膀上遨游，然后大胆引吭高歌，他一定能掇得更加开扩的艺术。

> ……《〈冬夜〉自序》里讲道："我只愿随随便便的，活活泼泼的，借当代的语言。去表现自我，在人类中间的我，为爱而活着的

我。至于表现的……是诗不是诗，这都和我的本意无关，我以为如要顾念到这些问题，就可根本上无意于作诗，且亦无所谓诗了。"俞君把作诗看得这样容易，这样随便，难怪他作不出好的诗来……诗本来是个抬高的东西，俞君反拼命的把他往下拉，拉到打铁的抬轿的一般程度。我并不看轻打铁的抬轿的人格，但我确乎相信他们不是作好诗懂好诗的人。不独他们，便是科学家哲学家也同他们一样。诗是诗人作的，犹之乎铁是打铁的打的，轿是抬轿的抬的。

这一篇文字虽然是一多的少作，可能不代表他的全部的较成熟的思想，但是他早年的文学思想趋势在这里显露无遗。他不佩服胡适之先生的诗及其见解，对于俞平伯及其他一批人所鼓吹的"平民风格"尤其不以为然。他注重的是诗的艺术、诗的想象、诗的情感，而不是诗与平民大众的关系。他最欣赏的是济慈的《夜莺歌》和科律己的《忽必烈汗》。所以他推崇《女神》中《密桑索罗普之夜歌》的：

> 啊，我与其学做个泪珠的鲛人，
> 返向那沉黑的海底流泪偷生，
> 宁在这缥缈的银辉之中，
> 就好像那个堕落了的星辰，
> 曳着带幻灭的美光，
> 向着"无穷"长殒！

而他不能忍耐《冬夜》的琐碎凡庸。他说："不幸的诗神啊！他们争道替你解放，'把从前一切束缚你的自由的枷锁镣铐打破'，谁知在打破枷锁镣铐时他们竟连你的灵魂也一齐打破了呢！"

在悠闲的生活中忽然面临一项重大问题：婚姻问题。清华没有不许学生结婚的明文规定，但是事实上正规入学的学生只有十四岁，八年住校，毕业游美，结婚是不可能的事。学校也不鼓励学生结婚。同时男女同校之风未开，清华学生能有机会结交异性朋友的乃例外之例外。清华是一个纯粹的男性社团。一多的家庭是旧式的，典型的农村中的大家庭，所以父母之命不可违，接到家书要他寒假期间返家完婚，如晴天霹雳一般打在他的头上。他终于不能不向传统的势力低头。一九二二年二月他在家乡和他的姨妹高孝贞女士结婚了。这位姨妹排行第十一，一多简称她为"一妹"。高女士也是旧式大家庭出身，虽所受教育不多，但粗识文字，一直生活在家乡的那个小环境里。婚后一个多月，一多立即返回清华园里过他的诗人的生活。一多对他的婚姻不愿多谈，但是朋友们都知道那是怎样的一般经验。旧式的男女关系是先结婚后恋爱，新式的是先恋爱后结婚。一多处于新时代发轫之初，他的命运使他享受旧时代的待遇。而且旧时代的待遇他也没能全盘接受，结婚后匆匆返回校内，过了半年又匆匆出国，结婚后的恋爱好像也一时无法进行。一多作诗的时候拼命的作诗，治学的时候拼命的治学，时间根本不够用，好像没有余暇再管其他的事，包括恋爱的生活在内。他有一位已婚的朋友移情别恋，家庭时起勃谿，他就劝说他道："你何必如此呢？你爱她，你是爱她的美貌，你为什么不把她当作一幅画像一座雕像那样去看待她呢？"可见他自己是全神贯注在艺术里，把人生也当作艺术去处理。我没有理由说他的婚姻是失败的，因为什么才是失败什么才是成功，其间的分际是很不易说的。你说卢梭的婚姻是失败还是成功，别人的看法和当事人自己的看法出入颇大。请看一多写给他的夫人的一封信：

　　亲爱的妻：这时他们都出去了，我一人在屋里，静极了，静极了，我在想你，我亲爱的妻，我不晓得我是这样无用的人，你一去了，我就如同落了魂一样。我什么也不能做。前回我骂一个学生为恋爱问题读书不努力，今天才知道我自己也一样。这几天忧国忧家，然而心里最不快的，是你不在我身边。亲爱的，我不怕死，只要我俩死在一起。我亲爱的妹妹，你在哪里？从此我不再放你离开我一天，我的心肝！你一哥在想你，想得要死！

　　亲爱的，午睡醒来，我又在想你。时局确乎要平靖下来，我现在一心一意盼望你回来，我的心这时安静了好多。

1937年7月16日

显然的这不像是一位诗人写的信，这是一个平凡的男子写给他的平凡的妻子的信，很平庸但也很真挚。理想的婚姻是少有的，文人而有理想的婚姻在中外古今的历史上都不多见，偶然一见便要被称为佳话。但是圆满成功的婚姻则比比皆是。我们看了上面的这一封信，可以憬然于一多的婚姻的真相。

一多在离开清华之前，特为我画了一幅《荷花池畔》，画的是工字厅后面的荷花池，那是清华园里唯一的风景区，它是清华园里的诗人们平素徘徊啸傲之所在，是用水彩画的，画出一片萧瑟的景色。前此他又为我画了一幅《梦笔生花图》，是一幅图案画的性质，一根毛笔生出无数缤纷的花朵，颇见奇思。一九二二年七月十六日一多放洋赴美。

（三）

一多是在无可奈何的情形之下到美国去的，他不是不喜欢美国，他是更喜欢中国。看他在出国前夕写给我的一封信，便可窥见这个行将远适异国的学子怀有什么样的情绪：

> 归家以后，埋首故籍，"著述热"又大作，以致屡想修书问讯辄为搁笔。侵晨盆莲初放，因折数枝供之案头，复课侄辈诵周茂叔《爱莲说》，便不由得不联想及于三千里外之故人。此时纵犹惮烦不肯作一纸寒暄语以慰远怀，独不欲借此以钓来一二首久久渴念之荷花池畔之新作乎？（如蒙惠书请寄沪北四川路青年会。）
>
> 《李白之死》竟续不成，江郎已叹才尽矣！归来已缮毕《红烛》，赓续《风叶丛谭》（现更名《松塵谈玄阁笔记》。放翁诗曰："折取青松当塵尾，为子试谈天地初"），校订增广《律诗的研究》，作《义山诗目提要》，又研究放翁，得笔记少许。暇则课弟妹细君及诸侄以诗，将以"诗化"吾家庭也。附奉拙作《红荷之魂》一首，此归家后第一试也。我近主张新诗中用旧典，于此作中可见一斑。尊意以为然乎哉？放翁有一绝云："六十余年妄学诗，功夫深处独心知。夜来一笑寒灯下，始是金丹换骨时！"骨不换目不足言诗也。老杜之称青莲曰："自是君身有仙骨，世人哪得知其故？"吾见世人无诗骨而妄学诗者众矣。南辕北辙必其无通日，哀哉！

这一封信是六月二十二日写的，他满脑子的是诗，新诗，中国的旧诗，并且"主张新诗中用旧典"。他行前和我商量过好几次，他想放弃游美的机会，我劝他乘风破浪一扩眼界，他终于成行了。

....

　　一多是学画的，在美术学院起初也很努力。学画要从素描起，这是画的基本功。他后来带了两大卷炭画素描给我看，都是大幅的人体写生，石膏像做模特儿的。在线条上，在浓淡阴影上，我觉得表现都很不错，至少我觉得有活力。可是一多对于这基本的训练逐渐不耐烦，画了一年下来还是石膏素描，他不能忍了。一个重要的原因是他对文学的兴趣太浓。他不断的写信给我，告诉我他如何如何的参加了芝加哥The Arts Club的餐会，见到了女诗人Amy Lowell，后来又如何的晤见了Carl Sandburg。他对于当时美国所谓"意象派"的新诗运动发生兴趣，特别喜爱的是擅细腻描写的Fletcher。他说"他是设色的神手，他的诗充满浓丽的东方色彩"。他在一九二三年二月十五日写信说：

闻一多1938年书法作品对联

　　　　我想再在美住一年就回家。我日渐觉得我不应该做一个西方的画家，无论我有多少的天才！我现在学西方的绘画是为将来做一个美术批评家。我若有所创作，定不在纯粹的西画里。

事实上他在一九二二年十一月二十八日给他父母亲的家书里早已吐露了他的心事：

　　　　后年年底（一九二四年）我当能归国。日前闻一教员云：在此校肄业两年，根底功夫已足矣，此后自己作功夫可也。故我若欲早归，后年秋天亦可归来。但特来美一次，住个两年半，亦不算久，我当有此忍耐性以支持到底也。想家中得知我留美期限又由三年减至二年半，亦足惊喜矣。然而局外人或因别人求学四五或六年而我两年半即归，遂责我向学之心不切。噫！此岂可为俗人道哉！我未曾专门攻文学，而吾之文学成绩殊不多后人也。今在此学美术，吾之把握亦同然。吾敢信我真有美术之天才，学与不学无大关系也，且学岂必在课堂乎？且美利坚非我能久留之地也。一个有思想之中国青年留居美国之滋味，非笔墨所能形容。俟后年年底我归家度岁时当与家人围炉絮谈，痛哭流涕，以泄余之积愤。

（四）

一九二三年九月三日我到了美国科罗拉多温泉（简称珂泉），这里有一个大学，规模很小，只有几百个学生，但是属于哈佛大学所承认的西部七个小大学之一。最引人入胜的是此地的风景。地当落矶山脉派克斯峰之麓，气候凉爽，景物宜人。我找好了住处之后立刻寄了一封信给一多，内附十二张珂泉风景片，我在上面写了一句话："你看看这个地方，比芝加哥如何？"我的原意只是想逗逗他，因为我知道他在芝加哥极不痛快，我拿珂泉的风景炫耀一下。万万想不到，他接到我的信后，也不复信，也不和任何人商量，一声不响的提着一个小皮箱子，悄悄的乘火车到珂泉来了！他就是这样冲动的一个人。

一多到珂泉不是为游历，他实在耐不了芝加哥的孤寂。他落落寡和，除了同学钱宗堡（后来早死）以外他很少有谈得来的人。他到珂泉我当然欢迎，我们同住在Wabash St.一个报馆排字工人米契尔先生家里，我住一大间，他住一小间，连房带饭每人每月五十五元（我们那时的公费是每月八十元）。住妥之后，我们一同到学校去注册，我是事先接洽好了的进入英语系四年级，一多临时请求只能入艺术系为特别生。其实他是可以做正式生的，只消他肯补修数学方面的两门课程。一多和我在清华时数学方面的课程成绩很差，勉强及格，学校一定要我们补修。我就补修了两门，三角及立体几何。一多不肯。他觉得性情不近数学，何必勉强学它，凡事肯以兴之所至为指归。我劝他向学术纪律低头，他执意不肯，故他始终没有获得正式大学毕业的资格。但是他在珂泉一年，无论在艺术或文学方面获益之多，远超过他在芝加哥或以后在纽约一年之所得，对于英诗，尤其近代诗，他获得了系统的概念及入门的知识，因为他除了上艺术系的课之外还分出一半时间和我一同选修"丁尼孙与伯朗宁"及"现代英美诗"两门课。教这两门课的是一位Daeler副教授，这位先生无籍籍名，亦非能说善道之辈，但是他懂得诗，他喜爱诗，我们从他学到不少有关诗的基本常识。我们一同上课，一同准备，一同研讨。这对于一多在求学上是一大转换点，因为从此他对于文学的兴趣愈益加浓，对于图画则益发冷淡了。

本篇选自《我在清华》，梁实秋著，中国青年出版社2011年版
原出自一九六七年台北传记文学出版社出版的《谈闻一多》，有删节据梁实秋女儿梁文茜回忆："当年父亲听到闻一多先生被暗杀的消息时，他正与朋友下围棋，一时激动，拳击棋盘，一只棋子掉到地板缝里，再也没有抠出来。"可见梁实秋对好友被暗杀是十分悲痛的。

闻一多说梁实秋

1922年8月闻一多到美国后，在芝加哥艺术学院学艺术，并继续写诗，他在《太阳吟》中写道："太阳啊，刺得我心痛的太阳！/又逼走了游子的一出还乡梦，/又加他十二个时辰的九曲回肠！/……太阳啊，……神速的金乌——太阳！/让我骑着每天绕太阳一周，/也便能望见一次家乡！……"他把诗抄寄给梁实秋、吴景超，还在信中提醒："请不要误会我想的是狭义的'家'，不是！我所想的是中国的山川，中国的草木，中国的鸟兽，中国的屋宇，中国的人。"

致梁实秋、吴景超的书信

文／闻一多

实秋、景超：

在这种环境里居然还能做得出诗来，真是不易：现在寄来给你们末闻闻，有煤烟味儿没有了……

我要告诉你们我所知道的在海外研究文学的清华同学底消息。我知道两个人：一为卢默生，一为张鑫海。卢本学商业，因情感生活底不得志乃改学文学。现在成绩甚优，所作英文诗甚为外人夸奖，但是可惜艺术并不能解决他的问题。什么是他的问题呢？他是有妇之夫，且为有子之父了。这个婚姻之不满意自不待言。但他若处于中国社会，此本不成问题。不幸他所处者乃恋爱自由之美国社会。在这种环境里不是恋人的也都熏染成恋人了。我想卢君于其从前之婚姻，只不过经历一种形式的礼仪，并不曾有情感的生活；他所有的情感都积蓄着，以为到这边来作一火山式的爆裂底预备。火山果然爆裂了！他的精神受不起那种震动便失了作用了！诗人作了情感底牺牲了！他疯了！天啊！天啊！你怎么这样糟蹋你的骄子？但是天并没有完全糟蹋他。他的神经虽失了作用，他的理智还强健如故，他的功课仍做得好极了，好得无以复加了。不过他常常一两个月不同人讲话，不剃头，做些古怪的状态罢了！

关于张君我知道的不多。他的成绩也是好极了，听说谭唐力称他的英文，谓外国人无以过之。我介绍给你们载在Edinburgh Review, July 1922里张君所作的一篇The Vogueo of Chinese Poetry——一篇批评Arthur Wally & Amy Lowell所译中文诗底文章。内容并不高明，英文确是不错的。

朋友们！你们听了卢君底故事，不要替我担忧也要蹈他的前辙吗？《我是一个流囚》是卢君之事昕暗示的；卢君之事实即我之事。但是我可以告慰你们我现在并不十分衰飒；我对于艺术的信心深固，我相信艺术可以救我；我对于宗教的信心还没有减替，我相信宗教可以救我。（卢君也是教徒，但他的信心完全破产了）唉！但是我怎敢讲得这样有把握呢？我还是讲："i'll do my best"罢！

这几天的生活很满意。与我同居的钱罗二君不知怎地受了我的影响，也镇日痛诋西方文明。（我看稍有思想的人一到此地没有不骂的）我们有时竟拿起韩愈底《原道》来哼开了。今天晚饭后我们一人带了一本《十八家诗钞》，到Washington Park里的草地上睡起来看了一点钟底光景。我不知"毛子"们看见我们作何感想。

我同钱君买了一架打字机，一架留声机器，我又买了十几本新书——都是关于文学的。罗要到Wisconsin去了，我与钱君后天就搬到新租的房子里去，正式地住下来了。我将来每天早晨八时坐火车走四十几里到美术学院去，下午四时回来。饭后我们还是要上华盛顿公园去读杜甫李白苏轼陆游去。钱君虽是个科学的学生（物理），但近来渐能同我谈得上了。你们可要知道我的思想并没有让步，是他受了我的陶化了。

附寄文学社诗组同人一信，祈转交为荷。

又已代诗组定《诗》（杂志）一份，计亦将寄到。

一多

1922年9月1日

离开清华前，闻一多曾在给顾毓琇的信中写道："得与诗人梁实秋缔交，真喜出望外。" 他还特地送梁实秋两幅画，一幅《荷花池畔》，一幅《梦笔生花图》，梁实秋珍爱之，称其"颇见奇思"。二人一度以诗友互称。而在两人的书信往来中，闻一多也经常将自己的作品寄给梁实秋鉴赏指正。

致梁实秋的书信

文／闻一多

实秋诗友：

秋深了，人病了？

人敌不住秋了，

镇日拥着件大氅，

象支偎灶的猫，

蜷在摇椅里摇……摇……摇……

想着祖国，

想着家庭，

想着母校，

想着故人，

想着不胜想，不堪想的良朝胜境。

春底荣华逝了，

夏底荣华逝了，

秋在对面嵌白框窗子的，

金字塔似的，

木板房子檐下，

抱着香黄色的头帕，

追想春夏已逝的荣华；

想得不安时，

飒飒地洒下几点黄金泪？

啊！秋是追想的时期！

秋是堕泪的时期！

实秋啊！你前回的信里讲荷花池里的"粗大的荷叶很横豪，根乱杂，但是缘着叶边现出焦黄的镶绦了。"现在呢?不要都是七零八落的破伞了罢?你现在怎样了?不要也饱染一身秋了罢?芝加哥结克生公园底秋也还可人。熊掌大的橡叶满地铺着。亲人的松鼠在上面翻来翻去找橡子吃。有一天他竟爬到我身上从左肩爬到右肩，张皇了足有半晌，才跳了下去。这也别是一种风致不同于清华的。昨日下午同钱君复游，步行溪港间，藉草而坐，真有"对此茫茫，百感交集"之慨。"万里悲秋常作客"，这里的悲不堪言状了！

　　九月十四日寄来的《秋月》与《幸而》两诗相差太远。《幸而》翔在云霄，《秋月》爬在泥地。俗眼或欲扬《秋月》而抑《幸而》，因为他们不懂得《幸而》底思想与艺术。我说他是尊集中不可多见的杰作。《秋月》近于滥调了。《海棠丛里》无论赓续与否，我急望一读。可寄我否？我于病中作《忆菊》一首，请同俞平伯底《菊》比比看：

　　　　插在长颈的虾青瓷的瓶里，
　　　　六方的水晶瓶里的菊花，
　　　　攒在紫藤仙姑篮里的菊花，
　　　　守着酒壶的菊花，
　　　　倍着螯盏的菊花，
　　　　未放，将放，半放，盛放约菊花。

　　　　镶着金边的绛色的鸡爪菊；
　　　　粉红色的碎瓣的绣球菊；
　　　　懒慵慵的江月腊哟！
　　　　倒挂着一饼蜂窠似的黄心，
　　　　仿佛是朵紫的向日葵呢，
　　　　长瓣抱心，密瓣平顶的菊花；
　　　　可爱的尖瓣攒蕊的白菊，
　　　　如同美人底蜷着的手爪，
　　　　拳心里攥着一撮小黄米。

　　　　檐前，阶下，篱畔，围心的菊花，——
　　　　霭霭的淡烟笼着的菊花，
　　　　丝丝的疏而洗着的菊花，
　　　　金底黄，玉底白，春酿的绿，秋山底紫。……

剪秋萝似的小红菊花儿；
从鹅绒到古铜色的黄菊；
带紫茎的嫩绿的"真菊"
是些小小的玉管儿缀成的，
为的是好让小花神儿
夜里偷去当了笙儿吹着。

大似牡丹的菊王到底奢豪些，
他的枣红色的瓣儿，铠甲似的，
张张都装上银白的里子了；
星星似的小菊花蕾儿
还拥着褐色的萼被睡着觉呢。

啊！自然美底总收成啊！
我的祖国底秋之杰作啊！
杀方底花，骚人逸士底花呀！
那东方底诗魂陶元亮
不是你的灵魂底化身吗？
那登高作赋的重九
不又是你诞生底吉辰吗？

你不象这里的热欲的蔷薇，
那微贱的紫萝兰更比不上你。
你是有历史，有风俗的花。
四千年华胄底名花呀！
你有高超的历史，你有逸雅的风俗！

啊！诗人底花呀！我想起你，
我的心也开成顷刻之花，
灿烂的如同你的一样；
我想起你同我的家乡，

我们的庄严灿烂的祖国，
我的希望之花又开得同你一样！

习习的秋风啊！吹着！吹着！
我要赞美我祖国底花，
我要赞美我如花的祖国！
请将我的字吹成一簇鲜花，
金底黄，玉底白，春酿底绿，秋山底紫，……
然后又统统吹散，吹得落英缤纷，
弥漫了高天，铺遍了大地。

秋风啊！习习的秋风啊！
我要赞美我祖国底花！
我要赞美我如花的祖国！

　　作《回清华之前一夕》之行素是那一位?请告诉我。我很爱这一首诗。这位似乎是个老手呢。我很希望把他拉到我们社里来，如果他不是我们的社友。附致文学社一函，请转交。顺问秋安！

闻一多
1922年10月27日夜

1922年1月27日夜选自《闻一多作品精编》，漓江出版社，2004年

（二）

实秋：

　　你老叹着文学社完了，好象叹了几声，你的责任便也交卸了。本来真的文学不在乎有社没有，但是偌大的清华，这么多的有志于文学者，连一个社都维持不住，也要算是吾辈的耻事了。我不希望多的，只要文学社底招牌还挂着，到期奉行故事地换选一次职员，我的心愿就足了，因为有了这一个对象，我在海外若有替他尽力的机会时，便有下手之处了。"文学"二字在我的观念里是个信仰，是个vision，是个理想——非仅仅发泄我的情绪的一个工具。The

Muse是有生机，有意识，有感觉的活神——伊被忘弃时，也会悲伤，也会妒怨——正同你们朋友们，我若久不写信来，你们也要悲伤、妒怨了。实秋，我现在不是责备你，但是我的牢骚除你以外，也无处可发了。你若不会周旋，你若学生会、这个委员会、那个委员会的公事太忙了，你若中央公园的公事也太忙了，校中的有志文

1946年2月17日，昆明政治协商会议促进会等10团体在联大新校舍联合召开庆祝政协会议成功，抗议重庆"一二·一"惨案，要求严惩祸首大会。图为大会主席闻一多演说。

学的同学们若都不在你眼里；那么我只好用我的awkward的周旋本领，我只好从课务之暇，我也只好瞎着眼睛来照顾照顾我们这可怜的美斯司了！我的基督教的信仰已失，那基督教的精神还在我的心里烧着。我要替人们Consciously尽点力。我的诗若能有所补益于人类，那是我的无心的动作（因为我主张的是纯艺术的艺术），但是相信了纯艺术主义不是叫我们作个Egoist（这是纯艺术主义引人误会而生厌避之根由），你前次不是讲到介绍薛雷吗？那我们就学薛雷增高我们的human sympathy罢！闲话讲多了，我写信的原意，是要请你将《文艺增刊》里发表过文艺者的真姓名都告诉我，让我好同他们通通信。请你立刻就办，可否？还请告诉我下列几人底最近的development，若果你知道。他们是杨世恩，胡毅，朱湘。

　　"我们是以诗友始，但是还要以心友终的啊"！我这回讲太激烈罢？但是我并不懊悔。你同景超负责文艺编辑，印《增刊》单行本，处处都见你childishly selfish，因为你知道辞文艺编辑是《文艺增刊》的不幸，但《文艺增刊》单印与否，于其内容无关，于其价值无关。你为了自己的意见而牺牲了《文艺增刊》，所以我说你是selfish。但你这selfishness是直觉的情操的，不是功利的；所以我说你是childish。哦，幸而是childish，若变到成人的，那真是不可救药了！草此便问近好。

一多顿首

1923年3月22日晚

选自《闻一多作品精编》，漓江出版社，2004年

第十篇

徐志摩与沈从文

——文人友情的典范

沈从文（1902～1988年）原名沈岳焕，湖南凤凰县人，苗族，现代著名作家、历史文物研究家、京派小说代表人物，笔名休芸芸、甲辰、上官碧、璇若等，是二十世纪中国文学史上屈指可数的文学大师之一。祖母刘氏是苗族，其母黄素英是土家族，祖父沈宏富是汉族。沈从文是现代著名作家、历史文物研究家、京派小说代表人物。14岁时，他投身行伍，浪迹湘川黔边境地区。1924年开始文学创作，抗战爆发后到西南联大任

沈从文

教，1931～1933年在山东大学任教。1946年回到北京大学任教，建国后在中国历史博物馆和中国社会科学院历史研究所工作，主要从事中国古代历史的研究。1988年病逝于北京。沈从文不仅是著名的作家，还是著名的历史学家、考古学家，他撰写出版了《中国丝绸图案》、《唐宋铜镜》、《龙凤艺术》、《战国漆器》、《中国古代服饰研究》等等学术专著。文学作品《边城》、《湘西》、《从文自传》等，在国内外有重大的影响。他的作品被译成日本、美国、英国、前苏联等四十多个国家的文字出版，并被美国、日本、韩国、英国等十多个国家或地区选进大学课本，两度被提名为诺贝尔文学奖评选候选人。

没有徐志摩的欣赏和提携，沈从文的文学道路，也许真要大大改观。从他与徐志摩交往的整个过程看，尤其初期的大力提携，使沈从文对徐志摩产生了深厚的情感。文人之间，形成这么深厚情感的并不多，沈从文与徐志摩，几乎可作为一个典范，一段传奇。

1925年10月1日，徐志摩受朋友邀请，出任《晨报副刊》主编。在严格甄选以及稿件不足之下，沈从文便进入了他的视野。一月之中，沈从文在这家有影

响的报刊连发三篇作品。此后，徐志摩又从沈从文那里取去了一册稿，随之而来的第二个月，徐志摩一口气发表沈从文各类作品达七篇之多。对于身陷困境的沈从文，这份见重，来得多么及时、重要，也可见徐志摩对一位文坛新秀是多么不加掩饰的欣赏与提携。随后沈从文便慢慢在文坛立住了脚跟，而对于徐志摩的知遇之恩，沈从文也是铭记于心。从此二人之间的友情一直延续下来，直到徐志摩飞机失事。徐志摩的罹难，对于沈从文而言是一个沉重的打击，为此他写下了不少悼念好友的文章，这种哀悼与怀念一直持续到沈从文的晚年。

晚年接受采访时，沈从文还谈到徐志摩对人"纯厚处"对自己的影响："到我作《大公报》文艺副刊编辑时，对陌生作者的态度，即充分反映出他对我的好影响。工作上要求自己严，对别人要求却较宽。"从为文到为人，如此分量的友情文字，沈从文似乎还未在其他人身上用过。我们可以领会，他的这些有分量的话，是真诚而切实的。

徐志摩生前与沈从文的交往

1925年，时任《晨报副刊》主编的徐志摩以高度的评价推荐并刊载了文坛新人沈从文的散文作品《市集》。这让沈从文欣喜的同时，还与徐志摩书信交谈了版权等问题，开始播种下了两人友谊的种子。

徐志摩刊登、点评沈从文《市集》

文／徐志摩

市集

沈从文

廉纤的毛毛细雨，在天气还没有大变以前欲雪未能的时节，还是霏霏微微落将不来。一个小小乡场，位置在又高又大陡斜的山脚下，前面濒着的河，被如烟如雾雨丝织成的帘幕，一起把它蒙罩着了。

照例的三八市集，还是照例的有好多好多乡下人，小田主，买鸡到城里去卖的小贩子，花幞头大耳环丰姿隽逸的苗姑娘，以及一些穿灰色号褂子口上说是来察场讨人烦腻的副爷们，与穿高筒子老牛皮靴的团总，各从附近的乡村来做买卖。他们的草鞋底半路上带了无数黄泥浆到集上来，又从场上大坪坝内带了不少的灰色油泥归去。去去来来，人也数不清多少。

集上的骚动，吵吵闹闹，凡是到过南方（湖湘以西）乡下的人，是都会知道的。

倘若你是由远远的另一处地方听着，那种喧嚣的起伏，你会疑心到是滩水流动的声音了！

这种洪壮的潮声，还只是一般做生意人在讨论价钱时很和平的每个论调而已。就中虽也有遇到卖牛的场上几个人像唱戏黑花脸出台时那么大喊大嚷找经纪人，也有因秤上不公允而起口角——你骂我一句娘，我又骂你一句娘，你又骂我一句娘……然而究竟还是因为人太多，一两桩事，实在是万万不能做到的！

卖猪的场上，他们把小猪崽的耳朵提起来给买主看时，那种尖锐的嘶喊声，使人听来不愉快至于牙齿根也发酸。

卖羊的场上，许多美丽驯服的小羊儿咩咩地喊着。一些不大守规矩的大羊，无聊似的，两个把前蹄举起来，作势用前额相碰。大概相碰是可以驱逐无聊的，所以第一次旬的碰后，却又作势立起来为第二次预备。牛场却单独占据在场左边一个大坪坝，因为牛的生意在这里占了全部交易四分一以上。那里四面搭起无数小茅棚（棚内卖酒卖面），为一些成交后的田主们喝茶喝酒的地方。那里有大锅大锅煮得"稀糊之烂"的牛脏类下酒物；有大锅大锅香喷喷的肥狗肉；有从总兵营一带担来卖的高粱烧酒；也还有城里馆子特意来卖面的。假若你是城里人来这里卖面，他们因为想吃香酱油的缘故，都会来你馆子，那么，你生意便比其他铺子要更热闹了。

到城里时，我们所见到的东西，不过小摊子上每样有一点罢了！这里可就大不相同。单单是卖鸡蛋的地方，一排一排地摆列着，满箩满筐的装着，你数过去，总是几十担。辣子呢，都是一屋一屋搁着。此外干了的黄色草烟，用为染坊染布的五倍子和栎木皮，还未榨出油来的桐茶子，米场白濛白濛了的米，屠桌上大只大只失了脑袋刮得净白的肥猪，大腿大腿红腻腻还在跳动的牛肉……都多得怕人。

不大宽的河下，满泊着载人载物的灰色黄色小艇，一排排挤挤挨挨的相互靠着也难于数清。

集中是没有什么统系制度。虽然在先前开场时，总也有几个地方上的乡约伯伯，团总，守汛的把总老爷，口头立了一个规约，卖物的照着生意大小缴纳千分之几——或至万分之几，但也有百分之几——的场捐，或经纪佣钱，棚

沈从文与张兆和

捐，不过，假若你这生意并不大，又不须经纪人，则不须受场上的拘束，可以自由贸易了。

到这天，做经纪的真不容易！脚底下笼着他那双厚底高筒的老牛皮靴子（米场的），为这个爬斗；为那个倒箩筐。（牛羊场的）一面为这个那个拉拢生意，身上让卖主拉一把，又让买主拉一把；一面又要顾全到别的地方因争持时闹出岔子的调排，委实不是好玩的事啊！大概他们声音都略略嚷得有点嘶哑，虽然时时为别人扯到馆子里去润喉。不过，他今天的收入，也就很可以酬他的劳苦了。

…………

因为阴雨，又因为做生意的人各都是在别一个村子里住家，有些还得在散场后走到二三十里路的别个乡村去；有些专靠漂场生意讨吃的还待赶到明天那个场上的生意，所以散场很早。

不到晚炊起时，场上大坪坝似乎又觉得宽大空阔起来了！……再过些时候，除了屠桌下几只大狗在啃嚼残余因分配不平均在那里不顾命的奋斗外，便只有由河下送来的几声清脆篙声了。

归去的人们，也间或有骑着家中打筛的雌马，马项颈下挂着一串小铜铃叮叮当当跑着的，但这是少数，大多数还是赖着两只脚在泥浆里翻来翻去。他们总笑嘻嘻的担着箩筐或背一个大竹背笼，满装上青菜、萝卜、牛肺、牛肝、牛肉、盐、豆腐、猪肠子一类东西。手上提的小竹筒不消说是酒与油。有的拿草绳套着小猪小羊的颈项牵起忙跑；有的肩膊上挂了一个毛蓝布绣有白四季花或"福"字"万"字的褡裢，赶着他新买的牛（褡裢内当然已空）；有的却是口袋满装着钱心中满装着欢喜，——这之间各样人都有。

我们还有机会可以见到许多令人妒羡，赞美，惊奇，又美丽，又娟媚，又天真的青年老奶（苗小姐）和阿玡（苗妇人）。

1925年3月20日于窄而霉小斋作

徐志摩的点评

这是多美丽多生动的一幅乡村画。

作者的笔真象是梦里的一只小艇，在波纹鳞鳞的梦河里荡着，处处有著落，却又处处不留痕迹。这般作品不是写成的，是"想成"的。给这类的作者，批评是多余的，因为他自己就是最不放松的不出声的批评者。奖励也是多余的，因为春草的发青，云雀的放歌，都是用不着人们的奖励的。

关于《市集》的声明

文／沈从文

志摩先生：

看到报，事真糟，想法声明一下吧。近来正有一般小捣鬼遇事寻罅缝，说不定因此又要生出一番新的风浪。那一篇《市集》先送到《晨报》，用"休芸芸"名字，久不见登载，以为不见了。接着因《燕大周刊》有个熟人拿去登过；后又为一个朋友不候我的许可又转载到《民众文艺》上——这此又见，是三次了。小东西出现到三次，不是丑事总也成了可笑的事！

这似乎又全是我过失。因为前次你拿我那一册稿子问我时，我曾说统未登载过，忘了这篇。这篇既已曾登载过，为甚我又连同那另外四篇送到晨报社去？那还有个缘由：因我那个时候正同此时一样，生活悬挂在半空中，伙计对于欠账逼得不放松，故写了三四篇东西并录下这一篇短东西做一个册子，送与勉己先生，记到附函曾有下面的话——"……若得到二十块钱开销一下公寓，这东西就卖了。《市集》一篇，曾登载过……"

至于我附这短篇上去的意思，原是想把总来换二十块钱，让晨报社印一个小册子。当时也曾声明过。到后一个大不得，而勉己先生尽我写信问他请他退这一本稿子又不理，我以为必是早失落了，失落就失落了，我哪来追问同编辑先生告状打官司的气力呢？所以不问。

不期望稿子还没有因包花生米而流传到人间。不但不失，且更得了新编辑的赏识，填到篇末，还加了几句受来背脯发麻的按语纵无好揽闲事的虫豸们来发见这足以使他自己为细心而自豪的事，但我自己看来，已够可笑了。且前者署"休芸芸"，而今却变成"沈从文"，我也得声明一下：实在果能因此给了虫豸们一点钻蛀的空处，就让他永久是两个不同的人名吧。

从文

于新窄而霉斋

🦋徐志摩关于声明的回复🦋

文／徐志摩

从文：

不碍事，算是我们副刊转载的，也就罢了。有一位署名"小兵"的劝我下回没有相当稿子时，就不妨拿空白纸给读者们做别的用途，省得掺上烂东西叫人家看了眼疼心烦。

沈从文与张兆和（老年）

我想另一个办法是复载值得读者们再读三读乃至四读五读的作品，我想这也应得比乱登的办法强些。下回再要没有好稿子，我想我要开始印《红楼梦》了！好在版权是不成问题的。

志摩

🦋从文小说习作选集"代序"（节选）🦋

文／沈从文

这样一本厚厚的书能够和你们见面，需要出版者的勇气，同时还有几个人，特别值得记忆，我也想向你们提提：徐志摩先生，胡适之先生，林宰平先生、郁达夫先生，陈伯通先生，杨今甫先生，丁西林先生，这十年来没有他们对我种种帮助和鼓励，这本集子的作品不会产生，不会存在。尤其是徐志摩先生，没有他，我这时节也许照《自传》上所说到的那两条路选了较方便的一条，不到北平市去做巡警，就卧在什么人家的屋檐下，瘪了，僵了，而且早已腐烂了。

徐志摩飞机失事后沈从文的怀念

在徐志摩飞机失事之后，沈从文陆续写了不少怀念悼念友人徐志摩的文章，这种怀念甚至一直持续到了沈从文的晚年。

三年前的十一月二十二日

六点钟时天已大亮，由青岛过济南的火车，带了一身湿雾骨碌骨碌跑去。从开车起始到这时节已整八点钟，我始终光着两只眼睛。三等车车厢中的一切全被我看到了，多少脸上刻着关外风雪记号的农民！我只不曾见到我自己，却知道我自己脸色一定十分难看。我默默地注意一切乘客，想估计是不是有一个学生模样的青年人，认识徐志摩，知道徐志摩。我想把一个新闻告给他，徐志摩死了，就是那个给年青人以蓬蓬勃勃生气的徐志摩死了。我要找寻一个说说话，一个没有，一个没有。

我想起他《火车擒住轨》那一首诗。

火车擒住轨，在黑夜里奔：
过山，过水，过陈死人的坟；
过桥，听钢骨牛喘似的叫，
过荒野，过门户破烂的庙；
…………
睁大了眼，什么事都看分明，
但自己又何尝能支使命运？

这里那里还正有无数火车的长列在寒风里奔驰，写诗的人已在云雾里全身带着火焰离开了这个人间。想到这件事情时，我望着车厢中的小孩，妇人，大兵，以及吊着长长的脖子打盹，作成缢毙姿势的人物。从衣着上看，这是个佃农管事。好象他迟早是应当上吊的。

当我动手把车窗推上时，一阵寒风冲醒了身旁一个瘦瘪瘪的汉子，睡眼迷蒙地向窗口一望，就说"到济南还得两点钟。"说完时看了我一眼，好象知道我为什么推开这窗子吵醒了他，接着把窗口拉下，即刻又吊着颈脖睡去了。去济南的确还得两点钟！我不好意思再惊醒他了，就把那个为车中空气凝结了薄冰的车窗，抹了一阵，现出一片透明处。望到济南附近的田土，远近皆流动着一层乳白色薄雾。黑色或茶色土壤上，各装点了细小深绿的麦种。一切是那么不可形容的温柔沉静，不可形容的美！我心想：为什么我会坐在这车上，为什么一个忽然会死？我心中涌起了一种古怪的感情，我不相信这个人会死。我计算了一下，这一年还剩两个月，十个月内我死了四个最熟的朋友。生死虽说是大事，同时也就可以说是平常事。死了，倒下了，瘪了，烂了，便完事了。倘若这些人死去值得纪念，纪念的方法应当不是眼泪，不是仪式，不是言语。采真是在武汉被人牵至欢迎劳苦功高的什么伟人彩牌楼下斩首的，振先是在那个永远使读书人神往倾心的"桃源洞"前被捷克制自动步枪打死的，也频是给人乱枪排了，和二十七个同伴一起躺到臭水沟里的，如今却轮到一个"想飞"的人，给在云雾里烧毁了。一切痛苦的记忆综合到我的心上，起了中和作用。我总觉得他们并不当真死去。多力的，强健的，有生气的，守在一个理想勇猛精进的，全给是早早的死去了。却留下多少早就应当死去了的阉鸡，懦夫，与狡猾狐鬼，愚人妄大，在白日下吃，喝，听戏，说谎，开会，著书，批评攻击与打闹！想起生者，方真正使人悲哀！

落雨了，我把鼻子贴住玻璃。想起《车眺》那首诗。

八点左右火车已进了站。下了火车，坐上一辆人力车，那个看来十分忠厚的车夫，慢慢的拉我到齐鲁大学。在齐鲁大学最先见到了朱经农，一问才知道北平也来了三个人，南京也来了两个人。上海还会有三四个人来。算算时间，北来车已差不多要到了。我就又匆匆忙忙坐了车赶到津浦车站去，同他们会面。在候车室里见着了梁思成，金岳霖同张奚若。再一同过中国银行，去找寻一个陈先生。这个陈先生便是照料志摩死后各事，前一天搁下了业务，带了夫人冒雨跑到飞机出事地点去，把志摩从飞机残烬中拖出，加以洗涤、装殓，且伴同志摩遗体同车回到济南的。这个人在志摩生前并不与志摩认识，却充满热情来完成这份相当辛苦艰巨的任务。见到了陈先生，且同时见到了从南京来的郭有守和张慰慈先生，我们正想弄明白出事地点在何处，预备同时前去看看。问飞机出事地点离济南多远，应坐什么车。方知道出事地点离济南约二十五里，名白马山站，有站不停车。并且明白死者遗体昨天便已运到了济南，停在城里一个小庙里了。

那位陈先生报告了一切处置经过后，且说明他把志摩搬回济南的原因。

"我知道你们会来，我知道在飞机里那个样子太惨，所以我就眼看着他们暗自把烧焦的衣服脱去，把血污洗尽，把破碎的整理归一，包扎停当，装入棺里，设法运回济南来了！"

他话说的比记下的还多一些，说到山头的形势，去铁路的远近，山下铁路南有一个什么小村落，以及向村中居民询问飞机出事时情形所得的种种。

那时正值湿雾季节，每天照例总是满天灰雾。山峦，河流，人家，一概都裹在一种浓厚湿雾里。飞机去济南差不到三十里，几分钟就应当落地。机师卫姓，济南人，对于济南地方原极熟悉。飞机既已平安超越了泰山高岭，估计时间，应当已快到济南，或者为寻觅路途，或者为寻觅机场，把飞机降低，盘旋了许久，于是砰的碰了山头发了火。着了火后的飞机，翻滚到山脚下，等待这种火光引起村子里人注意，赶过来看时，飞机各部分皆着了火，已燃烧成为一团火了。躺在火中的人呢，早完事了。两个飞机师皆已成为一段焦炭，志摩坐位在后面一点，除了衣服着火皮肤有一部分灼伤外，其他地方并不着火。那天夜里落了小雨，因此又被雨淋了一夜。这件事直到第二天方为去失事地方较近的火车站站长知道，赶忙报告济南和南京，济南派人来查验证明后，再分别拍电报告北平南京。济南方面陈先生派过出事地点时，是二十的中午。当二十二大清早我们到济南时，去出事时已经三天了。

我们一同过志摩停柩处时，约九点半钟，天正落小雨，地下泥滑滑的，那地方是个小庙，庙名似乎叫"福缘庵"。一进去小院子里，满是济南人日常应用的陶器。这里是一堆钵头，那里有一堆瓦罐，正中有一堆大瓮同一堆粗碗，两廊又是一列一列长颈脖贮酒用的罂瓶。庙屋很小，房屋只有一进三间，神座上与泥地上也无处不是陶器。原来这地方是个售卖陶器的堆店。在庙中偏右墙壁下，停了一具棺材，两个缩头缩颈的本地人，正在那里烧香。

两个工人把棺盖挪开，各人皆看到那个破产的遗体了，我们低下头来无话可说。我们有什么可说？棺木里静静地躺着的志摩，戴了一顶红顶绒球青缎子瓜皮帽，帽前还嵌了一小方丝料烧成"帽正"，露出一个掩盖不尽的额角，右额角上一个李子大斜洞，这显然是他的致命伤。眼睛是微张的，他不愿意死！鼻子略略发肿。想来是火灼炙的。门牙脱尽，额角上那个小洞，皆可说明是向前猛撞的结果。这就是永远见得生气勃勃，永远不知道有"敌人"的志摩。这就是他？他是那么爱热闹的人，如今却这样一个人躺在这小庙里。安静的躺在这个小而且破的古庙里，让一堆坛坛罐罐包围着的，便是另外一时生龙活

沈从文与巴金会晤

虎一般的志摩吗？他知道他在最后一刻，扮了一角什么样稀奇角色！不嫌脏、不怕静，躺到这个地方，受济南市土制香烟缭绕的门外是一条热闹街市，恰如他诗句中的"有市谣围抱"，真是一件任何人也想象不及的事情。他是个不讨厌世界的人，他欢喜这世界上一切光与色。他欢喜各种热闹，现在却离开了这个热闹世界，向另一个寒冷宁静虚无里走去了。年纪还只三十六岁！由于停棺处空间有限，亲友只能分别轮流走近棺侧看看死者。

各人都在一分凄凉沉默里温习死者生前的声音与光彩，想说话说不出口。仿佛知道这件事得用着另一个中年工人来说话了，他一面把棺木盖挪拢一点，一面自言自语的说，"死了，完了，你瞧他多安静。你难受，他并不难受。"接着且告给我们飞机堕地的形式，与死者躺在机中的情形。以及手臂断折的部分，腿膝断折的部分，胁下肋条骨断折的部分。原来这人就是随同陈先生过出事地点装殓志摩的。志摩遗体的洗涤与整理皆由他一手处置。末了他且把一个小篮子里的一角残余的棉袍，一只血污泥泞透湿的袜子，送给我们看。据他说照情形算来，当飞机同山头一撞时，志摩大致即已死去，并不是撞伤后在痛苦中烧死的传闻，那是不可能的。

十一点听人说飞机骨架业已运到车站，转过车站去看飞机时，各处皆找不着，问车站中人也说不明白，因此又回头到福缘庵，前后在棺木前停下来约三个钟头。雨却越下越大，出庙时各人两脚都是从积水中通过的。

一个在铁路局作事朋友，把起运棺柩的篷车业已交涉停妥，上海来电又说下午五点志摩的儿子同他的亲戚张嘉铸可以赶到济南。上海来人若能及时赶到，棺柩就定于当天晚上十一点上车。

正当我们想过中国银行去找寻陈先生时，上海方面的来人已赶到福缘庵，朱经农夫妇也来了，陈先生也来了。烧了些冥楮，各人谈了些关于志摩前几天离上海南京时的种种，天夜下来了。我们各个这时才记起已一整天还不曾吃饭的事情，被邀到一个馆子去吃饭，作东的是济南中国银行行长某先生。吃过了饭，另一方面起柩上车的来报告人案业已准备完全。我同北平来的梁思成等三人急忙赶到车站上去等候，八点半钟棺柩上了车。这列车是十一点后方开行的。南行车上，伴了志摩向南的，有南京来的郭有守，上海来的张嘉铸和张慰慈同志摩的儿子徐积锴。从北平来的几个朋友留下在济南，还预备第二天过飞机出事地点看看的。我因为无相熟住处，当夜十点钟就上了回青岛的火车。

在站上，车辆同建筑，一切皆围裹在细雨湿雾里。这一次同志摩见面，真算是最后一次了。我的悲伤或者比其他朋友少一点，就只因为我见到的死亡太多了。我以为志摩智慧方面美丽放光处，死去了是不能再得的，固然十分可惜。但如他那种潇洒与宽容，不拘迂，不俗气，不小气，不势利，以及对于普遍人生万汇百物的热情，人格方面美丽放光处，他既然有许多朋友爱他崇敬他，这些人一定会把那种美丽人格移植到本人行为上来。这些人理解志摩，哀悼志摩，且能学习志摩，一个志摩死去了，这世界不因此有更多的志摩了？

纪念志摩的唯一的方法，应当扩大我们个人的人格，对世界多一分宽容，多一分爱。也就因为这点感觉，志摩死去了三年，我没有写过一句伤悼他的话。志摩人虽死去了，他的做人稀有的精神，应分能够长远活在他的朋友中间，起着良好的影响，我深深相信是必然的。

论志摩的诗

文／沈从文

一九二三年顷，中国新文学运动，有了新的展开，结束了初期文学运动关于枝节的纷争。创作的道德问题，诗歌的分行，用字，以及所含教训问题，都得到了一时休息。凡为与过去一时代文学而战的事情，渐趋于冷静，作家与读者的兴味，转移到作品质量上面后，国内刊物风起，皆有沉默向前之势。创造社以感情的结合，作冤屈的申诉，特张一军，对由文学革命而衍化产生的文学研究会取对立姿势，《小说月报》与《创造》，乃支配了国内一般青年人文学兴味。以彻头彻尾浪漫主义倾向相号召的创造社同人，对文学研究会作猛烈攻击，在批评方面，所熟习的名字，是成仿吾。在创作方面，张资平贡献给读者的是若干恋爱故事。郁达夫用一种崭新的形式，将作品注入颓废的病的情感，嵌进每一个年青人心中后，使年青人皆感到一种同情的动摇。在诗，则有郭沫若，以英雄的、夸张情绪、华美的辞藻，写成了他的《女神》。

在北方，由胡适之陈独秀等所领导的思想与文学革命运动，呈了分歧，《向导》与《努力》各异其趣，且因时代略呈向前跃进样子。文学运动在昨日所引起的纠纷，已得到了解决。新的文学由新的兴味所拥护，渐脱离理论，接近实际，独向新的标准努力。文学估价又因为有创造社的另一运动，提出较宽泛的要求后，注意的中心，便归到《小说月报》与《创造》月季刊方面了。另外，由于每日的刊行，以及历史原因，且所在地方又为北京，由孙伏园所主编的《晨报副刊》其影响所及，似较之两定期刊物为大。

这时的诗歌，在北方，刘复、俞平伯、康白情诸人还守着五四文学运动胡适之等所提出的诗歌各条件。使诗歌离开韵律离开词藻，以散文新形式为译作试验，是周作人。以小诗捕捉一个印象，说明一个观念，以小诗抒情，以小诗显出聪明睿智对于人生的解释，同时因作品中不缺少女性的优美、细腻、明慧、以及对自然的爱好，冰心女士的小诗，为人所注意。鉴赏、模仿，呈前此未有的情形。由于《小说月报》的介绍，朱自清与徐玉诺，各以较新组织较新要求写作的诗歌，也常常见到。王统照，则在其自编的《文学周刊》（附于《晨报副刊》）有他的对人生与爱，作一朦胧体念朦胧说明的诗歌。创造社除郭沫若外，有邓均吾的诗，为人所知。另外较为人注意的，是天津的文学社同人，与上海的浅草社同人。在诗歌方面，焦菊隐、林如稷，是两个不甚陌生的名字。

文学运动已告了一个结束，照着当时的要求，新的胜利是已如一般所期望，为诸人所得到了的。另一时，为海派文学所醉心的青年，已经成为新的鉴赏者与同情者了。为了新的风格新的表现，渐为年青人所习惯。由《尝试集》所引起的争论，从新的作品上再无从发生。基于新的要求，徐志摩，以他特殊风格的新诗与散文，发表于《小说月报》，同时，使散文与诗，由一个新的手段作成一种结合，也是这个人。（使诗还元朴素，为胡适。从还元的诗抽除关于成立诗的韵节，成完全如散文的作品为周作人），使散文具诗的精灵，融化美与丑劣句子，使想象徘徊于星光与污泥之间。同时，属于诗所专有，而又为当时新诗所缺乏的音乐韵律的流动，加入于散文内，徐志摩的试验，由新月印行之散文集《巴黎的鳞爪》，以及北新印行之《落叶》，实有惊人的成就。作者唯一创作集《轮盘》，其文字风格，便具一种诗的气分，文字中糅合有诗的灵魂，华丽与流畅。在中国，作者散文所达到的高点，一般作者中，是还无一个人能与并肩的。

作者在散文方面，给读者保留的印象，是华丽与奢侈的眩目。在诗歌，则加上了韵的和谐与完整。

在《志摩的诗》一集中，代表到作者作品所显示的特殊的一面，如《灰色的人生》中下面的一列诗句：

我想——我想开放我的宽阔的粗暴的嗓音，唱一支野蛮的大胆的骇人的新歌；
我想拉破我的袍服，我的整齐的袍服，露出我的胸膛，肚腹，肋骨与筋络；

我想放散我一头的长发……

我要调谐我的嗓音，傲慢的，粗暴的，唱一阕荒唐的，摧残的，弥满的歌调；
……………
我一把揪住了西北风，问他要落叶的颜色，
我一把……
来，我邀你到海边去，听风涛震撼太空的声调；

来，我邀你到民间去，听衰老的，病痛的，贫苦的，残毁的，受压迫
的，……
……和着深秋的风声与雨声——合唱"灰色的人生"！

又如《毒药》，写着那样粗犷的言语——

今天不是我的歌唱的日子，我口边涎着狞恶的微笑，不是我说笑的日
子，……
相信我，我的思想是毒恶的，因为这世界是毒恶的。
我的灵魂是黑暗的，因为太阳已经绝灭了光彩。我的声调是坟堆的夜鹃，
因为……

在人道恶浊的涧水里流着，浮荇似的，五具残缺的尸体，他们是仁义礼智
信，向着时间无尽的海澜里流去；
这海是不安静的海，……在每个浪头的小白帽上分明的写着人欲与兽性。
到处是奸淫的现象：贪心搂抱着正义，猜忌逼迫着同情，懦怯狎亵着勇
敢，肉欲侮弄着恋爱，暴力侵凌着人道，黑暗践踏着光明；

一种奢侈的想象，挖掘出心的深处的苦闷，一种恣纵的、热情的，力的奔
驰，作者的诗，最先与读者的友谊，是成立于这样篇章中的。这些诗并不完全
说明到作者诗歌成就的高点。这类诗只显示作者的一面，是青年的血，如何为
百事所燃烧。不安定的灵魂，在寻觅中，追究中，失望中，如何起着吓人的翻
腾。爱情，道德，人生，各样名词以及属于这类名词的虚伪与实质，为初入世

的眼所见到，为初入世的灵魂所感触，如何使作者激动。作者这类诗，只说明了一个现象，便是新的一切，使诗人如何惊讶愤怒的姿态。与这诗同类的还有一首,《白旗》，那激动的热情，疯狂的叫号，略与前者不同。这里若以一个诗的最高目的，是"以温柔悦耳的音节，优美繁丽的文字，作为真理的启示与爱情的低诉"，作者这类诗，并不是完全无疵的好诗。另外有一个《无题》，则由苦闷昏瞀回复了清明的理性，如暴风雨的过去，太空明朗的月色，虫声与水声的合奏，以一种勇敢的说明，作为鞭策与鼓励，使自己向那最高峰走去。这里最高峰，作者所指的意义，是应当从第二个集子找寻那说明的。凡是《志摩的诗》一集中，所表现作者的欲望焦躁，以及意识的恐怖，畏葸，苦痛，在作者次一集中，有说明那"跋涉的酬劳"自白存在。

在《志摩的诗》中另外一倾向上，如《雪花的快乐》：

假如我是一朵雪花，
翩翩的在半空里潇洒，
我一定认清我的方向——
飞飏，飞飏，飞飏，——
这地面上有我的方向。

不去那冷寞的幽谷，
不去那凄清的山麓，
也不上荒街去惆怅，
飞飏，飞飏，飞飏，——
你看，我有我的方向！

在半空里娟娟的飞舞，
认明了那清幽的住处，
等着她来花园里探望——
飞飏，飞飏，飞飏，——
啊，她身上有朱砂梅的清香！

那时我凭藉我的身轻，

盈盈的，沾住了她的衣襟，
贴近她柔波似的心胸——
消溶，消溶，消溶，——
溶入了她柔波似的心胸！

这里是作者为爱所煎熬，略返凝静，所作的低诉柔软的调子中交织着热情，得到一种近于神奇的完美。

使一个爱欲的幻想，容纳到柔和轻盈的节奏中，写成了这样优美的诗，是同时一般诗人所没有的。在同样风格中，带着一点儿虚弱，一点儿忧郁，一点病，有《在那山道旁》一诗。使作者的笔，转入到一个纯诗人的视觉触觉所领会到的自然方面去，以一种丰富的想象，为一片光色，一朵野花，一株野草，付以诗人所予的生命，如《石虎胡同七号》，如《残诗》，如《常州天宁寺闻礼忏声》，皆显示到作者性灵的光辉。正以排列组织的最高手段，琐碎与反复，乃完全成为必须的旋律，也是作者这一类散文的诗歌。在《多谢天！我的心又一度的跳荡》一诗中，则作者的文字，简直成为一条光明的小河了。

"星海里的光彩，大千世界的音籁，真生命的洪流，"作者文字的光芒，正如《在常州天宁寺闻礼忏声》一诗中所说及。以生命的洪流，作无往不及的悬注，文字游泳在星光里，永远流动不息，与一切音籁的综合，乃成为自然的音乐。一切的动，一切的静，青天，白水，一声佛号，一声钟，冲突与和谐，庄严与悲惨，作者是无不以一颗青春的心，去鉴赏，感受而加以微带矜持的注意去说明的。

作者以珠玉的散文，为爱欲，以及为基于爱欲启示于诗人的火焰热情，在《翡冷翠的一夜》一诗中，写得最好。作者在平时，是以所谓"善于写作情诗"而为人所知的，从《翡冷翠的一夜》中看去，以"热情的贪婪"称呼作者，并不为过甚其词。《再休怪我脸沉》这首诗，便代表了作者整个时创作重心。同时，在这诗上，也可看到作者所长，是以爱情为题，所有联想如何展开，如光明中的羽翅飞向一切人间。在这诗中以及翡冷翠的一夜其他篇章中，是一种热情在恣肆中的喘息。是一种豪放的呐喊，为爱的喜悦而起的呐喊。是情歌，歌唱一切爱的完美。作者由于生活一面的完全，使炽热的心，到另一时，失去了纷乱的机会，反回沉静以后，便只能在那较沉静生活中，为所经验的人生，作若干素描，因此作者第二个集子中，有极多诗所描画的却只是爱情的一点感想。俨然一个自然诗人的感情，去对于所已习惯认识分明的爱，作虔诚的歌唱，是第二个集子中的特点。因为缺少使作者焦躁的种种，忧郁气分在作者第二个集子中也没有了。

因此有人评这集子为"情欲的诗歌"，具"烂熟颓废气息"。然而作者使方向转到爱情以外，如《西伯利亚》一诗，那种融合纤细与粗犷成一片锦绣的组织，仍然是极好的诗。又如《西伯利亚道中忆西湖秋雪庵芦色作歌》，那种和谐，那种离去爱情的琐碎与亵渎，但孤独的抑郁的抽出乡情系恋的丝，从容的又复略近于女性的明朗抒情调子，美丽而庄严，是较之作者先一时期所提及《在那山道旁》一类诗有更多动人处的。

在作者第二集子中，为人所爱读，同时也为作者所深喜的，是一首名为《海韵》的长歌。

"女郎，单身的女郎，
你为什么留恋
这黄昏的海边？
女郎，回家吧，女郎！"
"阿不，回家我不回，
我爱这晚风吹"——
在沙滩上，在暮霭里，
有一个散发的女郎，——
　徘徊，徘徊。

"女郎，散发的女郎，
你为什么彷徨
在这冷清的海上？
女郎，回家吧，女郎！"
"阿不，你听我唱歌，
大海，我唱，你来和。"——
在星光下，在凉风里，
　轻荡着少女的清音——
高吟，低哦。

"女郎，胆大的女郎！
那天边扯起了黑幕，
这顷刻有恶风波，
女郎，回家吧，女郎！"
"阿不，你看我凌空舞，
学一个海鸥没海波。"——
在夜色里，在沙滩上，
急旋着一个苗条的身影，——
婆娑，婆娑。

"听呀，那大海的震怒，
女郎回家吧，女郎！
看呀，那猛兽似的海波，
女郎，你回家吧，女郎！"
"阿不，海波他不来吞我，
我爱这大海的颠簸！"
在潮里，在波光里，
啊，一个慌张的少女在海沫里，
磋跎，磋跎。

"女郎，在哪里，女郎？
在哪里，你嘹亮的歌声？
在哪里，你窈窕的身影？
在哪里，啊，勇敢的女郎？"
黑夜吞没了星辉，
这海边再没有光芒；
海潮吞没了沙滩，
沙滩上再不见那女郎，
再不见女郎！

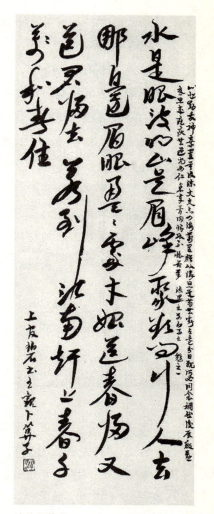

沈从文草书

以这类诗歌，使作者作品，带着淡淡的哀戚，挽入读者的灵魂，除《海

第十篇 徐志摩与沈从文

韵》以外，尚有一风格略有不同名为《苏苏》的一诗。

> 苏苏是一个痴心的女子，
> 象一朵野蔷薇，她的丰姿；
> 象一朵野蔷薇，她的丰姿——
> 来一阵暴风雨，摧残了她的身世。
>
> 这荒草地里有她的墓碑，
> 淹没在蔓草里，她的伤悲；
> 淹没在蔓草里，她的伤悲——
> 啊，这荒土里化生了血染的蔷薇！
>
> 那蔷薇是痴心女的灵魂，
> 在清早上受清露的滋润，
> 到黄昏时有晚风来温存，
> 更有那长夜的慰安，看星斗纵横。

关于这一类诗，朱湘《草莽集》中有相似篇章。在朱湘作《志摩的诗评》时，对于这类诗是加以赞美的。如《大帅》、《人变兽》、《叫化活该》、《太平景象》、《盖上几张油纸》等等以社会平民生活的印象，作一度素描，或由对话的言语中，浮绘人生可悲悯的平凡的一面，在风格上，闻一多《死水》集中，常有极相近处。在这一方面，若诚如作者在第二个集子所自引的诗句那样：

"我不想成仙，蓬莱不是我的分；我只要地面，情愿安分的做人。"

则作者那样对另一种做人的描写，是较之对"自然"与"爱情"的认识，为稍稍疏远了一点的。作者只愿"安分"做人，这安分，便是一种奢侈，与作者凝眸所见到的"人"是两样的。作者所要求的是心上波涛静止于爱的抚慰中。作者自己虽极自谦卑似的说自己不能成为诗人，引用着熟人的一句话在那序上，但作者，却正因为到底是一个诗人，把人生的另一面，平凡中所隐藏的严肃，与苦闷，与愤怒，有了隔膜，不及一个曾经生活到那现在一般生活中的人了。钱杏邨在他一篇评论文章上面，曾代表了另一意见，由作品追寻思想，为《志摩的诗》作者画了一个肖像。但由作者作品中的名为《自剖》中几段文字，追寻一切，疏忽了其他各方面，那画像却是不甚确切的。

作者所长是使一切诗的形式，使一切不习惯的诗的形式，嵌入自己作品，皆能在试验中契合无间。如《我来扬子江边买一把莲蓬》，如《客中》，如《决断》，如《苏苏》，如《西伯利亚》，如《翡冷翠的一夜》，都差不多在一种崭新的组织下，给读者以极大的感兴。

作者的小品，如一粒珠子，一片云，也各有他那完全的生命。如《沙扬娜拉》一首：

最是那一低头的温柔，
象一朵水莲花不胜凉风的娇羞，
道一声珍重，道一声珍重，
那一声珍重里有甜蜜的忧愁——
沙扬娜拉！

读者的"甜蜜的忧愁"，是读过这类诗时就可以得到的。如《在那山道旁》、《落叶小唱》，也使人有同类感觉。有人曾评作者的诗，说是多成就于音乐方面。与作者同时其他作者，如朱湘，如闻一多，用韵，节奏，皆不甚相远，然诸人诗中却缺少这微带病态的忧郁气分，读者从《志摩的诗》所得到的"甜蜜的忧愁"，是无从由朱湘闻一多作品中得到的。

因为那所歌颂人类的爱，人生的爱，到近来，作者是在静止中凝眸，重新有所见，有所感，作者近日的诗，似乎取了新的形式，正有所写作，从近日出版之《新月》月刊所载小诗可以明白。

使作者诗歌与朱湘、闻一多等诗歌，给读者留下一个极深印象，且使诗的地位由忽视中转到它应有位置上去，为人所尊重，是作者在民十五年时代编辑《晨报副刊》时所发起之诗会与《诗刊》。在这周刊上，以及诗会的座中，有闻一多、朱湘、饶子离、刘梦苇、于赓虞、蹇先艾、朱大诸人及其作品，刘梦苇于十六年死去。于赓虞，由于生活所影响，对于诗的态度不同，以绝望的，厌世的，烦乱的，病废的情感，使诗的外形成为划一的整齐，使诗的内含又浸在萧森鬼气里去。对生存的厌倦，在任何诗篇上皆不使这态度转成欢悦。且同时，表现近代人为现世所烦闷的种种，感到文字的不足，却使一切古典的文字，以及过去的东方人的惊讶与叹息与愤怒的符号，一律复活于诗歌中，也是于先生的诗。朱湘有一个《草莽集》，《草莽集》中所代表的"静"，是无人作品可及的。闻一多有《死水》集，刘梦苇有《白鹤集》，……

诗会中作者作品，是以各样不同姿态表现的，与《志摩的诗》完全相似，在当时并无一个人。在较新作者中，有邵洵美。邵洵美在那名为《花一般罪恶》的小小集子里，所表现的是一个近代人对爱欲微带夸张神情的颂歌。以一种几乎是野蛮的，直感的单纯，同时又是最近代的颓废，成为诗的每一章的骨骼与灵魂，是邵洵美诗歌的特质。然而那充实一首诗外观的肌肉，使诗带着诱人的芬芳的词藻，使诗生着翅膀从容飞入每一个读者心中去的韵律，邵洵美所做到的，去《翡冷翠的一夜》集中的完全，距离是很远很远的。

作者的诗歌，凡带着被抑制的欲望，作爱情的低诉，如《雪花快乐》，在韵节中，较之以散文写作具复杂情感的如《翡冷翠的一夜》诸诗，易于为读者领会。

从徐志摩作品学习"抒情"（节选）
文／沈从文

在写作上想到下笔的便利，是以"我"为主，就官能感觉和印象温习来写随笔。或向内写心，或向外写物，或内外兼写，由心及物由物及心混成一片。方法上变化多，包含多，体裁上更不拘文格文式可以取例作参考的，现代作家中，徐志摩作品似乎最相宜。

徐志摩作品给我们感觉是"动"，文字的动，感情的动，活泼而轻盈。如一盘圆圆珠子，在阳光下转个不停，色彩交错，变幻眩目。他的散文集《巴黎的鳞爪》代表他作品最高的成就。写景，写人，写事，写心，无一不见出作者对于现世光色的敏感，与对于文字性能的敏感。

徐志摩纪念特刊《附记》
文／沈从文

死者的诗歌与散文，兼有秀倩与华丽，文字惊人眩目，在现代中国文学上可以称为一朵珍异无比的奇花……

死者那种心胸廓然，不置意于琐琐人事得失，而极忠实于工作与人生的态度，以及那种对人对事的高贵热情，仿佛一把火，接触处就光辉煜然，照耀及便显出一分生气的热情……

🌸友情🌸

文／沈从文

一九八〇年十一月，我初次到美国哥伦比亚大学一个小型的演讲会讲话后，就向一位教授打听在哥大教中文多年的老龙王际真先生的情况，很想去看看他，际真曾主持哥大中文系达十年，那个系的基础，原是由他奠定的。即以《红楼梦》一书研究而言，他就是把这部十八世纪中国著名小说节译本介绍给美国读者的第一人。人家告诉我，他已退休二十年了，独自一人住在大学附近一个退休教授公寓三楼中，后来又听另外人说，他的妻不幸逝世，因此人很孤僻，长年把自己关在寓所楼上，既极少出门见人，也从不接受任何人的拜访，是个古怪老人。

我和际真认识，是在一九二八年。那年他由美返国，将回山东探亲，路过上海，由徐志摩先生介绍我们认识的。此后曾继续通信。我每次出了新书，就给他寄一本去。我不识英语，当时寄信用的信封，全部是他写好由美国寄我的。一九二九到一九三一年间，我和一个朋友生活上遭到意外困难时，还前后得到他不少帮助。际真长我六七岁，我们一别五十余年，真想看看这位老大哥，同他叙叙半世纪隔离彼此不同的情况。因此回到新港我姨妹家不久，就给他写了个信，说我这次到美国。很希望见到几个多年不见的旧友，如邓嗣禹、房兆楹和他本人。准备去纽约专诚拜访。

回信说，在报上已见到我来美消息。目前彼此都老了，丑了，为保有过去年青时节印象，不见面还好些。果然有些古怪。但我想，际真长期过着极端孤寂的生活，是不是有一般人难于理解的隐衷？且一般人所谓"怪"，或许倒正是目下认为活得"健康正常人"中业已消失无余的稀有难得的品质。

虽然回信像并不乐意和我们见面，我们——兆和、充和、傅汉思和我，曾两次电话相约两度按时到他家拜访。

第一次一到他家，兆和、充和即刻就在厨房忙起来了。尽管他连连声称厨房不许外人插手，还是为他把一切洗得干干净净。到把我们带来的午饭安排上桌时，他却承认作得很好。

他已经八十五六岁了，身体精神看来还不错。我们随便谈下去，谈得很愉快。他仍然保有山东人那种爽直淳厚气质。使我惊讶的是，他竟忽然从抽屉里取出我的两本旧作，《鸭子》和《神巫之爱》！那是我二十年代中早期习作，还是我出的第一个综合性集子。这两本早年旧作，不仅北京上海旧书店已多年绝迹，连香港翻印本也不曾见到。书已经破旧不堪，封面脱落了，由于年代过久，书页变黄了，脆了，翻动时，碎片碎屑直往下掉。可是，能在万里之外的美国，见到自己早年不成熟不像样子的作品，还被一个古怪老人保存到现在，这是难以理解的，这感情是深刻动人的！

谈了一会，他忽然又从什么地方取出一束信来，那是我在一九二八到一九三一年写给他的。翻阅这些五十年前的旧信，它们把我带回到二十年代末期那段岁月里，令人十分怅惘。其中一页最最简短的，便是这封我向他报告志摩遇难的信：际真：志摩十一月十九日十一点三十五分乘飞机撞死于济南附近"开山"。飞机随即焚烧，故二司机成焦炭。志摩衣已尽焚去，全身颜色尚如生人，头部一大洞，左臂折断，左腿折碎，照情形看来，当系飞机坠地前人即已毙命。二十一此间接到电后，二十二我赶到济南，见其破碎遗骸，停于一小庙中。时尚有梁思成等从北平赶来，张嘉铸从上海赶来，郭有守从南京赶来。二十二晚棺木运南京转上海，或者尚葬他家乡。我现在刚从济南回来，时（一九三一年十一月）二十三早晨。

那是我从济南刚刚回青岛，即刻给他写的。志摩先生是我们友谊的桥梁，纵然是痛剡人心的恶耗，我不能不及时告诉他。

如今这个才气横溢光芒四射的诗人辞世整整有了五十年。当时一切情形，保留在我印象中还极其清楚。

那时我正在青岛大学中文系教点书。十一月二十一日下午，文学院几个比较相熟的朋友，正在校长杨振声先生家吃茶谈天，忽然接到北平一个急电。电中只说志摩在济南不幸遇难，北平、南京、上海亲友某某将于二十二日在济南齐鲁大学朱经农校长处会齐。电报来得过于突兀，人人无不感到惊愕。我当时表示，想搭夜车去济南看看，大家认为很好。第二天一早车抵济南，我赶到齐鲁大学，由北平赶来的张奚若、金岳霖、梁思成诸先生也刚好到达。过不多久又见到上海来的张嘉铸先生和穿了一身孝服的志摩先生的长子，以及从南京来的张慰慈、郭有守两先生。

随即听到受上海方面嘱托为志摩先生料理丧事的陈先生谈遇难经过，才明白出事地点叫"开山"，本地人叫"白马山"。山高不会过一百米。京浦车从山下经过，有个小站可不停车。飞机是每天飞行的邮航班机，平时不售客票，但后舱邮包间空处，有特别票仍可带一人。那日由南京起飞时气候正常，因济南附近大雾迷途，无从下降，在市空盘旋移时，最后撞在白马山半斜坡上起火焚烧。消息到达南京邮航总局，才知道志摩先生正在机上。灵柩暂停城里一个小庙中。

早饭后，大家就去城里偏街瞻看志摩先生遗容。那天正值落雨，雨渐落渐大，到达小庙时，附近地面已全是泥浆。原来这停灵小庙，已成为个出售日用陶器的堆店。院坪中分门别类搁满了大大小小的缸、罐、沙锅和土碗，堆叠得高可齐人。庙里面也满是较小的坛坛罐罐。棺木停放在入门左侧贴墙处，像是临时腾出来的一点空间，只容三五人在棺边周旋。

志摩先生已换上济南市面所能得到的一套上等寿衣：戴了顶瓜皮小帽，穿了件浅蓝色绸袍，外加个黑纱马褂，脚下是一双粉底黑色云头如意寿字鞋。遗容见不出痛苦痕迹，如平常熟睡时情形，十分安详。致命伤显然是飞机触山那一刹那间促成的。从北京来的朋友，带来个用铁树叶编成径尺大小花圈，如古希腊雕刻中常见的式样，一望而知必出于志摩先生生前好友思成夫妇之手。把花圈安置在棺盖上，朋友们不禁想到，平时生龙活虎般、天真纯厚、才华惊世的一代诗人，竟真如"为天所忌"，和拜伦、雪莱命运相似，仅只在人世间活了三十多个年头，就突然在一次偶然事故中与世长辞！

志摩穿了这么一身与平时性情爱好全然不相称的衣服，独自静悄悄躺在小庙一角，让檐前点点滴滴愁人的雨声相伴，看到这种凄清寂寞景象，在场亲友忍不住人人热泪盈眶。

我是个从小遭受至亲好友突然死亡比许多人更多的人，经受过多种多样城里人从来想象不到的恶梦般生活考验，我照例从一种沉默中接受现实。当时年龄不到三十岁，生命中像有种青春火焰在燃烧，工作时从不知道什么疲倦。志摩先生突然的死亡，深一层体验到生命的脆弱倏忽，自然使我感到分外沉重。觉得相熟不过五六年的志摩先生，对我工作的鼓励和赞赏所产生的深刻作用，再无一个别的师友能够代替，因此当时显得格外沉默，始终不说一句话。后来也从不写过什么带感情的悼念文章。只希望把他对我的一切好意热忱，反映到今后工作中，成为一个永久牢靠的支柱，在任何困难情况下，都不灰心丧气。

对人对事的态度，也能把志摩先生为人的热忱坦白和平等待人的希有好处，加以转化扩大到各方面去，形成长远持久的影响。因为我深深相信，在任何一种社会中，这种对人坦白无私的关心友情，都能产生良好作用，从而鼓舞人抵抗困难，克服困难，具有向上向前意义的。我近五十年的工作，从不断探索中所得的点滴进展，显然无例外都可说是这些朋友纯厚真挚友情光辉的反映。

　　人的生命会忽然泯灭，而纯挚无私的友情却长远坚固永在，且无疑能持久延续，能发展扩大。

1981年8月于北京作